明代纳西族
木氏土司文学家族诗集

（明）木 公 等 撰
多洛肯 王铭璇 辑校

社会科学文献出版社
SOCIAL SCIENCES ACADEMIC PRESS (CHINA)

国家社科基金重大项目"明代少数民族诗文文献辑录与文学交融研究及其资料库建设"（项目编号：19ZDA282）阶段性成果

西北民族大学2020年中央高校基本科研创新团队"民汉文学交融视野下的多民族文学遗产与文化凝聚研究"资助项目（项目编号：31920200007）

西北民族大学创新团队"中华多民族文学遗产与中华民族共同体意识研究"资助项目（项目编号：1110130106）

西北民族大学"中国语言文学"学科建设专项经费资助项目（项目编号：11080304）

西北少数民族文学研究中心研究成果

整理前言

自古以来，我国便是一个多民族共存的国家，在不同民族文化的碰撞、交融中，形成了博大精深、生生不息的文化体系。作为历史发展进程中的主流文化，中原汉文化不断吸引着周边民族向其靠拢，对边缘文化予以冲击和触动，建构起以其为中心点的网络体系。自元代以来，在大一统背景下，政治经济文化基本处于稳定发展状态，至有明一代，云南少数民族汉文创作形成一定规模。这正是其与中原民族之间的交往达到一定程度，形成了以经济、政治、文化、血缘四个方面为联结的纽带关系，从而为其创作的生成提供了合理的空间。统治阶层政治政策的演变、地域文化的变迁、教育科举的建立以及哲学、宗教的介入都对云南少数民族的汉文创作产生了直接或者间接的影响。

在有明一代"文教"策略和"三屯"（"军屯""民屯""商屯"）政策大面积铺展下，云南少数民族地区全面"汉化"的崭新历程逐渐开启，形成了云南"蛮夷之地"以"夷化"为主流转向以"汉化"为主流的历史趋势。明太祖以武力平定西南民族地区后，施行"文教以化远人"的策略，在西南地区设立儒学，在各地修建学宫、任命学官、开办学校，诱导闾里子弟就学，向土民开科举之门，儒学影响渐深。加之"三屯"从中原徙来大量汉人，西南地区人口结构发生巨大变化。据《明史·地理志》统计，云南一省，明代以三屯形式移至云南的汉族，至万历六年（1578）已达一百四十多万人，大大超过了云南各少数民族的总人口数量。以儒学为核心的汉文化全面深入云南少数民族地区，至明中后期，出现"二百年来，熏陶渐染，彬彬文献，与中州埒矣"的文化盛况。

云南是我国西南地区主要的政治、经济、文化中心，我国少数民族重要的聚集区。由于其地处边地，长时间与中原阻隔，所以文学一直不彰显于世。云南的古代文学，汉以前不可论。汉代云南文学仅在典籍中有点滴记载。汉以降至唐宋，虽也有些许作家略存其作，却难窥其全貌。元朝时云南设行省，政治经济和文化教育也有相应的进步，但就文学创作领域来说，还未形成一定的作家群体。在元代及其以前的一千多年历史中，有史料记载的以各种形式进入云南的中原移民次数不下几十次，移民规模从几十人到几万人不等，但进入云南的中原移民没有能够改变云南社会的民族结构，而是将自己融入了云南社会之中。进入明代之后，明朝政府大规模向云南移民，在主要的政治、经济中心区域内移民人口迅速超过当地人口而成为主导民族。尤以明初，内地数十万军民入滇，并随着改土设流和卫所屯田制度的施行，移民与当地人民相互交往与融合，以儒学为主导的汉文化也随着移民的到来以不同的形式进行传播，这不仅促进了云南社会和生产事业的发展，同时也使受文化教育的人群由社会上层渐次延及平民。纵观整个明代，以儒学思想为主导的中原汉文化的生产方式、生活方式、思维方式、伦理道德、价值取向等以不同方式、不同渠道对云南社会产生着影响，同时促进了云南文学乃至少数民族汉语文学的迅速发展。到了明朝中后期，在儒家文化的进一步影响下，部分接受儒家文化较深的少数民族地区开始进行改土归流的政治改革；经济上封建社会的自给自足的小农经济开始占主导地位，生产力发展水平与内地基本一致；文化方面也表现为学习儒家文化的人员日益增多，科举之风日盛，著述水平提高：大部分地区社会风俗发生了重大变化，以儒家文化为主导的汉文化成为改造云南少数民族文化的标杆。

云南文学在有明一代处于一个高峰，徐嘉瑞在《大理古代文化史稿》一书中说："滇人之诗，萌于汉、兴于唐，而成卷于五代，至明而大盛焉。"岂止是诗，云南文学的发展也循着这一轨迹，在明代获得了前所未有的发展机遇。在"明代云南"这个历史和地域的概念下，云南文学的主体作家大致可以分为两大基本类型：本土作家和外来作家。其中又可细分为宦滇职官、谪戍作家、宦游作家、隐逸作家、遗民作家、文学家族等六种。"文学家族"是明代云南文学的一个重要文学现象，自20世纪90年代以来，家族文学这一重要而富有中国特色的文学现象一直受到学界的关注，学者们将其作为文学发展史上的一种重要现象来进行研究。清代沈德潜说："古人父子能诗者，如魏征西之有王与植，庾肩吾之有信，苏许公之有颋为最著。兄弟则如应场、应璩，丁仪、丁廙，陆机、陆云；至唐之五窦，宋之四韩，称尤盛焉。而杜审言之有甫，则祖孙著；王融前后四世有籍，则祖及孙曾，俱以诗名于时。"这种父子相承、兄弟并起、祖孙蝉联俱以诗名的文化景观集中展示了文学世家的独特魅力。陈寅恪提出"学术中心移于家族，而家族复限于地域""士族之特点既在其门风之优美，不同于凡庶，而优美之门风实基于学业之因袭。故士族家世相传之学业乃与当时之政治社会有极重要之影响"等重要论断。因此，大部分家族文学的研究视角都着眼于家族与地域、时代的关系，同时挖掘其内在的核心价值与文化精髓。时至当下，家族文学仍为古代文学研究的热潮，主要集中在三个方面：1. 家族文学的个案研究，主要集中在江南地区的世家大族；2. 对文学家族的整体观照以关注其时代特征；3. 以地域性家族为视角，进行整体性、综合性研究，主要集中在江南地区。而对于少数民族文学家族的研究仍未深入展开，仅有李建军《明代云南沐氏家族研究》，母进炎、翟显长《中国少数民族杰出文学家族研究——以余氏家族为对象》和李锋《容美土司家族文学交往史考论》等分别以系统与个案探析的方式对回族、土家族等民族文学家族进行解剖。由此可见，"文学家族"这种具有鲜明中国特色的文学现象同样存在于我国古代少数民族之中，尤其是自明代以来，这种"文学家族"更是成为一种特色现象出现在文坛，其中尤以云南少数民族家族文学独树一帜，而其中较有代表性的就是明代丽江木氏纳西族土司文学家族。

近年来，少数民族文学家族逐渐进入学者的研究视野，成为古代文学家族研究的新领域、新视角，而关于纳西族文学家族研究的论文也逐渐出现。陈友康《古代云南少数民族的家族文学》《古代少数民族的家族文学现象》粗略地论及了明清两代的纳西族文学家族，同时总结出少数民族家族文学具有鲜明地域色彩、蕴涵共同生活情趣和表现出相似艺术风格的特点。真正较为系统地论及明清纳西族文学家族的是多洛肯的《论明清纳西族家族文学》，其立足大量文献材料，详细考察了明清两代云南丽江木氏、大研桑氏、大研牛氏、大研杨氏、石鼓周氏、黄山杨氏、束河和氏等7个纳西族文学家族，总结出四点形成原因，并深入分析了其文学创作的基本风貌和内在价值。

据对现有文献资料的考察调研，明代纳西族文学家族仅有丽江木氏土司文学家族一门，有各类诗文集12部，散存诗文300余首/篇。现存诗文集9部，诗文选集1部，即（明）杨慎辑木公《雪山诗选》三卷、（明）木公《雪山始音》上下卷、（明）木公《隐园春兴》、（明）木公《雪山庚子稿》、（明）木公《万松吟卷》、（明）木公《玉湖游录》、（明）木公《仙楼琼华》、（明）木增《芝山云薖集》（四卷仅存卷一）、（明）木增《山中逸趣》一卷、（明）木增《木生白啸月堂诗空翠居集》一卷，现主要藏于云南省图书馆。而明代纳西族散存诗文文献主要收录在诗文选集如（清）赵联元辑《丽郡诗征》《丽郡文征》，（清）袁文揆辑《滇南文略》，（清）袁文典、袁文揆撰《明滇南诗略》，（清）陈荣昌辑《滇诗拾遗》，（清）沈德潜、周准辑《明诗别裁集》，（清）陈田辑《明诗纪事》，（清）钱谦益辑《列朝诗集》，（民国）李坤辑《滇诗拾遗补》，（民国）秦光玉辑《滇文丛录》。方志：如（明）邹应龙修、李元阳纂［隆庆］《云南通志》，（清）范承勋修、吴自肃纂［康熙］《云南通志》，（清）伍青莲纂［康熙］《云南县志》，（清）冯苏撰［康熙］《滇考》，（清）张毓碧修、谢俨等纂［康熙］《云南府志》，（清）蒋旭修、陈金珏纂［康熙］《蒙化府志》，（清）管学宣修、万咸燕纂［乾隆］《丽江府志略》，（清）陈宗海修、李星瑞纂［光绪］《丽江府志》等。同时明代纳西族有较多碑刻，现存多为拓片，多存于国家图书馆、云南省博物馆、丽江博物馆等。

文献著述，贤嗣萃集，木氏之邦，秀异彬彬。木氏文学家族在汉语文学创作上的贡献十分重要，其"知诗书，好礼守义"的家风、学风不仅丰富了其文学家族的精神内涵，也为云南文学，乃至明代文学的发展起到了推动作用。木氏文学家族的著述作品"非徒自私一门之隽而已"，它是整个木氏家族精神和文化的集萃，以及对地域文化、家族文化的再扩展。所以对木氏文学家族诗文别集的搜集整理不仅可以拓展文学家族学的学术视角，还能促进学术"在地化"研究，让家族著述、地方文献重新焕发活力，走进学术殿堂，丰富民族传统文化。

以木公为中心的丽江木氏土司文学家族是明代少数民族文学家族中的典范代表，其丰富的诗文作品、独特的家族传承和丰裕的家学延续为明代少数民族文学家族的历史画卷添上了浓墨重彩的一笔。据《木氏宦谱》载，明代木氏家族共历十五世，即木得、木初、木土、木森、木嵚、木泰、木定、木公、木高、木东、木旺、木青、木增、木懿、木靖。而明代丽江木氏文学家族有文学作品传世的包括木泰、木公、木高、木东、木旺、木青、木增、木靖等八位文人作家在内，是延续十代的文学家族作家创作群。现存诗文别集的共有两人，即木公、木增，其他木氏作家现存作品皆为散存。

木泰（1455～1502），原名阿习阿牙，字本安，号圣介。云南丽江土官，丽江知府木嵚长子。明成化二十二年（1486）袭土知府，其在历代土司中，首倡诗书，是一位承先启后的杰出人物。倡导学习汉文诗书，善于治理政务，因保卫边疆有功于明朝，屡次获得明孝宗朱祐樘的特殊嘉奖。《木氏宦谱》载木泰"敦尚雅道""倡事诗书""文殆兴矣"。现仅［光绪］《丽江府志略·艺文略》收录其诗《两关使节》1首。

木公（1494～1553），字恕卿，号雪山，又号万松、六雪主人，明代丽江土知府，木泰孙，丽江土知府木定长子，纳西族名阿秋阿公，以军功钦赐"辑宁边境"四字。（清）钱谦益《列朝诗集》撰木公小传，（清）

《滇南诗略》谓"木公童牙不为儿戏,读书千百言,过目成诵"。[光绪]《丽江府志·人物志·文学》载:"性嗜好学,于玉龙山南十里为园,枕藉经书,哦松咏月。与永昌张山蒙化左黄山相唱和,尝以诗质于杨慎,慎录其诗有一百一十四首,名曰杨慎辑《雪山诗选》三卷,序而传之。"著有诗文选集1部:(明)杨慎辑《雪山诗选》三卷;诗文别集6部:《雪山始音》《隐园春兴》《雪山庚子稿》《万松吟卷》《玉湖游录》《仙楼琼华》等。另外[光绪]《丽江府志略》、《列朝诗集》、《滇南诗略》、《滇诗拾遗》、《滇诗拾遗补》、《滇文丛录》、《丽郡诗征》、《丽郡文征》等收录其150余篇诗文。

木高(1515~1568),字守贵,号端峰,又号九江、长江主人。纳西名阿公阿目,木公长子。嘉靖三十三年(1554)袭丽江军民府知府职。[乾隆]《丽江府志略·人物略·乡贤》载:"木高,袭土知府,父鳏居,高体志承欢,色养并至,笃疾割股以进,夷民为之感泣。"现存作品多为摩崖石刻,如《木公恕墓碑》《万德宫碑记》《大功大胜克捷记》等,云南省博物馆藏拓片。

木东(1534~1579),字震阳,号文岩、郁华,纳西族名阿目阿都。《木氏六公传》载:"好读书,招延邻郡学生与研究理性,昕夕无倦。筑亭堂之北隅,琴书图画,以次罗列","庚午袭爵,励精为治,暇则弹琴咏诗,操觚染翰,张弛自适"。曾撰书厅堂联:"翠柏参天秀,丹葵向日倾。"明隆庆三年(1569)木东撰立《木高碑》,今不得见,云南省博物馆藏拓片。

木旺(1551~1596),字万春,号玉龙,又字神岗,纳西族名阿都阿胜,是丽江第十七代土司,木东的长子,官拜丽江知府。明万历八年(1580)木旺立石于勋祠之右,题为《丽江军民府世袭土官知府、诰封中宪大夫严君木侯碑记》即《木东碑》,今不得见,云南省博物馆藏拓片。明万历十八年(1590)木旺撰文《觉显复第塔记碑》,碑原址云南省丽江县城南关坡,现移黑龙潭公园,云南省博物馆藏拓片。

木青（1568~1597），字长生，号乔岳，又号松鹤、长春，纳西族名阿胜阿宅。[乾隆]《丽江府志略·人物略·文学》载："木青能诗善书，年二十九而殁。"明代云南布政使司右参议冯时可撰《木氏六公传》评价其诗曰："游意述作，怡情声律，其所著撰，如飞仙跨鹤，渺不可即；又如胡马嘶群，悲振万里。其书法，秀骨森然，飘洒若仙。"（清）钱牧斋《列朝诗集小传·丙集》云："木青诗'轻云不障千秋雪，曲槛偏宜半亩荷''含烟翠筱供诗瘦，啄麦黄鸡佐酒肥''堤柳绿销应有限，渚莲红褪岂无愁'，皆中土诗句也。"著有《玉水清音》，由其子木增于江苏汲古阁刻印成书，现已久佚不传。另外[光绪]《丽江府志略》、《丽郡诗征》、《滇诗拾遗》等收录其诗8首。

木增（1587~1646），字长卿，又字益新，号华岳，又号生白，纳西族名阿宅阿寺。九岁丧父，十一岁袭父职，为云南丽江土司。[乾隆]《丽江府志略·人物略·乡贤》记载："木增阿得八世孙，万历间，袭丽江土知府……增又好读诗传，博极群籍，家有万卷楼，与杨慎张含唱和甚多。"木增的作品流传后世的有诗文百余篇，分别收在《木生白啸月堂诗空翠居集》、《山中逸趣》、《芝山云薖集》（卷一）、《光碧楼诗钞》等4部别集中，其中《光碧楼诗钞》已佚不传，另存读书札记《云薖淡墨》6卷。另外[光绪]《丽江府志略》、《丽郡诗征》、《丽郡文征》、《滇文丛录》、《滇诗拾遗》等收录其70余篇诗文。

木靖（1628~1671），字晓苍，号文明，纳西族名阿春阿俗，是丽江第二十一代土司，官拜丽江知府。性淳良，好诗书，常在万卷楼研读祖先著作。木靖热情接待外来文士，虚心领教，为人谦和，自幼爱好读四书五经和写诗文，常手不释卷。木靖非常博学，并对学者非常尊敬，他曾将木府所藏的书籍木刻成册刊行。[光绪]《丽江府志略》收其诗1首。

本次点校整理以家族为整体，概收明代丽江木氏土司文学家族现存诗文别集及传世碑文。

《雪山始音》（二卷）以云南省图书馆藏明嘉靖刻本为底本标点；《隐

园春兴》以云南省图书馆藏明嘉靖家刻本为底本标点；《雪山庚子稿》以云南省图书馆藏明嘉靖刻本为底本标点；《万松吟卷》以云南省图书馆藏明末本氏重刻本为底本标点，以云南省图书馆藏明嘉靖二十二年自刻本为校本；《玉湖游录》以云南省图书馆藏明嘉靖二十四年冬旬刻本为底本标点；《仙楼琼华》以云南省图书馆藏明嘉靖刻本为底本标点，以（明）杨慎辑《雪山诗选》（三卷）、《云南丛书》等所选录诗文为校本。《芝山云薖集》（卷一）以云南省图书馆藏明末刻本为底本标点；《山中逸趣》以云南省图书馆藏明崇祯刻本为底本标点；《木生白啸月堂诗空翠居集》以云南省图书馆藏清中叶钞本为底本标点，以《云南丛书》等所选录诗文为校本。

凡　例

一、明诗文别集，一般不止一个版本传世。对版本的选择，主要择善而从之。有些版本虽然刊刻较早，但是在传世过程中有残缺、漫漶、倒错等不足，则选择内容完整者为底本。此次整理，《雪山始音》（卷上、卷下）以明嘉靖刻本为底本；《隐园春兴》以明嘉靖家刻本为底本；《雪山庚子稿》以明嘉靖刻本为底本；《万松吟卷》以明嘉靖二十二年（1543）自刻本为底本；《玉湖游录》以明嘉靖二十四年（1545）冬旬刻本为底本；《仙楼琼华》以明嘉靖刻本为底本；《芝山云薖集》（原四卷，现仅存卷一）以明末刻本为底本；《山中逸趣》以明崇祯十二年（1639）刻本为底本；《木生白啸月堂诗空翠居集》以清中叶钞本为底本。

二、明代纳西族诗文别集刊刻各有所自，本书校勘力求简洁，凡底本与诸本皆异，据诸本出校，以供参考，整理者所作的校记，均附录在诗歌作品之后。校记针对异文、正误、补缺、拾遗等。对校本的选择，择要而从。本书共收录明代纳西族木氏文人8人，诗文别集9部，包含诗1219首，文16篇，小令1首。

三、同一诗题之下有多首诗，为统一格式、统一编排，原书中"之一""之二"等统一规范为"其一""其二"等进行文字编排。

四、本书按照诗人行年先后顺序排列。诗人小传列摆于整理前言，编入其生平、著述及资料来源，并引入其他文人对其褒奖赞美之言，以求全面详尽。

五、此次整理过程中，施加新式标点，断句概依照底本句读，并按照古籍整理通例对录入诗文作品标点，编录的诗歌作品尽量选择善本或者通行本作底本，底本中的自注、原注，均予以保留。

六、为保持史料的原始性，书稿除"柏""栢"、"沉""沈"等少数异体字，古今字统一改为通行正体字、今字之外，均不做修改。

目 录

雪山始音 / 001

雪山始音序 …………… 003

雪山始音 卷上 …………… 005

七言律诗 …………… 005

次春园诗 十四首 …………… 005

寄友人莫静夫 …………… 008

秋日述怀 …………… 008

小东精舍 …………… 008

兵旋怀友人 …………… 008

夜饮忆友人云谷 …………… 009

登楼 …………… 009

夏日登北雪楼寄胡鹤野 …………… 009

赠蓟羽士 …………… 009

复寄滇友邹本愚 …………… 010

简复叶先生用韵 …………… 010

友生务之同游双峰别业 …………… 010

崖院偶题壁面 …………… 011

白鹤山庄迁居有感 …………… 011

忆成都邓大拯 …………… 011

秋日无酒 …………… 011

宗古至 …………… 011

游谋统 …………… 011

步秋野 …………… 012

九日东篱叙饮 …………… 012

山阁中寄简李鹭洲 …………… 012

访征君樊雪须留饮小洞 …………… 012

寄疏狂 …………… 013

草堂戏简答鹤川吴太守 …… 013	峰堂纪兴　二首 …… 019
灯下答故友 …… 013	次无心野逸闲咏　五首 …… 020
克捷 …… 013	遇古楠自怡 …… 020
兵旋永宁 …… 014	即事 …… 021
夏日留饮三松水亭 …… 014	小墅 …… 021
忆妻 …… 014	登石松草楼 …… 021
寄雪坞子 …… 014	猿 …… 021
遁痴堂寄题愈光　五首 …… 014	侑渔者游秋湖 …… 021
游西陇村 …… 015	慰怀 …… 021
寄双鹤 …… 016	秋日南山书所见 …… 022
简复张举人 …… 016	玉龙山草堂逸兴　五首 …… 022
草堂戏呈胡鹤野　三首 …… 016	山楼夜坐 …… 022
五言律诗 …… 017	题雪山寺虎溪高长老禅壁 …… 022
八月八日与友饮于南野松墩 …… 017	舍叔石松隐居玉山题道霁 …… 023
波南居士邀游呈海 …… 017	送友之南 …… 023
冬日简答谭明府 …… 017	草亭释闷　五首 …… 023
秋夜 …… 017	**雪山始音　卷下** …… 025
登玉龙寺 …… 017	**七言绝句** …… 025
行师至宝山州 …… 018	山居吟 …… 025
题遁痴堂　四首 …… 018	闲咏 …… 025
野人送鹿 …… 018	苦雨 …… 025
一白堂叙留古斋和尚 …… 018	书秋　三首 …… 025
重游玉龙寺 …… 019	数兴 …… 026
饯鲁卿之江南 …… 019	采药 …… 026
岁莫 …… 019	绝句 …… 026
岁除夜立春有妓者侑饮 …… 019	石宝山三鹤野僧来访草亭 …… 026
访冲漠隐士 …… 019	有感　二首 …… 027

愁	027	赠别	031
秋夜	027	题扇	031
晚集	027	春日戏答寸时重	032
病后感题	027	**五言绝句**	032
漫兴	028	书眠	032
自慰	028	塞上曲	032
即景	028	塞下曲	032
知进退	028	杜鹃词	032
拨闷 二首	028	晓行	032
题画	028	奉题章草溪	033
观史	029	沽酒	033
怀古	029	水村 四首	033
遇旧	029	龙湫观音阁	033
夜	029	南湖晚眺	033
偶作	029	自逸	034
琵琶曲	029	招隐	034
爱逸	029	慕古	034
游览	030	金江夜泊	034
寻山室	030	题江东马舜举昼 二首	034
野人载酒来	030	乐隐	034
肥遁	030	白古山馆	035
饮茶	030	早起	035
构屋喜得酒	030	夏日观南池 二首	035
送画士	030	村居 七首	035
逸兴 二首	031	水亭题陶云湖隐逸图	036
灯下送无须子	031	登介石楼	036
南浦小景	031	复愁 二首	036

独酌	036	秋日述感	040
江亭避暑	036	寄辛术士	040
刈麦	036	同杨白石晓行巨津	040
送僧归山	036	秋日望石上寺	040
雨	037		
霜髻亭子 二首	037	**隐园春兴 / 041**	
双峰 二首	037	隐园春兴班	043
午节	037	序	045
山居即事 二首	037	其一	045
有感	037	其二	046
雪山书院 三首	038	其三	046
寻玉嵰新斋	038	其四	046
诗酒遣怀	038	其五	046
看病鹤	038	其六	046
访凫鸥子	038	其七	046
登雪岳绀园	038	其八	046
秋夜	038	其九	047
秋早	039	其一〇	047
雨不绝	039	其一一	047
寻樊雪须逸居北墅 二首	039	其一二	047
白鹤庄	039	其一三	048
冬日书雪山精舍	039	其一四	048
送武使归塞	039	其一五	048
经石门关	039	其一六	048
即事	039	其一七	048
问民	040	其一八	049
樊翁邀饮老夫醉间留题一绝	040	其一九	049

其二〇 …… 049	其四七 …… 054
其二一 …… 050	其四八 …… 055
其二二 …… 050	其四九 …… 055
其二三 …… 050	其五〇 …… 055
其二四 …… 050	其五一 …… 055
其二五 …… 051	其五二 …… 055
其二六 …… 051	其五三 …… 055
其二七 …… 051	其五四 …… 055
其二八 …… 051	其五五 …… 056
其二九 …… 052	其五六 …… 056
其三〇 …… 052	其五七 …… 056
其三一 …… 052	其五八 …… 056
其三二 …… 052	其五九 …… 056
其三三 …… 052	其六〇 …… 056
其三四 …… 052	其六一 …… 057
其三五 …… 052	其六二 …… 057
其三六 …… 053	其六三 …… 057
其三七 …… 053	其六四 …… 057
其三八 …… 053	其六五 …… 057
其三九 …… 053	其六六 …… 057
其四〇 …… 053	其六七 …… 057
其四一 …… 053	其六八 …… 058
其四二 …… 054	其六九 …… 058
其四三 …… 054	其七十 …… 058
其四四 …… 054	其七一 …… 058
其四五 …… 054	其七二 …… 058
其四六 …… 054	其七三 …… 058

其七四	059	跋	063
其七五	059		
其七六	059	**雪山庚子稿 / 065**	
其七七	059	庚子诗集序	067
其七八	059	**七言律**	069
其七九	059	拜和巽隐大中承望雪山诗	069
其八〇	059	登迎仙楼 三首	069
其八一	060	春席	070
其八二	060	春居玉山院 二首	070
其八三	060	观竞秋千	070
其八四	060	游饮喜春园中醉书壁上	071
其八五	060	春夕饮于海棠花下	071
其八六	061	春夜聚饮牡丹亭 二首	071
其八七	061	引诸友游北园	071
其八八	061	喜晴夜宴 二首	072
其八九	061	诗酒遣怀	072
其九〇	061	病起登东	072
其九一	061	夏日引妓游中湖	072
其九二	061	忆春	072
其九三	062	晓登雪楼	073
其九四	062	岭湖东望	073
其九五	062	引东嶙游白古渠	073
其九六	062	玉院小酌	073
其九七	063	夏饮北塘	074
其九八	063	雪山楼中双鹤同赋回字	074
其九九	063	草堂闲适步北溪上韵	074
其一〇〇	063	泛湖虹见作之	074

玉湖边 …………………… 074	和湖月寄来诗图便面 ……… 080
送葵坡补任黎州 …………… 075	元夜前一日赴饮南厅 二首
晚晴携双桃复饮南湖 ……… 075	…………………………… 080
秋夕诸友重会北冈书院小酌	赏元宵 …………………… 080
…………………………… 075	雕房观丽 ………………… 080
秋晚眺中湖 ……………… 075	春饮北塘晚归 …………… 080
暮秋南望 ………………… 075	题松与真真倦绣图 ……… 081
游湖上寺 ………………… 076	和月坞春游榆城韵 七首
雨夜忆友感怀 …………… 076	…………………………… 081
复寄滇城萧友人韵 ……… 076	双峰书屋 ………………… 082
叠范菁山登洱水楼韵 …… 076	别春 ……………………… 082
重韵菁山云龙道中小憩 … 077	小子升邀饮南川书墅 …… 082
游玉湖 二首 …………… 077	避暑林中而饮 …………… 082
赘习庵怀秋韵 …………… 077	送友人回滇 ……………… 082
秋饮忆竹山 ……………… 077	饮酒 ……………………… 082
送沧城李鹭洲 …………… 077	游九十峰深处 二首 …… 083
桥上邀四友饮 …………… 078	雪院醉中诗示琮弟 ……… 083
寿日醉中拜和吕仙翁韵 … 078	题周昉梅花仙子 ………… 083
西园述事 ………………… 078	步宗古题大理韵 二首 … 083
重登迎仙楼 ……………… 078	雪山院中自寿 …………… 084
登介石楼次梦樵子韵 …… 079	八月廿四夜与众客饮于清槐亭
希源亭会饮赵松坡偶揭放翁诗	…………………………… 084
指青字韵步之 ………… 079	游湖 ……………………… 084
题松坡宅 ………………… 079	秋日野眺 二首 ………… 084
五言律 ………………… 079	依韵寄友人杨雨溪 ……… 085
题雪山 …………………… 079	次玉林游榆海韵 ………… 085
筵前观美人 ……………… 080	出郭 ……………………… 085

题高三野隐居书屋卷 三首
　　……………………………… 085

戏和东渠访隐 ……………… 086

七言绝句 ………………… 086

嘉靖恩赐"辑宁边境"四字
　　……………………………… 086

太史升翁取石鼎以诗侑之 … 086

华马国 ……………………… 087

和铁冠居士谒蜀江武侯祠韵
　　……………………………… 087

胡拍词 ……………………… 087

春姬 ………………………… 087

醉中作 ……………………… 088

赏牡丹 ……………………… 088

和古韵 ……………………… 088

东皋饮 ……………………… 088

迎仙楼中忆吕翁 …………… 088

问棠梨花 …………………… 089

送客 ………………………… 089

春闺怨 ……………………… 089

宫娃词 ……………………… 089

饮春会 ……………………… 089

怀行兵者 …………………… 090

春游戏题 二首 …………… 090

寻春 ………………………… 090

席间即事 …………………… 090

芙蓉伴饮 …………………… 091

约人看花 …………………… 091

山行 ………………………… 091

二春侍饮 …………………… 091

暮春看牡丹 ………………… 091

再赏海棠花 ………………… 091

惜花 二首 ………………… 091

与春留饮晦夜 ……………… 092

落花词 ……………………… 092

送朱州倅回乡 ……………… 092

珊瑚寄箐山先生 …………… 092

雪山深夏 …………………… 092

炎画邀春饮于水阁 ………… 093

避暑南涧 …………………… 093

四月尽 ……………………… 093

采莲词 六首 ……………… 093

自种柳 ……………………… 094

新亭酌月 …………………… 094

秋夜 ………………………… 095

秋日思春 …………………… 095

秋夕待人 …………………… 095

题务山隐居 ………………… 095

冬日喜饮 …………………… 095

群儿堆雪为塔喜而有作 …… 095

五言绝句 ………………… 096

自述 ………………………… 096

题燕用赵松坡韵 …………… 096

酒家 二首 ………………… 096

醉狂	096	秋兴 三首	100
游东园池亭 三首	097	晚坐东溪亭	101
春英	097	江村晚眺	101
春眠戏作	097	江行	101
书院醉题	097	石海子	101
春来	097	菊婢	102
寄春媛	097	溪女	102
题背机女	097	望湖	102
饮中咏春香	098	月下戏饮	102
筵前戏鼓	098	七夕宿于玉峰东泉	102
仲春诸友酿饮南圃杏亭	098	秋阁晚坐	102
郊饮夜归	098	夜闻王雎有感	102
散宴	098	看剑	102
朵甘人送犀足酒盘	099	览镜	103
观仕女博塞	099	书字	103
问故人	099	御临西	103
晚醉	099	宫怨	103
问羽士	099	题王恭湖山暮雪图	103
雪莲劝饮	099	十月	103
怨昭君	099	雪宇夜坐	104
四月观玉院子牡丹	099	冬夜席间和南坡韵	104
湖边过	099	雪夜醉题	104
对妓喜酌	100	观舞魔	104
赏饮蒼卜	100	卜远人	104
榴边春女	100	辩物性	104
观湖遇雨	100	白峰馆	104
立秋	100	送李挥使	104

访隐 …………………… 105	春游 …………………… 117
观猎 …………………… 105	微雨后赏手植双海棠 … 118
偶得白驼喜赋 ………… 105	云端书屋 ……………… 118
跋 ……………………… 105	万松草亭小咏 ………… 118
	春日闲适 ……………… 118
	南圃赏饮群春 ………… 118

万松吟卷 / 107

万松吟卷序 …………… 109	席间新得小春皓月双娥侍饮
七言律 …………………… 111	喜作 ………………… 119
万松吟 ………………… 111	题倪云林秋晚图 ……… 119
和月坞扇寄升庵韵 十首 … 111	春饮南坡园 …………… 119
雪山 …………………… 113	春夕壶中宴饮 ………… 119
雪湖 …………………… 113	仲春日游南郊望湖情畅作之
雪林 …………………… 113	…………………………… 120
雪崖 …………………… 114	清明引宾游赏西山园 … 120
雪松 …………………… 114	约李生晋春游不期 …… 120
雪楼 …………………… 114	题樊隐林壁 …………… 120
登岳 …………………… 114	假钓游石峰小湖 ……… 120
万松堂 ………………… 115	寄柏斋隐居龙坡 ……… 121
述怀 …………………… 115	引双桃重游南湖醉后狂书 … 121
再题书院 ……………… 115	留客赏牡丹 …………… 121
乐松堂 ………………… 116	南和闲步 ……………… 121
题高瀫秋景 …………… 116	春游书所见 …………… 121
茅斋闲咏 ……………… 116	寄北窟山蒲庵长老 …… 122
题三松绘卷 …………… 116	重饮西园 ……………… 122
纪玉岩春辉别墅 ……… 117	自正月昼阴夕晴霜雪交作至
游西龙洞 ……………… 117	仲春未日色昏黄风吹更恶
柬鹤川张东园 ………… 117	此春行冬令感而记之 …… 122

赏园 …………………… 122	访双崖隐居 …………… 127
叠韵答雪溪寄予之作 …… 122	首春西园试饮 ………… 127
暮春伐李凫溪行 ……… 123	题玉山松堂 …………… 127
南村野堂 ……………… 123	春社 …………………… 127
季春廿五日立夏饮石溪园 … 123	拜题南园翁画 ………… 127
夏日书雪峰新宇 ……… 123	喜雨后戏游崖脚池园 … 127
上双坡榆河岭 ………… 123	晚归山屋 ……………… 128
书院喜晴梅雨短述 …… 124	书望北亭 ……………… 128
六月居双杨水榭 ……… 124	寄南宅春姬 …………… 128
末夏晦日引春云泛保峰南渚	五月过干海地 ………… 128
…………………………… 124	秋阴 …………………… 128
书怀寄云江 …………… 124	和中溪扇中韵 ………… 128
秋日丘塘关望鹤川 …… 124	晚登白峰挹翠楼 ……… 129
济川桥望秋 …………… 124	赠羽客杨竹屿 ………… 129
游成纪 ………………… 125	秋日游白鹿山 ………… 129
秋行谋统 ……………… 125	次竹山晚泊呈海韵 …… 129
登北山重滴楼 ………… 125	晓行白浪沧 …………… 129
访东陂小亭 …………… 125	秋日连雨晚坐北冈小楼 … 130
秋日同羽士玉窟饮于水亭有	末秋雨晴步郊晚眺西山兰若
小姬侍饮清童瀹鼎醉于	…………………………… 130
喜书 ………………… 126	霜后晓望东畴 ………… 130
送杨月江行 …………… 126	**七言绝句** …………… 130
季冬廿日留别张染髭赓晴雪韵	题平山画 ……………… 130
…………………………… 126	次蓝关记怀升庵韵 二首 … 131
寄朝霞樊举人 ………… 126	戏题青娥坠杯 ………… 131
五言律 ……………… 126	书扇寄月江 …………… 131
书院晚坐 ……………… 126	春日晓起有感 ………… 131

目录 011

怀寄禺山外史 …………… 131

病中寄板松山人 ………… 132

春阴短述 ………………… 132

别张海亭 ………………… 132

菊边喜饮 ………………… 132

叠三池登明诗台韵 二十首
………………………… 132

宗古来 …………………… 135

五言绝句 ……………… 135

咏蝶 ……………………… 135

惜春 ……………………… 135

书院 ……………………… 135

一静堂 …………………… 135

题小隐图 ………………… 135

溪阁延樊月者 …………… 136

题春怨图 ………………… 136

自题 ……………………… 136

寻寄庵山室 ……………… 136

夏日独居 ………………… 136

晚坐怅怀 ………………… 136

病起 ……………………… 136

题秋闺小鬟 ……………… 136

雨夜无眠 ………………… 136

复龙关友溪韵 …………… 137

秋江晚眺 ………………… 137

和小山题窗韵 …………… 137

跋 ………………………… 137

玉湖游录 / 139

玉湖游录序 ……………… 141

首春咏游 ………………… 143

携妓与众友嬉游 六首 … 143

试舟戏题 ………………… 144

粟鹤溪去任遣使送归久矣是
　日舟中偶得回书慰我记之
………………………… 144

晚晴独咏 ………………… 144

引宾泛晴用前韵 ………… 145

纱头醉坐看群娇戏船 …… 145

莎洲对吟 ………………… 145

游钓 ……………………… 145

午晴 ……………………… 145

适兴 三首 ……………… 146

复游 ……………………… 146

诸客同舟醉游记兴 ……… 146

午节书事 ………………… 147

晴夏甚热日晚独泛偶见双春
　侍饮喜作 ……………… 147

观采莲 三首 …………… 147

月江来访次韵 二首 …… 148

即景 ……………………… 148

忆禺翁昔游玉湖有感一绝 … 148

醉和禺山便寄集韵 六首 … 148

听渔歌 …………………… 149

晚酌碧蓑亭 …………… 149	秋末泛晴　二首 …… 155
同菱溪子游 …………… 149	雪后诸友晚酌 ……… 155
月江寄来玉林题扇韵故次之 … 150	醉别渔溪子 ………… 155
醉宿舟亭 ……………… 150	春鸾侍饮醉扶船楫戏书
和韦苏州寄全椒山中道士韵	跋 …………………… 156
……………………… 150	玉湖游录诗序 ……… 156
爽夜漫题 ……………… 150	
漫兴 …………………… 150	## 仙楼琼华／157
李江云同饮醉归 ……… 151	仙楼琼华序 ………… 159
秋兴　二首 …………… 151	书迎仙楼 …………… 161
纪兴 …………………… 151	醉题楼壁　二首 …… 161
咏鹤 …………………… 151	饮中使滇者回得升老草诗四幅
绝句　四首 …………… 151	以韵和之　四首 … 162
秋夜赏月 ……………… 152	晓起 ………………… 162
喜晴闲适 ……………… 152	次中溪韵 …………… 162
湖上得垠溪茧簨叠韵以答 … 152	春寒谩书 …………… 163
独饮见景作之 ………… 153	升翁远寄太白古木竹石画刻
述兴 …………………… 153	雪景一副并诗一律侬韵献酬
秋吟 …………………… 153	……………………… 163
醉联石潭旧韵 ………… 153	寄月江 ……………… 163
秋适 …………………… 153	晚宴戏书 …………… 163
醉后漫书 ……………… 153	楼旁建茶厨一檩遂赋一律 … 164
晓饮示客 ……………… 154	短述 ………………… 164
登望湖楼 ……………… 154	炼师周月泉来访醉饮速归以
咏晚 …………………… 154	诗送之 …………… 164
鹤野远来与一二友人泛饮顾予	咏魏贞庵远寄黄鹤画 … 164
赋诗得陪字 ………… 154	对岳 ………………… 164

对雪	165	赓雨山韵	169
对云	165	醉别中臬子	170
对松	165	伏后漫书	170
对花	165	初秋	170
对月	165	晚眺	170
对琴	166	晚宴戏书	170
对鹤	166	登望	170
对湖	166	楼东别构草堂　二首	171
对川	166	即事	171
忆吕翁	166	楼下新凿小池喜而赋之	171
偶成	166	望岳光	171
春望	167	闻松	171
春兴	167	秋眠早起	172
书事	167	晚霁	172
望雪山	167	远景	172
偶见檐前胡蝶飞	167	望楼	172
春日引滇城杨春江游饮醉别　一律	167	拜和翁寄来贱辰诗及楷寿大字	173
仲春宴饮	168	是日重和禺山遣寄寿诗韵	173
游仙词　二首	168	方士竹屿秋晚偕登以诗纪兴	173
题洞宾卖墨图	168	秋晴晚眺	173
题升翁寄来仙山紫府图	168	独眠	173
昼眠	169	题醉	174
夏饮	169	再题三绝	174
四月初旬宴赏牡丹	169	晓登	174
夏日喜登	169	释闷	174
独吟	169		

秋兴 …………………… 175
独饮计兴 ………………… 175
杂兴　五首 ……………… 175
独寝感怀 ………………… 175
喜晴 ……………………… 176
暮秋 ……………………… 176
觐日 ……………………… 176
雪 ………………………… 176
即景 ……………………… 176
升老简来命作高峣十二景诗
　续书于后 ……………… 176
奉次空侯十六韵 ………… 179

芝山云薖集 / 181

卷之一 ………………… 183
云薖集序 ………………… 183
芝山云薖集序（一）…… 185
芝山云薖集序（二）…… 187
芝山云薖集目录 ………… 189
中海仙都赋 ……………… 203
寿星降于府治 …………… 204
芝山赋 …………………… 205
瑞芝赋　并序 …………… 206
雪岳赋　有序 …………… 208

山中逸趣 / 211

山中逸趣序（一）……… 213

山中逸趣序（二）……… 215
山中逸趣目录 …………… 217
山水赋 …………………… 223
草庐赋 …………………… 223
逸趣篇 …………………… 224
乐山篇 …………………… 224
乐水篇 …………………… 225
山趣吟　二十六首 ……… 225
山居野意书寄华亭章青莲兼
　求政　二十首 ………… 228
卧松轩　二首 …………… 230
上松岩　二首 …………… 231
听松涛　二首 …………… 231
适松禽　二首 …………… 231
步松影　二首 …………… 232
坐松蟠　二首 …………… 232
吟松韵　二首 …………… 232
爱松幽　二首 …………… 233
喜松萝　二首 …………… 233
玩松叶　二首 …………… 234
乐松茂　二首 …………… 234
住松棚和韵　二首 ……… 234
秋日宪副张公祖复字诗依韵
　奉酬　二首 …………… 235
题山四言　六首 ………… 235
述怀　三首 ……………… 236
感怀　二首 ……………… 236

题画五言　八首 …… 236	神宁雪洞 …… 246
题扇　十二首 …… 237	虑寂心斋 …… 246
宿卧斗庵 …… 238	助我清幽 …… 246
撄宁斋 …… 238	闻渔欸乃 …… 246
寄扇守玄子 …… 238	饣布煮胡麻 …… 247
夜语普天僧话 …… 238	香焚柏子 …… 247
秋雁　二首 …… 238	收叶煨芋 …… 247
罗汉壁幻空上人 …… 238	扫苔觅芝 …… 248
雪夜 …… 239	半间草屋 …… 248
夜静松庵 …… 239	万重山水 …… 248
止止斋小酌 …… 239	溪山作伴 …… 248
水竹居清兴　三十首 …… 239	云月为侪 …… 249
雪洞吟七言绝句 …… 241	花开碧岫 …… 249
石屋松声 …… 241	月印寒潭 …… 249
云楼山色 …… 242	椰瓢注酒 …… 250
醉卧芦花 …… 242	石鼎烹茶 …… 250
行吟山水 …… 243	山花夹涧 …… 250
衣破风补 …… 243	岩树笼烟 …… 250
形瘦云庄 …… 243	萝月松风 …… 251
山中宰相 …… 243	茆亭花径 …… 251
地上神仙 …… 244	草衣木食 …… 251
帘卷溪光 …… 244	石床纸幔 …… 252
窗含树色 …… 244	旭含青嶂 …… 252
种松缘径 …… 244	云浸碧潭 …… 252
架木山椒 …… 245	地隔尘嚣 …… 252
擎头啸月 …… 245	心游太古 …… 252
垢面吟风 …… 245	是非莫管 …… 253

名利不羁	253	山居歌 八首	257
四时和气	253	雪松歌	257
一世安闲	253	登五老峰歌	258
常餐侧柏	253	山中逸趣跋	258
时抚孤松	253	山中逸趣后跋	259
香袅金炉	253		
帘垂花院	254		

木生白啸月堂诗空翠居集 / 261

云烟送暖	254

五言律 …… 263

椙柮驱寒	254	碧云窝间意 五十首	263
白醉檐暄	254	玉山书院乐松堂韵物即景 四十首	268
洪麻天放	254		
岩云赠客	254		

七言律 …… 273

溪月延宾	254	松林喜雪 二首	273
听猿临壑	255	游鸡山函一斋	273
看鹿穿林	255	咏罗汉壁	274
逍遥天池	255	送谭印翁 二首	274
散诞居诸	255	秋夜诸友会饮偶成	274
心同止水	255	访周隐士	274
意似闲云	255	送友归山 二首	274
瓦盏芹斋	255	翠君亭读东坡集姣体而作 二十首	275
瘦瓢荟粥	256		
灰心尘俗	256		

附：明代木氏土司文学家族散存诗文 / 279

醒口林泉	256		
迹遁丘樊	256		
神驰兜率	256		
忆恋乾清	256	两关使节	281
怀修净土	256	建木氏勋祠自记	281

木公恕墓碑	282	对松	298
万德宫碑记	284	立春	298
石古碣	285	立夏	299
题岩脚院	287	阅邸报见元日圣明开网释刘	
题释哩达多禅定处	288	直臣恭纪	299
无题	288	山居	299
木高碑	288	晚归白屋	300
丽江军民府世袭士官知府 诰		登长庚山	300
封中宪大夫严君木侯碑记		赓杨泠然督学游九鼎咏	300
	290	登芝山赏菊	301
觉显复第塔记碑	292	居芝山	301
移石草亭	293	居芝山 二首	301
夜作	294	吟仙	302
泛玉湖	294	晓行岵冈小酌	302
偶成	294	水阁纳凉	303
雪山	295	喜闻辽捷终养真等逆俘献阙庭	
题竹	295		303
太素轩	295	山居六言	303
赓祖雪翁隐园春兴韵	296	芝山居	303
输饷喜感新命	296	检书	304
闻辽有警	296	隐居十记	304
草堂漫兴	297	风响集序	308
赤松坡	297	雪山	308
书便面寄鸡山本无上人	297	**后　记** / 309	
登文笔峰	298		

雪山始音

（明嘉靖刻本）

（明）木公 撰

雪山始音序

初，丽阳木恕卿氏以书来，其称说文义甚雅，意其地殊俗异，而假诸人也。然固已多之。暨再来，则知其皆自出矣，犹意其缘饰辞翰而已。然益多之！暨又再来，而访其行，则有符于辞矣，而尚意其过。暨又再来，而询其素，则信乎内朗而外昭者也。盖其幼已嗜学，比长，于其俗之树惇则欲文之、沓贪则欲正之。事亲能外不违令、内不违义。室无靡曼玩弄之娱，而惟图书琴瑟是御。所礼必角犀丰盈，方修博洽。而富都那竖咸并焉，殆其质性然也。

间尝问诗，告以始于杜，又问所先，告以近体，可持循以入。无几何，以所为诗数篇至，若有近杜者矣。又无几何，以所为近体二百余篇至，良有似杜者矣。询其使，盖服吾言而静专不渝，纯乎其用心故也。

嗟乎！吾论诗所以必先于杜者，以至心出于忧时爱国，其辞善于体物昭采，其义剀切而于时事无所蔽，至其旁魄而厚，其情幽潜而实，是故乐道之也。今观二百篇之作，虽未能闯斯境，然射的行归，已不迷其始发矣。是故，由其忧时则忠，由其爱国则仁，由其昭采则文，由其剀切无蔽则公，由其广厚则大，由其幽潜以上沂骚雅则贞。夫忠以礼国，仁以育民，文以昭治，而公以临之，大以廓之，贞以守之。则事上获下，赍俗缵业，苾政饬躬顾，顾有得诸待之之外，而不直以诗鸣者存焉。此皆恕卿之所至焉，所具而质所几也。

然养而纯者存乎心，弘而裕者存乎学，久而光者存乎诚。斯道也，立门墙而麾之者，多矣！独进恕卿而与之，岂无征乎？

因题其诗曰《雪山始音》，雪山者，丽之望也，始音者，丽初无诗而今创有之也。而昭逊俟来之亦无具矣。

嘉靖二年，岁在癸未冬十月望前三日。南园老人张志淳书。

雪山始音 卷上

七言律诗

次春园诗[一] 十四首

其一

大保山下月坞园,那能赤脚候青门。愁来薄酒且判醉,老去新诗谁与论。太犯杜矣。飞絮落花春欲尽,鸣鸠乳燕晚犹喧。意句浑全不嫌意,犯古人也。知君苦思在幽逸,惟有盘中苜蓿飧。

【校记】

[一]"次春园诗"(明)杨慎辑《雪山诗选》卷上作"春园诗次张月坞韵二首"。

其二

衰年习静此溪园,懒慢经旬不出门。药裹雨侵忘料理,诗囊尘满欠评论。惯看村社儿童戏,厌听邻家鹅鸭喧。老我不堪生事拙,涧毛新采足朝飧。

其三

抱瓮无机独灌园,编篱犹畏启寒门。幽寻曳客闲堪掬,醉语邻翁妙莫论。斜阳古树空庭得,鸣雨芭蕉罄屋喧。垂老可怜齿牙动,品尝只爱软蒸飧。

其四[一]

老境城南十亩园，东风桃李烂盈门。百年且趁今春话，万事不劳明日论。佳，是句是句。莺翻野蝶风初静，拗体是。獭趁溪鱼水乍喧。何处看寻好怀抱，独甘书味顿忘飧。

【校记】

［一］（明）杨慎辑《雪山诗选》卷上录此诗。

其五[一]

征君晚节尚幽园，五柳春深绿绕门。市远日唯林叟过，心闲时速[二]野僧论。衔鱼江鹳哺雏立，摘果山猿引子喧。小筑畏人存晚计，新蔬满瓯公儿飧。

【校记】

［一］（明）杨慎辑《雪山诗选》卷上录此诗。

［二］"速"（明）杨慎辑《雪山诗选》卷上作"迹"。

其六

暂把青钱买此园，漫栽桃李别开门。俗夫扣门了不应，诗客寻园许共论。冉冉白云随野出，飞飞黄雀隔篱喧。晚炊爱汝青烟起，老瓦盆盛粗粝飧。

其七

地僻因为诗酒园，晴光淑气霭蓬门。诗僧已去寂无语，酒伴重来喜有论。日暖花枝蝴蝶艳，烟浓柳树鹧鸪喧。微躯此外供何急，抱病还须药饵飧。

其八

月坞养高春草园，呼儿早闭春园门。落红满径轻轻扫，墨点盈笺细细论。庭鹤引雏寻食去，山蜂酿蜜趁人喧。儒翁尚有仙翁术，煮玉熬金卯酉飧。

其九

青山白水绕池园，细雨斜风合坞门。宦俗久判长弃绝，渔樵初作故交论。疏林日暝乌争聚，二月花时鸟竞喧。甚佳。独罢且耕成别业，生涯准拟足年飧。

其十

樗散无聊整故园，石垣土砌苇为门。心随流水不曾竟，身寄浮云何之论。壶倾浊酒霞浆泛，鼎沸新茶雪浪喧。病服术苓长足饱，绝无烟火爨尘飧。

其十一

病后支离懒劚园，藤条竹笋渐侵门。南国孰能狂客伴，用字似杜。东风可解幽人论。平林雾霭晓花暗，哀壑雪消春水喧。甚佳。饭煮青芹盘剥粟，老翁稚子对相飧。

其十二

烟霞数亩名春园，小径傍通曲入门。觅纸题诗疏散兴，买琴沽酒寻常论。云补山丫影落落，泉飞树杪声喧喧。菜根许尔生涯拙，一瓮床头取次飧。

其十三

诛茅结构卜新园，野老墙低区凿门。养生药物防鸡犬，避世衣冠绝诮论。苍苔白石林中静，喜鹊寒鸦午正喧。家给乏供仓廪粟，恒饥稚子采桑飧。

其十四

南园遁迹永昌园，橘刺藤梢影乱门。倒枕厌听晴鸠响，观书如对古人论。溪云带雨草堂晴，第五句，句字好意，欠工琢，溪云带雨与草堂静不切，故也。野色随风麦浪喧。老大拂衣无所尚，孱颜欲付青精飧。

寄友人莫静夫[一]

忠气[二]无聊久废诗,羞将短发乱还吹。鸿归故泽晚何急,"归故晚急"四字意工矣,下句亦称。雨滴空阶秋正悲。放浪形骸唯独往,强[三]移栖息岂多枝。萧然老我无佳慰,鸡黍近来谁共期。尽有杜机轴,非今日诗家所能。

【校记】

[一] (明)杨慎辑《雪山诗选》卷上录此诗。

[二] "忠气"(明)杨慎辑《雪山诗选》卷上作"沉痾"。

[三] "强"(明)杨慎辑《雪山诗选》卷上作"疆"。

秋日述怀

日对横檐数卷诗,科头听雨晚风吹。黄花不待重阳赏,病叶先惊七月悲。门径绝人衰抱病,阶除驯鸟懒寻枝。虽然老眼能多泪,晚岁衣冠更好期。意句俱佳,又不失杜体。

小东精舍

从来老懒躭杯酒,水竹清幽护隐居。莫雪诸峰堪罨画,午风群鸟下庭除。衰农未管分毫事,小儿无余三四书。终日闭门因自醉,俄然一笑不知渠。

兵旋怀友人[一]

老别伤悲兵[二]檄飞,废诗辍饮惊乱归。梦中春[三]草自怀想,落日金戈愁指挥。似杜。踵旋数望鱼书至,抱坐犹疑玉[四]帐围。却笑竖儒驱万房,终心不弃子房机。

【校记】

［一］（明）杨慎辑《雪山诗选》卷上录此诗。
［二］"兵"（明）杨慎辑《雪山诗选》卷上作"羽"。
［三］"春"（明）杨慎辑《雪山诗选》卷上作"瑶"。
［四］"玉"（明）杨慎辑《雪山诗选》卷上作"虎"。

夜饮忆友人云谷

山翁潦倒长闭门，疏帘下对清香尊。醉中忆友心迷漫，灯下题诗眼乱昏。草长池塘愁独梦，雨来阶壑恼多喧。孤窗此夜堪惆怅，老去因悲减笑言。

登楼

岁月经过白发侵，倦来何事独登临。青山似画重经眼，古寺无僧空对吟。窗虚风急雨初散，树杪云迷天尚阴。倚槛不堪双泪堕，故思王粲契吾心。

夏日登北雪楼寄胡鹤野

夏日高登北雪楼，午时遥望西湖舟。青山有约不相吊，白首寻盟还自愁。怀抱难开诗祟乱，蛮戎欲绝酒兵酬。殊方地冷浑无瘴，四月阴风卷麦秋。

赠蓟羽士[一]

羽士风标独异常，百年身世两浑忘。凌[二]晨白发梳千下，未午黄庭写数章。饭煮[三]胡麻延道侣，汤融枸杞注仙方。山阴雨雪归来夜，玉杖霞裾引凤凰。

【校记】

　　[一]（明）杨慎辑《雪山诗选》卷上录此诗。
　　[二]"凌"（明）杨慎辑《雪山诗选》卷上作"陵"。
　　[三]"煮"（明）杨慎辑《雪山诗选》卷上作"鬻"。

复寄滇友邹本愚[一]

　　雪山老去奈鳏[二]居，梦绕云城音信疏。头发不梳三月后，柴门紧闭二年余。苦遭病肺唯高枕，泥杀愁心懒读书。伐木不堪无限意，题诗远寄一双鱼。

【校记】

　　[一]（明）杨慎辑《雪山诗选》卷上录此诗。
　　[二]"鳏"（明）杨慎辑《雪山诗选》卷上作"矜"。

简复叶先生用韵

　　野翁笑掀霜鬓垂，懒惰斜欹白接䍦。青草池塘愁入梦，雪山老僻性犹诗。随之药饵扶吾病，谩向江干理钓丝。二句好，大重古人。今日也能书翰致，未知倾盖定何时。

友生务之同游双峰别业[一]

　　双峰别业西湖西，板屋松垣三四畦。锄月耕云殊自在，开山引水真幽栖。晴看稚子牵黄犊，夕听邻翁呼白鸡。自此不期廊庙友，贪寻酒伴醉如泥。

【校记】

　　[一]（明）杨慎辑《雪山诗选》卷上录此诗。

崖院偶题壁面

荆扉薄莫对麋鹿，草屋侵晨生白烟。好句。男女叫呼忧口腹，鳏翁潦倒厚衣毡。秋横薄雾远山暗，鸟集寒崖枯树县。身外风缘了无意，独凭杯酒度衰年。

白鹤山庄迁居有感

匍匐老翁何出门，迁居独悦锄山园。喜霑北阙新君泽，感激丹衷旧主恩。处世欲期增鬼魅，谋生不卜付乾坤。浮云细雨自朝夕，此地绝无车马喧。

忆成都邓大拯

东风徙倚夕阳楼，惆怅不言心郁愁。昔日已经巫峡去，何时共得锦江游。桃花满岸滋红泪，雪岳远空盈白头。肠断不胜襟抱切，莫云片片水悠悠。

秋日无酒

白屋穷愁难过时，奈何无酒懒题诗。汲泉瓦钵多盛月，带雨黄花空傍篱。病骨可无轻火暖，羸躯不耐冷风欺。谩呼稚子典衣去，晚市烟寒唤客迟。

宗古至

客访柴门秋雨晴，斜擎短杖笑相迎。尊前噂沓鞍鞯敝，篱下馨香菊蕊明。石鼎乳茶翻雪浪，画图人物对山楹。问渠此处堪何侑，一鹿教驯双鹤鸣。

游谋统

轻鞭匹马堪惆怅，短札青囊懒去归。夕岸柳疏黄叶坠，秋江浪尽白鸥飞。心愁野宅荒无主，眼见民夫色有饥。到处也能杯酒乐，醉余回首故山微。

步秋野[一]

缓步南野秋风清，萧萧落木雨初晴。田头赤子戏牛背，山外夕阳归鸟声。乱寇晚村忧出没，慰民新稻喜收成。杖藜转觉东桥莫，何处清笳客思惊。

【校记】

[一]（明）杨慎辑《雪山诗选》卷上录此诗。

九日东篱叙饮[一]

今属重阳久雨开，西风几杖尽君陪。白衣去后无人问，黄菊开时有客来。此等句，其自在可喜也，不失杜意。瓦瓶香透茱萸酒，野老[二]诗非元亮才。击节浩歌天欲莫，东篱饮醉玉山颓。

【校记】

[一]（明）杨慎辑《雪山诗选》卷上录此诗。

[二]"野老"（明）杨慎辑《雪山诗选》卷上作"木客"。

山阁中寄简李鹭洲

尊前强饮酒杯宽，醉后乱题诗兴阑。苦恨老夫身落魄，故人何处泪阑干。句好。冰渠水落石头出，暝野烟生山阁寒。点检晴窗白云拂，对书远寄愁人叹。

访征君樊雪须留饮小洞[一]

四亩城南橘柚森，故人不欠日相寻。寒枝月挂青猿影，紫蔓风牵小洞阴。佳,不是今日云南诗。瓷瓯注茗山泉活,铁笔涂松水墨淋。曲径草交人不到,清风明月柴门深。

【校记】

[一](明)杨慎辑《雪山诗选》卷上录此诗。

寄疏狂

一诀风尘惊客思,三冬山雪满人头。蒸愁不语门长闭,何处夕阳归鸟收。玉破梅花横浅水,山开笔架对高楼。故情不忝终怀抱,独恨双凫千里游。

草堂戏简答鹤川吴太守

卧稳草堂山雪寒,茑萝低拂松阑干。山鸠向人鸣故故,雪水激石声珊珊。善学杜音。客至小童穿竹语,书承老仆傍床看。相知旧忝邻封好,每恨愁中见面难。

灯下答故友

一讯不通三四月,数年阙见百千忧。惊看宿鸟双飞急,怪底诗人独自愁。红烛影摇书幔影,雪山幽傍草堂幽。近来不肯为官系,拟向江头弄钓舟。

克捷

长子帅师深庙算,拔和窝砦瞬然空。犬头磊落山堆黑,房血腥羶甲染红。玉帐夜寒冰卧雪,金戈日暖马嘶风。畔夷此日歼屠尽,为报新君寸箭功。

兵旋永宁

三月莫春春日长，兵横永水震遐荒。干戈满地惊愁眼，雨雪连阴识异响。远戍不须烽火起，边疆即此羽书藏。于今四海钦王化，汗马母劳再战场。

夏日留饮三松水亭[一]

炎画水亭苍雪凉，声律好，学杜不得其名。薰风摇扬藕花香。玉杯行酒莫辞醉，锦轴题诗好自狂。此用诗酒却老成。白鸟剧飞矜小雨，浓云乱拥失斜阳。老夫更有山居兴，短褐青巾引杖长。

【校记】

[一]（明）杨慎辑《雪山诗选》卷上录此诗。

忆妻

独倚绮疏心事忧，终宵不寐对青簷。山花泣雨连三月，垅树悲风越五秋。儿女可怜衣百结，老夫无奈镇孤愁。庭除阒寂无人问，苦忆同衾虱满头。

寄雪坞子

遥忆锦江辛雪坞，合眼思逢定何年。开尊每愁深夜醉，倒枕频嗟寒雨连。义高严杜自难及，诗并曹刘不易传。欲作比邻无计卜，困来窗下拨书眠。

遁痴堂寄题愈光 五首

其一

半亩山庭草色阑，莫春气候雪仍寒。殊方已绝经年简，异域何时青眼看。儿童倦读笋根卧，老仆饥来林下餐。长簪乱绾白头发，笑倚枯松看玉峦。

其二[一]

哀牢四月莺花尽，丽水经秋雁信稀。杯酒不妨山客醉，莫云常带野人归。衰年膝痛知阴雨，晚岁眸昏近夕晖。富贵畏人贫肆志，洒然胸次更无机。

【校记】

[一]（明）杨慎辑《雪山诗选》卷上录此诗。

其三

石崇玉恺非吾友，阮籍嵇康是我师。登临每读南园卷，起坐频吟月坞诗。竹色晚阴清似水，头根早白乱于丝。封书远寄愁难破，那得旌麾枉逅痴。似杜，通无病。

其四[一]

五月玉龙山雪光，是句是句。柴门晚闭月苍苍。起承尽有杜意。团盂淡吃黄精味，小罐香喷翠柏汤。林间嗜酒益疏放，醉后题诗更发狂。十载不期趋世客，一旬长是坐藜床。

【校记】

[一]（明）杨慎辑《雪山诗选》卷上录此诗。

其五

千里神交谊契深，云泥异域苦难寻。虚名已诳江湖耳，晚节犹坚铁石心。屋漏未干风雨变，轩闲谩扫竹林阴。可怜怀抱终难罄，且寄征鸿一札音。

游西陇村

霜秋醉倚青萍剑，日夕行吟白雪诗。双眼划开山远近，孤村对见水透迤。陇头牧子乱吹笛,赤脚寡妻来卖梨。似杜之言。竟日淹留在林野,随身短杖白云期。真得杜意,妙,妙。

寄双鹤

犬夫无需不觉老,击剑酣歌泣鬼神。无嗣未重闺壶妾,有时常寄山林人。意句俱佳。羊裘记得三年梦,杯酒还期二月春。先折陇梅传此信,不妨车马过家贫。通好,有杜意。

简复张举人[一]

玉山书屋绝低小,人卧北窗无外喧。鸟散雪林开旭日,猿移风磴曝朝暄。年光入梦易为破,时事惊心难与论。哀老不堪交接好,一缄且寄张栋园。

【校记】

[一]（明）杨慎辑《雪山诗选》卷上录此诗。

草堂戏呈胡鹤野 三首

其一

屋近雪山天极寒,趋尘客到此中难。东风荡柳意何怪,夜雨点花情不干。岩前语鹊偶惊梦,林下看书忘却餐。竟日掩扉堪静据,不知城市起悲欢。

其二

晚闭柴扉春雪寒,布衾茅屋实艰难。擎衰赖有孤筇助,处世何曾一利干。夜犬倏惊山虎过,晨鸡不报野狸餐。无端冗俗撩人甚,老境那能得少欢。

其三

春风冉冉款多寒,苦为东君一笑难。芹燕语梁他自得,杨花入砚我何干。邻翁屋破萝堪补,野老囊空霞可餐。懒性不从时俗混,闭门终日逐童欢。

五言律诗

八月八日与友饮于南野松墩

锦席宾朋宴，松墩正夕阳。犊行秋草瘁，燕掠谷花香。酒冻金风迫，衣斑野菊黄。杖藜随所拄，处世更无妨。

波南居士邀游呈海

居士波南叟，邀吾泛碧瀛。橹声随浪起，帆影落波生。背指雪山现，笑看花屿明。觥船再洗濯，侑饮鱼羹腥。可。

冬日简答谭明府[一]

天寒忘盥栉，日短废歌吟。客泪挥江汉，冬[二]风起树林。老将筋力惫，愁散酒杯深。一简通消息，故人知此心。此篇佳，有杜意。

【校记】

[一]（明）杨慎辑《雪山诗选》卷上录此诗。

[二]"冬"（明）杨慎辑《雪山诗选》卷上作"凄"。

秋夜

犬惊风落叶，蛩响月铺庭。夜鬼虽无梦，睡魔还未宁。布衾依独冷，菊枕共谁馨。寂寞丈夫事，起来瞻北星。

登玉龙寺

步入招提境，山门梵字扬。层峦留宿雾，细叶染秋霜。仰面贪金像，闻僧启众香。上方台阁异，世业此浑忘。

行师至宝山州

宝地腥夷近，金江毒雾氛。木容春雨润，食之野民饮。拄笏瞻红日，停骖望白云。胸中理兵甲，何日报吾君。

题遁痴堂　四首

其一
新亭结构罢，竟日掩荆柴。云散峰连壁，鱼跳影漾钗。区途人绝迹，僻地我无侪。寂寂日当午，池边独听蛙。

其二
蒙蒙远索居，宠辱不惊余。面垢何曾洗，头脂更不梳。野肴浑淡薄，世业已荒疏。午寐清无梦，晴窗悦检书。

其三
林居养病躬，侍立两三童。谷漏连朝雨，衣寒五月风。黄梅剥篱上，绿竹修园中。坐对雪山晚，悠然兴更浓。

其四
野憨轻外虑，绝学长蹉跎。病肺言须减，愁心梦亦多。毕门无客迹，密树有猿过。自识非君子，溪边理钓蓑。

野人送鹿

野人送我鹿，春草满园新。吐啮石边卧，往来檐下驯。林泉增一友，朝莫得相亲。更有山家兴，何劳远俗尘。

一白堂叙留古斋和尚

一白堂虚静，炎天冰雪寒。古斋空外话，老境画中看。畚植苍蒲细，瓯传素月团。坐边山鸟近，野趣意何干。

重游玉龙寺

携醪访陈迹，梵阁罗珠璎。饮雪伊尼健，穿花蛱蝶轻。蠹蟫生译藏，锦篝集山楹。半日禅林下，故僧茶话清。

饯鲁卿之江南

江南客路遥，祖帐设官桥。野色新梅破，山寒细雪飘，夕阳鸦背闪，行李马前挑。此去万余里，一尊何日邀。

岁莫

腊月冰层结，天寒逼岁忙。青烟炊万户，白酒满孤觞。苦患边储急，生憎丑虏狂。朝廷恩浩荡，此意莫悲伤。

岁除夜立春有妓者侑饮

除夜新春至，年中两见春。莱传分素手，酒劝启朱唇。宝髻鸾钗颤，银筝雁柱新。此生须浩乐，莫负妙龄人。

访冲漠隐士

久滞尘中客，衰颜一见初。鹿门庞德隐，商岭少通居。江涨融春雪，山深结草庐。结字少炼字，当炼不炼则失之易，易则无味，不当炼而炼则失之难，难则通刻，无味则浅软，过刻则艰涩，举此可例其余也。不拘形役外，长与闾阎疏。

峰堂纪兴　二首

其一

老爱峰堂静，白头何用梳。恨无三益友，空有五车书。火种山田瘦，园居水竹疏。闷来傍琴鹤，此外更无余。

其二

谢俗长疏散，蜗居不记年。晦名箕颖客，漱石雪峰泉。巨壑千章木，区猫半亩田。饿餐云子白，旦夕罕炊烟。

次无心野逸闲咏　五首

其一

满圃桃花炫，春风荡葛裾。石屏生耸翠，水榭动寒虚。晚步孤筇月，晨飧半盒蔬。近来蠲外虑，检校亢仓书。

其二[一]

园居野逸翁，逼近寺门东。简蠹侵蝌蚪，桑蚕咒虿螽。刳筜泉引细，种麦雨来丰。不与凡夫契，终心慕德公。

【校记】

[一]（明）杨慎辑《雪山诗选》卷上录此诗。

其三

挂冠身不误，迥住碧烟岑。一月千江影，孤轩万竹阴。莺来有野意，鸥狎无机心。醉酒自终日，还愁风雨吟。

其四

幽人科白首，坐石水涓涓。雨旱蜗漦竭，风狂柳絮颠。乱云春博望，细簟午高眠。虬木县苍莴，螺庵霭翠烟。

其五

爇茗待幽客，题诗赠远人。钩辀啼弱柳，乳燕竞初春。白草三间屋，青山一幅巾。老来躭醉卧，远避市车尘。

遇古楠自怡

天地一长笑，自怡肌肉肥。百杯唇内吸，万卷眼中稀。稚子擎书立，耆农曳杖归。任人驱竞急,野老已忘机。

即事

筑室寒峰下,白丁长绝交。雪蛆供野馔,牦酪足山肴。闷把看书卷,闲来倚槛坳。纵横无我系,障业已经抛。

小墅

老残还抱朴,懒性不逾闲。负郭田三亩,隈山屋半间。㾟农时语让,蛮叟日疏闲。乐业惟耕读,其余尽不关。

登石松草楼

草楼风四寒,俯槛觑江澜。水鸟自来去,杉藤还拂蟠。图书堆左右,岳巘起巑岏。陟彼令人慨,清高一事难。

猿

颠玩碧磴危,云散倏惊移。摘果连青叶,攀萝抱白儿。隐身雕拂树,寄影月栖枝。冷夜径巫峡,三声客泪垂。

侑渔者游秋湖

秋湖一镜光,荡漾友渔即。雨战江离破,风牵水荇长。挽舟鸥竞夕,无甚意志。点棹浪生香。醉酒归来晚,陈语陈言。轻蓑满月凉。

慰怀

丽水遐荒外,兵戈镇极边。赤心悬北阙,青眼待南滇。寸草含春意,孤筇傍老年。圣尧今复出,好读尚书篇。无病。

秋日南山书所见

半川风雨息，绝巘引斜曛。雕没猿飞树，鹰冲鸟堕云。西风摧木叶，落日送樵群。俗物讵相见，归来心自欣。

玉龙山草堂逸兴　五首

其一

二月东风暖，桃花舒小红。野溪容活水，涧石长新松。屋破牵藤补，轩开数燕慵。意好，字未莹。老来偏习坐，懒性厌携筇。

其二

岁月淹人事，园居长闭门。喜驯双白鹤，惯引一青猿。午睡依茅栋，晨餐侑子孙。近来增病肺，养气莫多言。太实了。

其三

草亭新独构，隐僻不同群。巨壑埋春雪，细岑留宿云。客来喧有笑，鸟去阒无闻。莱甲新畦满，翁飧喜不慬。

其四

羸躯暖鹿皮，患眼洗寒瞵。尾罐烹山雪，茅斋看杜诗。四邻蛮语杂，一遥野花垂。酒伴因来少，闲敲石子棋。

其五

止息一螺檐，鳏愁捻浩髯。养躯惟药物，糊口只齑盐。泽畔行行乐，山中事事恬。颇能退归步，谁道老夫潜。

山楼夜坐

夜寒露气秋，山月满山楼。短笛谁增怨，清尊独破愁。笑喧儿女戏，老去弟兄忧。欲卧布衾冷，权居毳榻柔。

题雪山寺虎溪高长老禅壁

山寺雪山中，僧祇定法空。袯遍鲐背冷，衲弊虎溪穷。贝叶喧金偈，天花散宝宫。诗题此禅壁,未许碧纱笼。通是。

舍叔石松隐居玉山题道霁

车驸迥绝交,隐僻玉山坳。药裹县蛛网,松云冻鹤巢。道霁延术客,雪涧引仙桥。弊褐终无易,端居不解嘲。

送友之南

送客南埛外,东风卷地来。短亭连野竹,曲径绕山梅。日夕江猿啸,天寒驿骑催。一杯从此别,何日得重陪。平。

草亭释闷 五首

其一
老农慵俗事,习静喜无官。韭旱山田瘦,枫阴石阁寒。床头书万卷,窗外日三竿。太易。剩有儿童侑,饥春麦饭飧。

其二[一]
避混[二]林皋寂,孤亭逸兴多。枯梨盘蚁穴,窍石垒峰窠。小雨凝沙[三]径,轻烟带女萝。个中无偶语,倚杖一高歌。通佳。

【校记】

[一](明)杨慎辑《雪山诗选》卷上录此诗。

[二]"混"(明)杨慎辑《雪山诗选》卷上作"暑"。

[三]"沙"(明)杨慎辑《雪山诗选》卷上作"樵"。

其三
老境尘城外,翁家雪嶂中。翠屏虚夜月,白首畏秋风。喧乳厘牛犊,牵裾摩些童。一年眼多患,半百耳苦聋。

其四
休官陶令贤,吾事亦安然。白屋青松里,修篁浅水边。相羊唯畎亩,疲薾□林泉。旷处无余业，宾来坐马鞯。

其五

谷八事耕薪，耆农不厌贫。岭云遮破月，暝雨殿残春。酒倦江湖客，茶清隐遁人。心知麋鹿友，畏俗锁松筠。

雪山始音 卷下

七言绝句

山居吟

衡门古木童童盖，午梦凭虚羽翼轻。道人不识青云路，细品琅箫引凤鸣。意度近唐。短镬应锄数亩山，晓看莱甲雨痕斑。何人问我穷为业，虬发森森笼白纶。

闲咏

百年开口笑无多，况值秋风旅鬓幡。无耐野宾啼夜半，忽如哀诉忽如歌。顺。白屋风头久寓秋，风来爽听万松流。掀髯一笑斜阳外，不见人烟空点头。

苦雨

苦雨山头屋未干，鳏夫体惫不禁寒。谁知我有悲秋泪，不向池人暗里弹。

书秋 三首

其一

七月八月秋风鸣，老夫加衣爪牙铿。一男一女饥肠痛，竞曳争呼开稷囊。

其二

柴门返照数峰青,落叶无心舞更鸣,插手倚阑无所语,背听云外莫钟声。佳。

其三

病眸昏涩看书难,似杜。晚步虚亭草色阑。倦鸟下山驯我老,莫教稚子弄飞丸。

数兴

枫林日晚牛羊行,短笛陇头三两声。莽屋生烟炊新黍,苍头老仆相呼名。

采药

雨嶂烟溪四顾迷,幽林采药短锄携。归来漫逐樵歌响,一路寒蝉树杪嘶。畅而不软,近似唐人。

绝句[一]

洞口云迷水自潆,苍崖苦竹麝香眠。刘郎去后无人到,只有桃花似旧年。

【校记】

[一] (明)杨慎辑《雪山诗选》卷上录此诗。

石宝山三鹤野僧来访草亭[一]

山僧访我本无心,鹤引猿勾到密林。却认十年留偈别,一麈江海属高吟。

【校记】

［一］（明）杨慎辑《雪山诗选》卷上录此诗。

有感　二首

其一

月到梧桐夜正央，山砧何处捣愁肠。分明记得同牢梦，只恐明朝两鬓霜。

其二

老大奈何羞对镜，萧萧短发不盈纶。黄花自笑无人问，雨夜空悲减故颜。

愁

雨后西风屋角鸣，断肠荒草唤愁生。朝来独看南回雁，一札鳞音寄未成。

秋夜

雨夜莎鸡近短床，动人情思倍凄凉。虽然不作儿童泣，也有悲秋泪两行。

晚集

檐前蛛网风来断，篱下菊花雨后开。词客老来便几席，至今犹吊楚人哀。

病后感题

筋力难扶老病身，双童肘腋下庭楣。门开近接山医觅，一味人参细入唇。

漫兴

隐居已就山园趣,午傍茶厨细爇蒿。稚子仰嗥梨枣熟,惊鸦迫鼠自飞逃。尽似杜语。

自慰

我爱青山山色画,青山爱我我音琴。青山有自太古色,我亦有自太古音。意从古人来。

即景

修竹数竿檐外月,诛茅一片水边村。东风已逐花无语,莫问渔夫开几番。

知进退

危途已进当知退,进退两途须有由。世味不甘余老矣,终心底慕赤松游。底犹言岂也,今用作只字意也。

拨闷 二首

其一

先生独卧云林久,檐外不知鸟乱哗。十二曲阑回首处,夕阳惟有故山斜。

其二

门外五株陶令柳,清霜细染业初黄。垆头有酒君应醉,一卧鼾鼾枕簟凉。

题画

诗中有画画中诗,诗画双全世所稀。今古一家风物美,王维归后少人知。平顺却全不似杜。

观史

闲来独看历朝史，多少奸谋蠹雅能。嗔到此中不平事，笔诛甚以淬刀刑。

怀古

先生去后荒三径，落叶啼鸟不可闻。今代自知笨竞路，谁人肯吊蒋公坟。可。

遇旧

月色江声晚坐余，连床故友话诗书。相看各叹头如雪，好遣人生学老蘧。

夜

一枕潺湲石濑清，尘劳洗尽自生明。披衣坐见月穿屋，照我胸中一片情。

偶作

病后淹留岁月多，自惭孤拙迥蹉跎。如今不识羲之面，却寄笼中一只鹅。

琵琶曲

拨尽琵琶午夜凉，调中犹怨北胡腔。月高塞口西风急，一曲怀君妾泪双。近唐。

爱逸

细犬雏鸡草数畦，自成村野乐幽栖。无言独步虚堂静，笑倚芭蕉诗乱题。

游览

墨客登临兴更幽，一山一水画中收。斜阳数点归巢鸟，或向山头或水头。

寻山室

携童引鹤寻山室，斩竹通幽一径斜。倏遇一僧年八十，话中犹问老禅家。佳结不称。

野人载酒来

野人载酒来山上，山上野人醉似泥。不是野人知野意，如何野鸟傍山啼。古朴近是。

肥遁

风波险处达时归，肥遁皋泉志者机。一幅吴巾笼白首，夕阳林下掩柴扉。

饮茶

野店鸡声午梦惊，呼童啜茗骨毛轻。闷来啸傲长林下，倦鸟来啼似有情。

构屋喜得酒

独构南山草一亭，夕阳松影傍柴扃。俄然有客来送酒，还笑遁翁醉未醒。

送画士

昼翁作画送诗翁，诗翁作诗送画翁。诗昼两翁何所有，清风明月为朋从。好古而不奇。

逸兴　二首

其一
草阁清新野老居，穷疏颇爱事诗书。人间最是栖迟好，别有功名总不如。不似杜而明畅。

其二
玉事靡宁吾事宁，布袍冬暖酒多醒。双舒白眼乾坤晚，罢钓寒溪月自明。

灯下送无须子

灯前细写别离诗，灯下殷勤劝酒卮。明夜相思共此月，白云一片几时期。近唐人意。

南浦小景[一]

白白芦花远远楼，相思一片故人愁。北城明月悬双杵，南浦清风泊小舟。佳，口气似杜。

【校记】

[一]（明）杨慎辑《雪山诗选》卷上录此诗。

赠别

雨霁虹销九月初，夕阳江上柳条疏。长亭短亭三四里，一杯两杯诗兴余。平。

题扇

水国春寒雪浪开，轻舟短棹共徘徊。长年回首青山莫，鸂鶒鸬鹚无数来。

春日戏答寸时重

三月草堂春画迟，新题一首惊人诗。相思万片桃花落，正是愁人独坐时。

五言绝句

书眠

点滚白沙雨，动摇翠竹风。书眠北窗下，时梦羲皇翁。

塞上曲

刁斗深夜鸣，烽烟报虏营。将军不惜死，跃马宝刀明。甚似唐人。

塞下曲

牧马青冢边，犹闻胡虏羶。平沙多战迹，落日照幽燕。

杜鹃词[一]

山前杜宇哀，山下杜鹃开。肠断声声血，郎行何日回。可取，似唐人语故也。

【校记】

[一]（明）杨慎辑《雪山诗选》卷上录此诗。

晓行[一]

晓行山色中，澹月笼新松。人影过桥尽，溪寒满袖风。近似古作。

【校记】

［一］（明）杨慎辑《雪山诗选》卷上录此诗。

奉题章草溪

古壑潜通径，溪深日色迟。白云拥晴树，黄鸟并高枝。似杜又似杜，佳而又佳。

沽酒

开囊取百钱，沽酒杏花边。明日清明节，今朝已禁烟。可。

水村　四首

其一
乱水雨苹香，孤村风竹凉。白鸥飞片片，乳燕舞忙忙。似古人。

其二
竹覆青篱合，池塘春草生。晚晴江鹳浴，夜雨水鸡鸣。

其三
水鸟当幽径，邻鸡过短墙。席门无辙迹。合眼定胡床。

其四
白鹭成群宿，黄花满眼开。憩余潇爽近，落日好衔杯。

龙湫观音阁

龙湫水月光，宝阁动清凉。乱石深源发，苍泓怪隐藏。可。

南湖晚眺［一］

鹡鹞集圆沙，鸤鹊立古楂。烟花三月莫，春水满渔家。可。

【校记】

[一]（明）杨慎辑《雪山诗选》卷上录此诗。

自逸

药圃携锄柄，花溪引钓纶。老无官字系，天地一闲人。

招隐[一]

十年招隐客，叹息无知音。懒设陈蕃榻，空弹叔夜琴。

【校记】

[一]（明）杨慎辑《雪山诗选》卷上录此诗。

慕古

乞食陶元亮，玩杯李谪仙。谁能解此意，我独慕先贤。

金江夜泊

夜泊金江口，寒多月满船。哀猿啼断岸，客泪堕潺湲。

题江东马舜举昼 二首

其一
怪石藤穿窟，轻鸥水漾波。草堂春柳暗，野寺白云多。

其二
水花香冉冉，溪柳绿阴阴。啸倚疏棂外，薰风满竹林。

乐隐

谢客径时久，峰南远索居。晓看松下鹤，晚钓泽中鱼。

白古山馆

鹊语云窗曙，呼儿启竹扉。水田烟漠漠，山馆雨霏霏。

早起

老来慵早起，冷泪不禁流。白发随梳落，衰颜对镜愁。可。

夏日观南池 二首

其一
草满南池绿，鱼跳泼剌鸣。倚阑看不尽，落日水平明。

其二
水行鸥鹭炯，雨散芰荷香。坐石青苔满，开襟纳晚凉。

村居 七首

其一
舍南春水满，舍北雨初晴。晓爨荆薪湿，时耕犊特行。

其二
懒语时多睡，病眸昏少开。痴儿能省费，苦厌客频来。可。

其三
屋近青山古，门临绿水平。薄田新麦熟，农事已秋耕。

其四
凿井生新草，开池养细鱼。老农无俗习，终日读医书。

其五
桑柘千株密，霜髯亭子青。近交田畯喜，款语问牛经。

其六
绕篱千树栋，花蕊斩新飞。贳酒山城暝，春寒密掩扉。

其七

村居丽水东,板屋千家同。日莫青烟起,前溪归牧童。

水亭题陶云湖隐逸图

世远云林静,柴门日日闲。子真居谷口,安石隐东山。

登介石楼

楼外翠屏张,楼头正夕阳。凭轩挥涕泪,何处起清商。

复愁 二首

其一

腐儒筋力弱,老去□愁多。世网难逃遁,吾生苦奈何。

其二

日暝妖狐叫,夜寒毕鹖嚣。栖身无稳地,有意向渔樵。

独酌

草堂日西夕,独酌来春风。竹叶深杯绿,桃花醉眼红。

江亭避暑

避暑江亭阔,盘涡触岸回。浴凫沙上睡,饮狖石边来。

刈麦

村村刈新麦,万顷黄云秋。复恐催租至,哀哀寡妇愁。

送僧归山

一钵归山麓,龟兹月正明。困来松下睡,不觉白云生。

雨

云密千峰黑,蒙蒙细雨来。池蛙喧易聚,阶蚁湿难开。

霜髯亭子 二首

其一
草阁天峰静,幽扃过客稀。烟花随水去,白鸟背人飞。
其二
侘傺尤能慎,栖迟陋巷居。谋生无别计,止有腹中书。

双峰 二首

其一
万壑孤云细,双峰片月高。幽人发新兴,坐石饮松醪。
其二
挂服陶弘景,烧丹葛稚川。只因劳碌甚,龟缩已多年。

午节

斝泛菖蒲细,盘堆粔妆新。醉歌楚江曲,泪忆楚江臣。

山居即事 二首

其一
莫厌贫家馔,长吟隐者诗。乱藤遮石壁,远水接山池。可。
其二
白雪诸峰峭,苍篁一坞阴。却嫌趋客至,长掩荜门深。

有感

独卧山斋冷,无媒懒续弦。惊心寒夜雨,老眼泪潸然。

雪山书院　三首

其一

放逸青林下，疗饥新蕨芽。床头书散乱，窗外鸟喧哗。

其二

谽谺雪谷虚，采药偃偓居。垂老贪杯酒，从儿懒读书。

其三

木于今知退，庞翁古见机。自从休息后，俗物眼中稀。

寻玉巘新斋

玉巘悬云白，冰泉入涧清。鸟惊山果落，竹动午风生。

诗酒遣怀

工诗杜陵老，爱酒步兵厨。二事吾能毕，幽居兴不孤。

看病鹤

苿苴侵阶绿，莓苔上壁青。卷帘看病鹤，拳立不梳翎。

访凫鸥子

出妻三十载，远傍雪山涯。竹米垂汀石，岩花落疃沙。

登雪岳绀园

碧殿钟声莫，阴廊雪色新。薜萝幽径入，山雉不惊人。可。

秋夜

寂寂更初阑，迟迟月正团。戍楼吹角尽，邻女捣衣寒。

秋早

炙背衣裳冷，眉梨独可怜。逼嗔僮仆起，瓦灶未炊烟。

雨不绝

七月经旬雨，床床漏不干。起来问邻叟，泣语不胜寒。

寻樊雪须逸居北墅　二首

其一
筠园石窬阴，树匽野塘深。曳杖迎郊叟，相看白发侵。

其二
北墅招提近，冲门处士居。采薪愁值虎，掬水畏惊鱼。

白鹤庄

主人志高尚，脱迹归青林。茅屋鸡声午，松亭鹤唳阴。

冬日书雪山精舍

日短耕耘废，天寒丘壑深。不闻车马过，僵卧雪林阴。

送武使归塞

挥鞭朱箈发，舞剑白题惊。甲马三城肃，风霜万里程。可。

经石门关

两江天堑逼，石磴横云端。巨浪雷霆斗，危栏葛蕾蟠。

即事

止息颓檐下，痴翁发半皤。撷苗黄独圃，浣药曲尘波。

问民

妪泣桑株下，翁颓破板门。疮痍何日愈，俛首不能言。

樊翁邀饮老夫醉间留题一绝

草屋延粗客，尊前盈子孙。总无文字饮，却有故人论。

秋日述感

瓮醪今已熟，篱菊未全开。零落诗盟尽，愁看北雁来。

寄辛术士

术士生豪逸，黄金买剑归。夜阑看北斗，呵气紫霞飞。可。

同杨白石晓行巨津

并马西风急，晓行江路清。白鸥相背发，远树一行生。

秋日望石上寺

一望西山薄，钟声带夕曛。溪边僧扫叶，石上鸟归云。

隐园春兴

(明嘉靖家刻本)

(明)木公 撰

隐园春兴班

所谓隐者，蔓行絮言俾时，弗闻俾背，弗知而自□醋者也。治深居而枚孝，恩躬而纂书，野处而伻征者隐之猛也。木子以《隐园春兴》名其诗子，张子译而异之约：木氏世兽丽江，世为二千石，木子又以长贞绥位，匪隐谐即，如木子言于亢。嘉靖元二年，阳□在位，阳无士丁春而然，诗百古以隐，称特恕子自谓也。筚门圭窦恕子否？鹑衣藿食恕子否？逃名灭迹恕子否？绝世离群恕子否？饥隐方哉。饥木子当无士，时之其所岑铦而圉焉。之其所敛，将而绝焉。之其所思，惟而圭焉。之其所念，虑而侧焉矣乎。若此者身未隐而心则隐矣。是心隐者也，木子之隐其已之台哉，已虽以诗为言，特勃其心耳求闻知也，合也，闻之隐显之资也。隐有垒于显戏旐，肆冬于隐者君子秕愿。厥隐以命，厥显以时，君子愿焉，营之艰也。木子昌厥翁在位而无士治，隐于心固隐也，今将韶厥位是显也，则昔寓于言者，推于今之政，其易乎？且夫兴于彼者，与彼混也。木子诗兴于春，是混于春也。夫融龙充陆，春之鲁也；包弈茨卦，春之羲也；谷赠稣秸，春之恩也；缗三无息，春之政也。子往隐也，克混而靡言，今显也，当混而靡政，是故品其鲁以靡，鲁旁其羲以靡，羲衍其恩以靡，恩□其政以靡，政以尼子卉摇子郡，则子之言真言矣。是君子之愿之而营之，之驢者子营之也，子当契是诗于木俾，时人背人，率因此诗以观郡政于子。

序[一]

野人旧居玉龙山南之十里，宅前有五亩园，园中植桃百根为丹霞坞，种竹万竿为翠雪亭，亭边凿石为池，池上结草为一镜堂，左右弱柳数株，青松四围，隐映清池，游鱼亦可玩也。又以日及为篱，云根为埔，蒔垄菜畦，短锄白柄，其余花木果卉翁郁交加，鹳鹤莺鸳飞鸣错杂，春风蝴蝶日暖蜜蜂，此则园中之所有也。

然而玉峰高耸，瀑布倾流，镜湖有月则渔歌欸乃，龙村有市则人语嚣喧。笔架当门，文峰对屋，青郊绿野，牧笛樵歌。晨钟石上之铿鍧，梵呗马鞍之嘹喨，绀园夕霁，僧扫落花，酒肆禁烟，人沽浊酿。其余石洞夷村，官桥野驿，猿狖攀缘，麋獐倏忽，此则园外之所有也。

夫求其志者，隐也。是以雪山隐于园而兴于春，因作《隐园春兴》一百章，笔之于卷，以俟同志者览焉。

嘉靖元年春三月廿之一日，雪山野人书于南圃草亭。

【校记】

[一]（明）杨慎辑《雪山诗选》卷上录此序。

其一

十稔隐玄林，孤亭对雪岑。落花苔径曲，流水筚门深。旧腊年年醉，新篇日日吟。野憨殊绝念，临事更无心。

其二

迁居白岳林，四顾起银岑。覆尾藤枝乱，编篱棘刺深。阶前看蚁战，窗外听泉吟。处世过三十，真无愧怍心。

其三

朱卉曜阳林，昏鸦宿亢岑。智疏徒发短，欲浅未机深。木石同为伍，猿泉互作吟。索居今已静，窈斜不干心。

其四

园径绕苍林，园门向碧岑。桃花初烂熳，竹笋渐多深。抱子时香戏，挥毫日更吟。野人何质朴，尚友古人心。

其五

青门启大林，白屋仰高岑。浅语时情薄，多眠夜酒深。钓溪春雨涨，扶木空山吟。傲世长科首，归湖益放心。

其六

薄雾霭平林，孤烟带远岑。隐翁逾闃寂，好鸟自幽深。僻世浑无欲，悬杯且独吟。不堪时俗混，一拙养吾心。

其七

搞搞处士林，隐隐少微岑。圣国乾坤大，桑麻雨露深。春来羞苜蓿，客去罢歌吟。举世皆多欲，谁人肯歇心。

其八[一]

名园依绿林，远近插锋岑。石室琴书静，坰扃草木深。感时三复叹，忧思一沉吟。迥弃甘幽独,真怀不世心。

【校记】

[一](明)杨慎辑《雪山诗选》卷上录此诗。

其九

升阶一望林,远影并空岑。去鸟飞腾疾,流波汩没深。畏人愁太剧,宿客喜多吟。弱质卑栖稳,殊无恐惧心。

其一〇[一]

薄莫雨侵林,初春鸟下岑。柳垂沙岸绿,水漾石池深。引凤吹笙曲,骑牛扣角吟。漫题疏散兴,野旷乐余心。

【校记】

[一](明)杨慎辑《雪山诗选》卷上录此诗。

其一一[一]

独屋倚空林,崔嵬左右岑。恼莺飞絮尽,喜燕掠花深。梦引陈抟睡,愁牵杜甫吟。艰难何敢恨,且慰固穷心。

【校记】

[一](明)杨慎辑《雪山诗选》卷上录此诗。

其一二[一]

七贤归竹林,一老依松岑。白首长疏散,青巾护益深。邻丁邀客宴,墨叟引童吟。我有田园乐，那能识此心。

【校记】

[一]（明）杨慎辑《雪山诗选》卷上录此诗。

其一三

一亭傍一林，孤月映孤岑。竹坞时犹邃，桃源春子深。倚藜看鹤哺，把酒对花吟。养拙能无欲，三休合野心。

其一四

倦鸟急投林，孤烟迥出岑。乐之唇酒艳，老矣腹书深。点染围屏列，倾流瀑布吟。钓矶沉日坐，忆昔子陵心。

其一五[一]

药甲满春林，携锄陟晓岑。鹿行残雪印，鸟散白云深。晚节凭谁顾，夕阳空自吟。病来惟遁世，益慕许由心。

【校记】

[一]（明）杨慎辑《雪山诗选》卷上录此诗。

其一六

途谙故住林，门近新居岑。四壁轻寒透，孤园紫翠深。饥儿晨哭泣，乳女夜呻吟。苦□殊难尽，频嗟落莫心。

其一七

青烟锁莫林，白雨洗昏岑。病骨寒仍痛，粗衣暖且深。齑盐平淡味，莺鸟细和吟。解组陶元亮，归怀栗里心。

其一八[一]

落日影穿林，余光映绝岑。鹿皮衣袖阔，鹤发幅巾深。稚子寻源去，愚公曳杖吟。世人多错谬，苦用百年心。

【校记】

[一]（明）杨慎辑《雪山诗选》卷上录此诗。

其一九[一]

种药圃依林，烧丹屋背岑。翠围山叠叠，绿绕水深深。枕石闲堪卧，看云逸称吟。征君何所有，一片紫霞心。

【校记】

[一]（明）杨慎辑《雪山诗选》卷上录此诗。

其二〇[一]

天棘蔓垂林，云根石嵌岑。鸠喧庭树荫，花落[二]野塘深。短[三]笛临风弄，孤琴待月吟。老来堪习静，已断利名心。[四]

【校记】

[一]（明）杨慎辑《雪山诗选》卷上录此诗。

[二]"花落"（明）杨慎辑《雪山诗选》卷上作"凫浴"。

[三]"短"（明）杨慎辑《雪山诗选》卷上作"长"。

[四]"已断利名心"（明）杨慎辑《雪山诗选》卷上作"那复有蓬心"。

其二一

花开二月林，红紫艳新岑。乳狖攀缘捷，清泉迤逦深。褊褝终日坐，杯酒一春吟。守口常无语，园居称养心。

其二二[一]

屋矮[二]可居林，垣高不见[三]岑。新塍膏雨润，古树夕阳深[四]。举盏（醆）[五]愁何在，看[六]书喜欲吟。孤松吾老友，劲节岁寒心。

【校记】

[一]（明）杨慎辑《雪山诗选》卷上录此诗。

[二]"矮"（明）杨慎辑《雪山诗选》卷上作"短"。

[三]"见"（明）杨慎辑《雪山诗选》卷上作"蔽"。

[四]"古树夕阳深"（明）杨慎辑《雪山诗选》卷上作"古涧凑流深"。

[五]"举盏（醆）"（明）杨慎辑《雪山诗选》卷上作"飞琖（盏）"。

[六]"看"（明）杨慎辑《雪山诗选》卷上作"披"。

其二三

麈行万木林，鸟语百花岑。日晚亭阴昊，春寒雪气深。开襟常熟寐，拂袖且豪吟。懒慢真成癖，从吾謇拙心。

其二四

寒门映北林，爽垲向南岑。鄙世尘中混，潜呆谷口深。风窗疏竹响，水阁一琴吟。鹿豕同游息，悠然乐舜心。

其二五[一]

常羊自麓林，容与亦山岑。[二]独处交游冷，幽居岁月深。多怀无定梦，[三]拨闷且微吟。利欲何曾有，[四]谁知雪隐心。

【校记】

[一]（明）杨慎辑《雪山诗选》卷上录此诗。

[二]"常羊自麓林，容与亦山岑"（明）杨慎辑《雪山诗选》卷上作"游思翰墨林，作者仰高岑"。

[三]"多怀无定梦"（明）杨慎辑《雪山诗选》卷上作"澄怀无远梦"。

[四]"利欲何曾有"（明）杨慎辑《雪山诗选》卷上作"千载无弦意"。

其二六

散发卧珍林，红尘迥隔岑。逸看书卷净，闲爱布衣深。点雁沙边立，新禅柳际吟。了无拘束意，畎亩一闲心。

其二七

园隈幽谷林，寺近古岗岑。瓮溉春蔬满，村舂夜雨深。浊醪缘客赏，佳句向僧吟。吏字何劳问，无心笑有心。

其二八

从容步鏧林，徙倚对嵚岑。古意何曾浅，年光颇亦深。莫辞清醑劝，懒赋白头吟。口禁豪家语，终当一朴心。

其二九

孤猿啸密林，片月吐双岑。冉冉清音彻，茫茫碧影深。抱琴招隐逸，鼓缶醉歌吟。摆落尘寰去，临流洗俗心。

其三〇

苍萝袅巨林，良木倚延岑。伏枕潺湲细，杜门踪迹深。饮徒能作赋，恶客岂知吟。远隐空为业，解纷无欲心。

其三一

亭高出半林，迥对玉龙岑。黑发愁多落，清泉漱愈深。片云天外散，孤鸟竹边吟。不语频挥泪，矜夫惨别心。

其三二

宇莫动风林，楼阴傍月岑。风高花鸟散，月满酒杯深。远叟留清话，幽人发浩吟。地偏车马尽，掩袂坐忘心。

其三三

新畦长菜林，古墓卧枫岑。石磴云埋黑，荆溪雨过深。隐园诗百咏，远世客孤吟。野性甘冲淡，消磨羡慕心。

其三四

微身是故林，屏迹在幽岑。白屋悲哀切，黔黎苦恼深。莫从流内混，且向静中吟。世道穷如此，何劳口问心。

其三五

居常一静林，插眼倚天岑。闾里儿童盛，田园橘柚深。矜夸成丽句，酪酊放高吟。莫较生涯拙,且陶今日心。

其三六

避人居远林,偏性依寒岑。食粥贫犹壮,开尊性欲深。养疴时一困,释闷日多吟。舟泛南湖水,鸥驯远害心。

其三七

返鹤课乔林,归云恋故岑。桔槔机用尽,草莽意何深。水榭风微动,蕉窗雨细吟。百年生意竟,一饮解忧心。

其三八[一]

槛外起丛林,阺巅耸翠岑。海棠醺日晕,杜宇唤春深。不作庄周梦,还为梁甫吟。逸居诚简略,可以息机心。

【校记】

[一](明)杨慎辑《雪山诗选》卷上录此诗。

其三九

晨钟扣玉林,雪色满春岑。里外贫家远,村中罄屋深。薄醇聊自酌,短句不成吟。试究如今士,谁无富贵心。

其四〇

草座一区林,茅斋百丈岑。岭横樵路近,烟罩酒家深。倒枕鳏夫泪,牵衣弱女吟。朱弦虽已断,懒慢觅胶心。

其四一

斜日映疏林,晴岚吐细岑。水光孤壑暝,草色一帘深。问字清童立,尉醪白叟吟。莫春花柳暗，不是壮游心。

其四二

欠夫久遁林，力惫怯登岑。草砌缘高下，江干任浅深。乐民春麦食，逸士采薇吟。孤雁无重匹，群飞不动心。

其四三

栖息一枝林，缘回万叠岑。读书茅屋静，引钓月潭深。脱帽孱颜破，沾衣皓首吟。独能高尚事，千古隐园心。

其四四

桃李漫成林，新葩炫丽岑。夷村分远迩，水甸逐低深。逼市喧哗竞，临溪欸乃吟。百年三分一，将有绝交心。

其四五

墨雾卷长林，猩霾拥乱岑。野家空岸断，古径曲猺深。喜制茅亭毕，哀闻木客吟。可怜衰已白，懒惰一灰心。

其四六

北村桑柘林，又近马鞍岑。社鼓迎春急，荆扉掩画深。放龟摇曳去，乘犊往来吟。得惯长沦隐，天慵土木心。

其四七

西居楮梧林，日日望东岑。陋巷经书满，颓垣薛芳深。怯实还揖让，携妓合讴吟。看破浮生理，无如我旷心。

其四八

偃卧曲皋林，新归叠嶂岑。此生三乐足，也忆四愁深。倒影湖边濯，传声谷下吟。猥来非失志，老恨郁陶心。

其四九

篱边绕橘林，圃外列峰岑。午雨倾花弱，东风逐柳深。灌畦新菜熟，对酒古歌吟。身后名何益，长怀避世心。

其五〇

流水尽穿林，归云自度岑。喧喧鹅鸭乱，滚滚浪涛深。益友依稀至，新声取次吟。近年初顿觉，泯免是非心。

其五一

巨饮酒喷林，新研墨绘岑。繁文时意重，苟礼俗情深。呓语真为语，狂吟不是吟。薄营鸠计拙，独有野巢心。

其五二

新斋独构林，有路细通岑。紫笋新抽密，青丝漫亸深。晓庭饥雀啄，晚浦戏鸳吟。世事浮云变，忧多莫遣心。

其五三

东郊蓊郁林，返照翠横岑。白足行时健，鸟髯住处深。翻花蝴蝶喜，采汗蜜蜂吟。达者今知退，鹑居自在心。

其五四

远遁碧桃林，遥瞻白玉岑。世危欢悦罄，身窘悒忧深。杖屦闲来往，烟霞独啸吟。近来无萦绊，浩荡水云心。

其五五

　　透影庯中林，遮阴壁外岑。倾杯霞液泛，洗砚墨池深。整理湖南钓，逍遥泽畔吟。世多惊宠辱，我已逐幽心。

其五六

　　匡庐瘗雪林，虚阁背云岑。垄亩青苗熟，池塘碧草深。雨晴山雉发，日落野樵吟。已绝尘中梦，幽期猿鹤心。

其五七

　　形羸只卧林，眼暗不观岑。鹤立当沙暖，莺啼夹岸深。东门黄犬叹，商岭紫芝吟。问俗营多事，空劳百段心。

其五八

　　频游古刹林，爱静远看岑。泉落峥潺急，烟飞树杪深。双双黄鸟并，两两翠禽吟。岁月攻吾短，令人感慨心。

其五九

　　子意在何林，窜身依此岑。雨花山际重，风筱水边深。市近门长掩，愁连笛远吟。机忘无复动，鸥鸟惬侬心。

其六〇

　　解衣盘礴林，仰止绝巅岑。藿肉多餐厌，椒浆一酌深。拾薪供夜爨，写兴助春吟。坐稳蒲团静，能移俗习心。

其六一

寻苗步入林，逐径转巍岑。亢地苷蔬薄，阴廊井瓮深。病眸看药帖，曝背俯轩吟。日作耕锄益，翻思桀溺心。

其六二

寂寞守穷林，空隈北岳岑。夜来山气散，犬吠月明深。绿醑频频酌，清歌复复吟。相知皆老大，总是阒寥心。

其六三

谷风吹动林，暖气尽回岑。地僻长萧索，江清愈阔深。著书多自累，作赋少人吟。俗远堪何侑，青山契我心。

其六四

侬家独占林，鸡犬不闻岑。耳目无人杂，松篁有路深。得瓢狂客饮，拨阮醉翁吟。不近城中市，何忧得失心。

其六五

鸟度万山林，云飞孤岫岑。世情多散漫，野意最清深。寂寂无人语，寥寥有士吟。逸耕南圃外，五亩足农心。

其六六

淑气霭青林，晴光映绿岑。杖藜归老懒，鸥鹭浴沉深。笔败何堪写，诗成莫惜吟。交游零落尽，俯守愧遐心。

其六七

卜隐水边林，斤薪复入岑。藻芹先白洁，梖木未全深。在野逃尘哄，临溪听玉吟。道人轻禄位，独往有何心。

其六八

归鸟认旧林，羽近夕曛岑。布褐三年破，藜羹一味深。登床无可见，倒枕复何吟。生世如渠略，莫论封豕心。

其六九

岸柳堵环林，青知石上岑。碧芜侵座软，炯鹭立沙深。筑室粗堪住，题笺妙莫吟。倚栏看水色，明月蘸池心。

其七十

经旬不出林，兀坐面含岑。石卧绿沉满，鱼穿翠带深。杏花连叶绽，袜雀引雏吟。窃比羲皇客，经年淡淡心。

其七一

五亩石头林，蜗居束甸岑。月耕青笠稳，雨卧绿蓑深。酒劝寒翁饮，松留病鹤吟。日曛堪晒药，无归苦忙心。

其七二

卖卜晚归林，茅茨僻向岑。卧多行立少，食减病疴深。怫郁何妨醉，栖迟亦可吟。幽寻平稳处，日损竞危心。

其七三

重阴掩户林，拥翠入楼岑。春水方塘满，浓云暗谷深。芳邻无我辈，嘉客共吾吟。日病寻芝术，篮舆尽合心。

其七四

交加远树林,密叶障峦岑。白发稀疏久,昏眸涩暗深。少年欢莫厌,晚景恨无吟。复忆同衾梦,伤多悒憪心。

其七五

凌晨采药林,陟彼坞西岑。片蛱翻飞速,轻鹥湆浴深。曲尘清可掬,竹叶醉须吟。不为虚名累,林岑厞陋心。

其七六

迥构绝尘林,周遭翠巚岑。纵横豺虎乱,杳霭雾霾深。远客春相和,邻翁日对吟。括囊无毁誉,汞保舍车心。

其七七

乐止此村林,清斋亦傍岑。避人惭薄劣,处事识高深。阮籍穷途哭,刘伶荷锸吟。身闲无那老,投隐是归心。

其七八

纵亭荫石林,野爱极尖岑。槛峻生苔碧,窗虚引雾深。垒泥玄燕急,向月子规吟。勿竞豪华盛,诚为恂愁心。

其七九

杜鹃开满林,布谷唤重岑。暖日酡颜绚,和风醉眼深。不随趋世径,复作归田吟。久觉安恬好,浑无急遽心。

其八〇

森森堵外林,远远室前岑。目痛新题拙,发零乌帽深。浅斟添逸兴,浩发损神吟。朱绂非吾有，青囊已足心。

其八一

窦掩渺茫林，途危峭拔岑。束荆山涧曲，瀹茗瓦盂深。茅屋少人近，席门无俗吟。重篱榛已塞，岁晚自怡心。

其八二

退住迥隈林，门当笔架岑。敢辞茅苇漏，已喜药园深。曳尾潜藏计，掉头归去吟。壮颜频对镜，只愧迩来心。

其八三[一]

篔筜作友林，掩映隔溪岑。[二]月拥芸窗白，帘垂草肆深。诗名狂客著，酒忆谪仙吟。物役形骸外，幽贞抱素心。

【校记】

[一]（明）杨慎辑《雪山诗选》卷上录此诗。

[二]"篔筜作友林，掩映隔溪岑"《雪山诗选》卷上作"幽居只树林，翠观对青岑"。

其八四

童童青盖林，迥迩护居岑。猿鸟幽栖合，皋泉蔽窜深。恼情无处诉，薄兴有时吟。不愿论轩冕，悠悠沧海心。

其八五

一室万松林，云东崾屼岑。拨炉煨火冷，接尾导泉深。酪酊濡头字，沧浪濯足吟。坐便苏窗地，乐饮岂愁心。

其八六

天外一闲林，落红飞满岑。朱研铜雀莹，羔饮玉蛆深。洞客频来往，山童且调吟。是非倾绝耳，日养野人心。

其八七

蓊郁屋边林，崚嶒屋外岑。七松团影密，五柳绿阴深。馔客煨新芋，沽醪引细吟。雪山天下拙，恒有遁时心。

其八八

探幽入茂林，喜近寺中岑。狭径花迷障，新篮药满深。北窗犹卧病，南国肯酬吟。叹息吾将老，诗书亦累心。

其八九

藜床置荫林，高卧向阳岑。天远云衣脆，山稠木叶深。忆斟桑落酒，欻调杏坛吟。愧我饥愚者，岂无丘壑心。

其九〇

破宇处孤林，骑驴越众岑。钩衣藤刺密，乱眼草枝深。晚饱堪闲适，春酣可悦吟。脱身笼网外，今日始安心。

其九一

晚龛弃于林，纤埃不到岑。困穷时逼迫，老恙日加深。谁复逾墙避，何能洗耳吟。木夫非素隐，引养德公心。

其九二

卉交红白林，山并嵬峨岑。客路迎门窄，仙源接瓮深。猖狂衣履恶，荏苒风尘吟。春梦浑无那,花飞底急心。

其九三

悾偬亦贪林,艰危莫厌岑。祝巫欺语变,委吏动机深。有意还无意,长吟复短吟。怪来何处蟾,点点弄花心。

其九四

户牖好安林,阑干曲绕岑。乌颓山照灭,龙浚谷音深。半榻闲来踞,一窗高卧吟。事贫终不易,确守子真心。

其九五[一]

源头瓮溉林,日影转丫岑。[二]敝漏檐牙隙,滂沱瓦溜深。剩时缘墼步,薄莫倚栏吟。拨眼看时俗,惟多对食心。

【校记】

[一]（明）杨慎辑《雪山诗选》卷上录此诗。

[二]"源头瓮溉林,日影转丫岑"（明）杨慎辑《雪山诗选》卷上作"无营废易林,有句写楼岑"。

其九六[一]

南移玉鹤林,址向北村岑。菩符封塘暗,唐蒙引洞深。苎衣频补破,羽扇一挥吟。觅句新愁散,聊舒抑郁心。

【校记】

[一]（明）杨慎辑《雪山诗选》卷上录此诗。

其九七

久困丽川林，曾居鹤郡岑。买蔬时薄厚，饮酒日繁深。晓阁疏帘卷，虚檐独鸟吟。闷来无偶语，展转独伤心。

其九八

手种十年林，高枝出过岑。起来行脚漫，打坐合眸深。雨牧延溪放，风渔隔岸吟。绝交无好友，空有伯条心

其九九

四顾拥高林，巑岏立艮岑。日蒸春色炫，月映水光深。地远身堪逸，家贫口弗吟。我生无定在，惋懔失孤心。

其一〇〇

晓起出寒林，新开罨画岑。对楹奔峭缺，俯槛断崖深。引鹤看棋局，呼童觅卷吟。兴余初阁笔，已满百篇心。

跋

先父莅政，愚闲处于家，朝饮莫作而已。于乎今日则不然也，何哉？愚乃承天子之命，继守斯上，惟勤心锐意，以图尽共理分忧之职。日思之，恐不及焉！幽隐之趣，敢复为乎？虽然，政事日为，而隐园春兴亦不可泯也。因命杨生务之重录成卷，以览有居于家者，则知先隐而后仕之之意云耳。

嘉靖六年春正月，知丽江府事，木公再书。

雪山庚子稿

（明嘉靖刻本）

（明）木公 撰

丽江木公 著
永昌张舍批点

庚子诗集序

嘉靖癸卯夏，丽守雪山氏，以其所为诗若干首，题曰《庚子集》，介杨、梁两生征余序之。余固辞不可，乃缀数语，以质诗诣。

夫诗以微言通事理，其致温柔敦厚，其实忠孝敬义。由三百迄于唐，其指一也。昔人谓：三代前不可一日无诗，三代以后言治者不及诗，无异其靡有治也。於乎！知言哉！国家以经义科士，诗道鲜业。成化来，海内和豫，学士辈出，一洗凡陋直追古作，斌斌盛矣。文人学子，家相凌竞，而谣而讹，无间遐迩，虽意匠各殊，然同文之候将不在兹乎？

丽守雪山氏，幼而夐朗，蚤鲜声偶，虽无所师承，而冥契独奋，有过人者。少日尝缉诗，质之少司徒南园公，公异之，题其编曰《雪山始音》，且为序之。今复二十年而好诗不倦，以嬉以游，一寓诸诗，吮笔伸纸，注墨辄就。人劝之易一二字，曰：弗暇也，吾道吾志，怡吾神耳矣。尝手王孟高岑诸编，枕藉弗去，自谓天壤之间，无一足以易其乐者。夫诗者，天地自然之声也。根其性而发于情。今雪山知怡神矣，于诗乎何有？

且吾闻之：丽未始有谱牒，雪山今作家乘矣；丽野祀雪山今庙其先矣，黜非鬼矣。夫凡此类皆孝敬之端也，温厚之本也。扩其端，植其本，又发之性情之微，而其治有弗美者，未之闻也。

赐进士、守荆州、前翰林院庶吉士、乡人太和李元阳书于竹里馆，时嘉靖癸卯阳月之望。

七言律

拜和巽隐大中承望雪山诗

巍巍北岳南中望，凛冽冰霜五月寒。云表玉龙长露角，雪边银凤乍飞翰。琼堆万仞摩霄汉，羽化三仙跨鹤鸾。吟罢巽翁天妙句，六花片片点归鞍。

登迎仙楼 三首

其一

海上闻有长生药，人间因构迎仙楼。王母驾鸾迥可降，吕翁骑鹤遥能游。缥缈日边玉盖拥，褊襡云外天衣浮。有时携我出尘去，羽翰一举乘苍虬。

其二

楼外苍松绕万株，楼头风景似蓬壶。雪峰北望天开画，丽水南观地展图。光映千重高莫及，寒侵三伏暑浑无。雕阑璃槛周遭护，一陟令人兴不孤。

其三[一]

北上危轩嵥屼重，高梯远远势来龙。[二]缋檐启幌麚麀翠，酽醋浮杯琥珀红。树密欻惊猿啸冷，山晴乍喜雾收浓[三]。徐徐独倚阑干曲，尽日徘徊霄汉中。[四]

【校记】

[一]（明）杨慎辑《雪山诗选》卷中录此诗。

[二]"北上危轩嵥屼重，高梯远远势来龙"（明）杨慎辑《雪山诗

选》卷中作"日上桹轩东海东，蓬莱佳气郁葱葱"。

［三］"雾收浓"（明）杨慎辑《雪山诗选》卷中作"鹤盘空"。

［四］"徐徐独倚阑干曲，尽日徘徊霄汉中"（明）杨慎辑《雪山诗选》卷中作"景纯漫有游仙作，谁见安期与羡翁"。

春席

喜延佳客列穷台，酩酊能将好句裁。彩妓如花巡我立，青峦为嶂向人开。光浮玉斝霞新泛，寒透金盘雪满堆。坐下管弦声未断，苍头莫把烛来催。

春居玉山院　二首

其一

山堂腊后邀宾赏，满座俳谐悦我心。翠洒松毛尘土净，红铺褥毯玳筵深。香飘鼎鬲温温玉，酒漾觥盂重重金。十二美姬齐匀彩，醉闻宝瑟曲调音。

其二［一］

玉岳崚嶒映雪堂，年年有约赏春光。飞红舞翠秋千院，击鼓鸣钲蹴鞠场。迟日醉听群鸟咔，暖风时送百花香。好山好地堪为乐，莫厌尊前累尽觞。

【校记】

［一］（明）杨慎辑《雪山诗选》卷中录此诗。

观竞秋千

书梁高架垂杨院，喜见群娥举翠盼。飞去笑回冰雪面，过来轻蹙绮罗裙。彩绳袅娜随纤手，红带飘飘曳缝云。向晚娇痴无力在，三三两两坐斜曛。

游饮喜春园中醉书壁上

宴游今日喜春期，红紫芳菲正赏时。白壁不留沽好醖，黄金用尽买名姬。醉看花下裙衣舞，侧听池边管签吹。莫讶烟云腾壁上，野狂到处写新诗。

春夕饮于海棠花下

芳时媚景堪何乐，旨酒名娃且适情。花放海棠春烂熳，火燃铁檠夜分明。虎床象倚重重坐，凤管鸾笙细细声。更喜宾朋同宴集，良宵一饮到三更。

春夜聚饮牡丹亭　二首

其一
春赏桃黄尽自娱，锦鲸居上听吹瓠。樱桃红透玻璃碗，竹叶光摇玛瑙壶。笑阅儿童争秉炬，喜看仕女斗樗蒲。风来只恐纤埃起，亭下氍毹满地铺。

其二
绛笼初上五枝灯，醴醴频□满爵馨。年壮好题风月句，春光喜宴牡丹亭。金钿宝髻围高座，翠管瑶罂列采屏。歡到横参还未散，数声鼍鼓醉中听。

引诸友游北园

高结锦棚游北园，柳为门巷竹为垣。筠笼声巧珍禽语，石案香生宝鸭喷。巡酎兕觥春正引，轮花羯鼓晚犹喧。日斜出席张罗盖，看舞弓腰两袖翻。

喜晴夜宴　二首

其一

宾延绮席喜新晴，玉几银瓶列座盈。红袖呼假扶碗立，翠翘传酒执杯行。檀槽谩拨声声细，象版轻敲句句轻。绘宇雕甍深夜饮，高燃宝炬四筵明。

其二

葡萄百斗莫辞斟，坐锦吟笺满已深。烛熠入杯光一点，歌声应鼓响双音。花明亭次疏帘映，月满楼前隔竹阴。竟日与春频作侑，况怀无有郁愁心。

诗酒遣怀

翠阁来登好宴开，斗然佳兴触人来。品题墨稿三千首，漫饮琼苏百十杯。太白狂勚诗肆志，步兵奇宕酒矜才。子今我亦能兼此，日醉时吟每放怀。

病起登东

东楼远上最高层，尚怯羸躯缓步登。野渡日沈烟色暝，春山雨过烧痕青。近檐花发昏昏见，隔叶莺言忽忽听。堪叹仲宣当此际，倚阑成赋正伤情。

夏日引妓游中湖

双双画舸泛中湖，满载婵娟入翠蒲。莲朵分心盛玉盏，荷盘裹手执金壶。娇波顾影凝秋水，彩鹢浮光近晚晡。柳次停桡红紫映，分明一幅美人图。

忆春

忆春南望泪潸然，断尽柔肠最可怜。绣幕懒开愁入梦，语琴不弄手生弦。花逢上巳从教放，月到中秋也自圆。惆怅岂须频叹息，多情于我亦旌悬。

晓登雪楼[一]

盥既登危[二]曙色分，琼崖东际[三]日初昕。钩帘忽起栖檐鸟，俯槛俄看出涧云。雪气[四]逼人衣欲厚，山峰[五]吹面酒应醺。谁知百尺无炎郁，五月松涛卷地闻。

【校记】

[一]（明）杨慎辑《雪山诗选》卷中录此诗。

[二]"盥既登危"（明）杨慎辑《雪山诗选》卷中作"琼瀯初晴"。

[三]"琼崖东际"（明）杨慎辑《雪山诗选》卷中作"海萍东上"。

[四]"雪气"（明）杨慎辑《雪山诗选》卷中作"集霰"。

[五]"山峰"（明）杨慎辑《雪山诗选》卷中作"朔风"。

岭湖东望

岭湖东望草芳蕤，正是湖东好景时。水鸟颉颃鸣故故，岭云续断霭迟迟。紫牵荇带轻飔飓，绿䌷桱丝返照垂。横槊再看渔乐处，数声欸乃出涟漪。

引东嶙游白古渠园名

引客东游白古渠，层畦叠垅径紫纡。笋从垣外青争出，草自池边绿乱铺。林老对棋闲数局，园丁瀹荈漫浇壶。傍人莫哂忘官势，权与东嶙一日娱。

玉院小酌

晚宴横陈喜莫禁，紫衣高坐翠涛斟。席前女妓歌清韵。檐下筝篡动好音，绣幕谩开银烛炫。雕阑重绕蕙堂深。薰风一任摧残漏，涸饮无妨发浩吟。

夏饮北塘

飞阁重开饮北塘，床居牙簟对寒光。美人壶动黄金灿，解语杯行紫萼香。爪截水晶冰乍冷，鱼翻玳瑁雨初凉。坐中凫藻诚嘉会，莫惜匏尊醉一场。

雪山楼中双鹤同赋回字

群峰天畔玉崔嵬，快阁陵空迥对开。未午树迷云气合，有时风卷瀑声来。登临尔得惊人句，感慨吾非作赋才。檐次再看林外景，琳宫梵宇路纡回。

草堂闲适步北溪上韵

近水茅斋篛箊围，曼延天棘曲阑依。蜩螗抱叶吟垂柳，翡翠衔鱼立钓矶。藓色留连侵薜簟，荷风荏苒动絺衣。谁人会此幽闲趣，啜茗哦松得自怡。

泛湖虹见作之

东陵薄雨晚晴初，西日斜倾影半虚。天上采桥横螮蝀，镜中红盏放芙蕖。扣舷倏起群鸂鶒，拽网空跳尺鲤鱼。莫挂锦帆归去速，木兰轻倚自舒徐。

玉湖边

暑雨初收雪岭开，偶闻风送荄香来。绿茵软软湖边草，白撰圆圆石上苔。野鹤背人鸣太急，沙鸥向我立何偎。坐余不觉天将暝，收拾奚囊缓缓回。

送葵坡补任黎州

黎州道远莫匆忙，境接交南薏苡乡。岛鹤未归炎瘴黑，海霞初上蜃楼光。鱼腥逼近婆兮浪，鸩毒飞扬火焰冈。别尔不愁千里任，清臞只恐热来伤。

晚晴携双桃复饮南湖

晚晴凉乘饮渔台，喜自双桃逐我来。水画蛾眉新月见，湖妆粉面白莲开。鳞文缓动风微力，腊味初传女晕腮。爱把雕航牵锦缆，恐教柔态暗惊猜。

秋夕诸友重会北冈书院小酌

北冈重会好秋霄，最爱凉飙鬼影摇。月入窗棂金破碎，山围楼阁翠岧峣。两行乐韵悠悠动，一挂龙烟细细飘。续听馆娃歌越调，满堂醉语莫喧嚣。

秋晚眺中湖[一]

一眺中湖断晚霞，晴波溶漾可乘槎。月钩映水鱼惊钓，风笛横舟雁落沙。石垒罙窠苹叶暗，莜编渔坞蓼茎遮。吹来鬖发欺人冷，喜伴汀苹懒去家[二]。

【校记】

[一]（明）杨慎辑《雪山诗选》卷中录此诗。
[二]"懒去家"（明）杨慎辑《雪山诗选》卷中作"与渚花"。

暮秋南望

川原南望暮秋时，霁色苍茫近夕晖。黍稌垂芒千顷熟，鹡鸰引子一群飞。纷纷叶下河边柳，拂拂风摇竹外旗。寒动不禁心自戚，归鸿迫晚欲何依。

游湖上寺[一]

吏封印去[二]已闲心，散步西游宝刹深。秋净水摹楼阁影，雨晴山和鼓钟音。林间古塔惊人望，湖上高僧伴我吟。留宿莫能归屦晚，明朝属橡恐来寻。

【校记】

[一]（明）杨慎辑《雪山诗选》卷中录此诗。

[二]"吏封印去"（明）杨慎辑《雪山诗选》卷中作"鸦归吏散"。

雨夜忆友感怀

北窗无伴独泪栖，忽感秋怀意转迷。枕上雨声频滴滴，梦中春草自萋萋。邻鸡啼断殊憭栗，檐马鸣来更惨凄。默忆故交零落半，不堪长叹泪流低。

复寄滇城萧友人韵

丽水昆池隔两涯，思君千里忆乘槎。酒倾浮蚁愁心破，书寄征鸿望眼赊。夜静谁家敲素练，月明何处起清笳。丈夫自有相逢日，莫遣秋霜染鬓华。

叠范菁山登洱水楼韵

风扬洱水泊天浮，高楼一望寒波流。云开远见微茫树，夕照遥看缥缈舟。登瀛客醉有多兴，迫晚鸥饥无数游。凭轩忽堕迸空泪，苦忆莼鲈故国秋。

重韵菁山云龙道中小憩

匹马冲寒多险绝,西风客憩野亭幽。霜前细菊黄出绽,雨后晴山翠欲流。乡思不堪鱼鸟断,宦途聊寄梗萍浮。新诗偶得愁人句,只恐愁人暗白头。

游玉湖 二首

其一

玉湖影动玉山浮,四顾寒光逐水流。酒后诗髦天上坐,轻舟短棹镜中游。黄花满岸开秋色,远浪迎风拜晚鸥。细雨乍晴殊荡漾,残晖欲坠自夷犹。

其二

晚霁无风偃浪花,中流素艇映西霞。天容水色浑相似,雪莹峰光迥自嘉。潋滟玻璃明醉眼,鸬鹚凫鹥点平沙。青烟起处渔炊火,满岸蒹葭隐钓槎。

赓习庵怀秋韵

元龙高隐玉山楼,卧看山南江水流。今日暮云归我望,何时尊酒为君留。秋横白雁愁封简,晚照青蓬忆上舟。肠断不堪频极目,一怀清友一怀秋。

秋饮忆竹山

天涯遥隔雁来迟,秋到新添万种思。木叶无情随处下,江湖有梦几时期。醉余独立停云馆,愁自频吟对月诗。书讯往来千百遍,不如一见竹山仪。

送沧城李鹭洲

缱绻高情出饯迟,祖鞭何事促东之。江横竹索千寻险,马度阑干十二危。霜叶零丁风扑面，哀鸿嘹呖涕涟氂。送君迥别官桥暮，衰柳那堪赠一枝。

桥上邀四友饮

仲秋初二日晴天，爽气吹来暑气蠲。桥下水摇白石槛，篱边菊绽紫金钱。双童侍坐行欢伯，四友冲泥柱薄筵。胸次许多风月兴，掀髯一笑写云笺。

寿日醉中拜和吕仙翁韵

餐霞引瀣学仙流，岂念人间万户侯。出入烟尘随所欲，翱翔海岛任于由。笑擎云液千年酒，宴赴蟠桃七月秋。住世不妨乌兔转，雪山长黑少年头。

西园述事[一]

西园北畔石溪连，四顾林峦霭暮烟。千载不磨崖上字，一时因写醉中篇。风摇凤尾猗猗竹，水接仙源活活泉。我愧云仍承世荫，愿言绳祖懋先贤。先祖麦宗生，七岁不学而识文字，及长，傍通吐蕃、白蛮诸家之书，至今崖畔尚存文字。

【校记】

[一]（明）杨慎辑《雪山诗选》卷中录此诗。

重登迎仙楼

玉峦耸处北天端，万朵银花作雪漫。榆国点苍登处见，鹤川石宝坐中看。凭高自喜迎辉远，傍险还嘉接壤宽。爽籁清霜浑不断，倚空重屋四时寒。

登介石楼次梦樵子韵

闲来独喜向高居，复自登临兴有余。细雨蒙蒙行树杪，轻云冉冉入窗虚。不闻人语惟闻鸟，爱看山客懒看书。腾踏最层欣豁敞，半空吟咏响琼琚。

希源亭会饮赵松坡偶揭放翁诗指青字韵步之

雨中草色自青青，青满阶除客满亭。诗和放翁随逸兴，酒盟刘老解余酲。翠翰捧砚堪奇写，朱袂谈筝最好听。我醉不妨凉夕饮，金羊为伴雪为屏。

题松坡宅

墨髯胸次喜无尘，确守清贫独善身。夜瞰海灯鱼吸浪，晓聆山磬鸟啼春。数重古屋松坡近，两叠高楼野寺邻。剑赕文风今已盛，与君相并不多人。

五言律

题雪山[一]

北郡无双岳，南滇[二]第一峰。四时光皎洁，万古势巃嵸。绝顶星河转，危巅日月通。寒威千里望，玉立雪山崇。

【校记】

[一]（明）杨慎辑《雪山诗选》卷中录此诗。

[二]"南滇"（明）杨慎辑《雪山诗选》卷中作"滇南"。

筵前观美人

裙钗来侍饮，杂珮响铿铮。月姊仪容净，花妖体态盈。樱唇吹玉管，笋指按银筝。醉眼频频觑，灯前百媚生。

和湖月寄来诗图便面

湖月钱中舍，文华殿直寒。篆文追薛稷，辞赋步张翰。万里交金石，三秋结茝兰。雪图开便面，一见喜无端。

元夜前一日赴饮南厅 二首

其一

五马南来饮，纷纷鼓乐喧。鸾刀分鹿乳，犀箸检熊蹯。风撼绒英动，星飞火树喷。斗蛾明日是，今夕且噆鳟。

其二

预饮传柑酒，人欢近上元。月来银海烂，烟霭博山温。羽节森森列，歌歈历历喧。试看鳌背火，光影射华轩。

赏元宵

宴欢排设甚，光对采山奇。刻烛诗成速，观灯客散迟。芳瓯留月饮，佳节趁春期。庆此元宵会，笙芋彻夜吹。

雕房观丽

引丽入雕房，风随冉冉香。傅容云母紫，坠耳木难光。对掩金䴉䴘，双摇玉凤皇。洛神无我梦，何事学仙妆。

春饮北塘晚归

北塘常乐饮，拾翠景尤清。玉槊藏春雉，金丝啭午莺。雨晴山气暖，风荡水痕轻。坐轿归来晚，沿途火炬明。

题松与真真倦绣图

画里真真好，全然宫样妆。丰容凝婉泽，腻鬓染玄香。玉掠红巾簇，衣悬翠带长。落花春画永，倦绣倚雕床。

和月坞春游榆城韵　七首

其一
海峰环故国，花柳夹春城。杯酒娱今世，乾坤寄此生。野人堪与语，乡丈可交情。莫道清明好，鹏鹍竟日鸣。

其二
鹤拓风尘异，风来尘满城。邻鸡啼梦断，江草唤愁生。未喜成新句，逾伤寄远情。登楼何怅望，檐铁苦频鸣。二句自然。

其三
降娄时解冻，二月暖山城。燕掠莺花散，溪喧春水生。烟霞非我计，畎亩任佗情。南国诗盟尽，惟君有句鸣。

其四
海色沧溟郡，风光桃李城。阴阴烟树合，隐隐浪花生。潦倒憎时事，支离避俗情。喜今书复至，候雁北来鸣。

其五
三塔登危望，山连百雉城。火耕春雾起，野烧暮烟生。霑洒愁人泪，功名薄宦情。僰童牵引处，齐唤纸鸢鸣。

其六
春游怜杜老，遥忆锦宫城。白白柳花放，青青薤叶生。江山时触目，翰墨日娱情。何处寻芳客，纷纷丝管鸣。

其七
薄寒天欲暮，微雨过高城。黑水春潒漾，苍山雪气生。我无惊世句，君有济时情。此意堪谁语，空闻海鹤鸣。

双峰书屋

双峰已落成，书屋四窗明。海泄平芜见，云开叠嶂横。槿篱终日塞，畲火暮春耕。野性能无欲，清尊每自倾。

别春

九春通丽质，婉娈自相从。两两擎银盒，双双捧玉钟。皱眉随柳黛，醉靥映灯红。苦为明朝别，今宵意转浓。

小子升邀饮南川书墅

我来南郡饮，小子设新筵。酒醉文章客，花开锦绣川。鼓声山自应，野色水相连。淑气熏人暖，时光满眼前。

避暑林中而饮

开尊称远林，逭暑晚凉侵。品玉参差好，悬金凿落深。密槐铺厚樾，弱柳荡浓阴。草色连冰簟，醉听幽鸟鸣。

送友人回滇

风旗半卷回，駔骑晓行催。树色随云没，溪声带雨来。野人聊祖席，滇客好衔杯。一别余千里，襟怀何日开。

饮酒

花边擘瓮云，满酌气氤氲。一盉终无醉，三觥始觉醺。手中噙紫蠏，背后绕绯裙。再举金莲具，酕醄且自欣。

游九十峰深处[一] 二首

其一

九十峰深处幽，幽玄虎豹眠。老藤缠古木，怪石迸清泉。冰笋连渠出，霜芽满洞悬。路遥山更险，不可再攀缘。

【校记】

[一]（明）杨慎辑《雪山诗选》卷中录此诗。

其二

探幽远入林，僻径转难寻。云漏斜晖影，山藏古雪阴。茑萝悬树密，潭水出溪深。阒地无人到，寒猿日自吟。

雪院醉中诗示琮弟

欲询兄饮处，实与对人通。屋绕槲槮树，楼偎岌巢峰。雪寒无暑气，夜冷起高风。再问营何事，醉携双袖红。

题周昉梅花仙子

姑仙逗月凉，晚弄素梅妆。结绿罗腰重，悬黎绣臆光。临池斜照影，倚石暗生香。露湿银阶冷，回头点额黄。

步宗古题大理韵 二首

其一

蒙国多嘉景，浮屠耸绀园。霜天鸣戍角，雪浪打崖根。玉局清仙乐，龙关壮海门。西峰环峙处，青碧涌寒源。

其二

叶榆三恶郡，官道喜宽平。海树连荒寺，山云荫古城。涧颓秋雨涨，风吼暮钟鸣。汉僰居何杂，门闾各有生。

雪山院中自寿

我生今日是，海屋更添筹。雪色层层莹，云腴满满浮。北峰恒作友，南极永为俦。已醉蟠桃酒，仙娥又攫瓯。

八月廿四夜与众客饮于清槐亭[一]

释闷饮清槐，能招众客陪。夜阑三换烛，漏永百巡杯。月上虾须卷，风停象眼开。偶惊垒耻矣，双引凤头回。

【校记】

[一]（明）杨慎辑《雪山诗选》卷中录此诗。

游湖[一]

我作采萍客，乘艅行水中。残阳挂疏木，薄雾锁诸峰。北望皑皑雪，西来飒飒风。临流一挥手，鱼鸟频相逢。

【校记】

[一]（明）杨慎辑《雪山诗选》卷中录此诗。

秋日野眺 二首

其一

荒郊闲步畷，瑟瑟动寒飔。蟋蟀声催晚，梧桐叶槭秋。散霞天色净，落日水光浮。雁字排行去，空回望远眸。

其二

伤秋来野眺，斜日映江流。绝塞鸿归尽，硗田谷未收。山容绿露瘦，草色为霜愁。满目将雏燕，飞飞不肯休。

依韵寄友人杨雨溪[一]

西风动客愁，薄暮倚高楼。树失[二]晴云拥，山哀[三]急涨流。征鸿能怯夜，病叶不禁秋。远眺怀君切，一樽何日酬。

【校记】

[一]（明）杨慎辑《雪山诗选》卷中录此诗。

[二]"失"（明）杨慎辑《雪山诗选》卷中作"合"。

[三]"哀"（明）杨慎辑《雪山诗选》卷中作"分"。

次玉林游榆海韵[一]

素舫游榆海，回澜最可观。水光浮白塔，波影漾苍山。地接东西岸，城连上下关。仙槎随泛泛，岛屿隔尘寰。

【校记】

[一]（明）杨慎辑《雪山诗选》卷中录此诗。

出郭

出郭看秋景，山川一色清。晚空征雁灭，落日半江明。野店砧声急，渔舟钓影横。牛羊随处散，远近暝烟生。

题高三野隐居书屋卷 三首

其一

野翁甘屏迹，卜隐海峰西。地冷蚕丝少，风高鹊垒低。对门千顷麦，背阁两株梨。把酒寻春社，园林动鼓鼙。

其二

野居能独乐，迥避绝尘埃。旭日鸡豚散，东风桃李开。荜门无犬吠，村径少人来。吏隐真成癖，空园买药栽。

其三

野屋营高亢，凭楹俯绿畴。烟光浮草际，日影射江头。柳许行人折，春随饮者游。轩墀非尔意，草屦傲玉俟。

戏和东渠访隐

访隐老东渠，身骑一蹇驴。短衣便野戏，破屋喜山居。石磴千株树，藜床数卷书。自骄尘外客，樗散更无拘。

七言绝句

嘉靖恩赐"辑宁边境"四字[一]

辑宁边境自天来，跪捧黄章向北开。金画滚龙蟠御字，玉音玺篆焕云雷。

【校记】

[一]（明）杨慎辑《雪山诗选》卷中录此诗。

太史升翁取石鼎以诗侑之

石鼎烹茶雪浪翻，乳花轻漾热雷喧。新酥旋点银丝漉，满注瓷瓯喷鼻馨。精致。

华马国^[一]_{巨津州名，昔元世祖驻跸于此而封}

政暇西巡华马国，铁桥南度石门关。北来黑水通巴蜀，东注三危万里山。壮健。

【校记】

[一]（明）杨慎辑《雪山诗选》卷中录此诗，并批：书经蔡言注引樊绰书，丽水为黑水，一名禄裨江罗些城，北有山即三危山，其水从逻些城三危山西南行，上流出于西羌吐蕃，下流南至苍望城，又南至双王道勿川，有弥诺江西南来会，南经骠国之东而入海。罗些乃南诏、吐蕃南北相距之地，雪山世守此土，知之必真，三危之山在丽江无疑矣。

和铁冠居士谒蜀江武侯祠韵

一拜涟然湿尺襟，英雄感慨亦何深。江声不尽吞吴恨，庙貌犹存扶汉心。

胡拍词^[一]

酩酒酥团宴可汗，四弦齐拍甚凄酸。若教引出昭君怨，马上谁人泪不弹。

【校记】

[一]（明）杨慎辑《雪山诗选》卷中录此诗，并批：胡拍即古胡拨四乐器也。

春姬

凤袍鸳缬春云暖，体靓仪端立影斜。轻拂素纨回月面，游蜂来绕鬓头花。

醉中作

赪珠一串围颅额,玉索银铃四鬓垂。犀角叵罗金兽耳,漫教红粉去来持。

赏牡丹[一]

引翠携红饮玉卮,乐游笙管不停吹。醉中只恐春归去,把火看花夜睡迟。

【校记】

[一](明)杨慎辑《雪山诗选》卷中录此诗。

和古韵[一]

梦醒流苏五夜时,杜鹃啼月海棠枝。起来欲看庭花落,箔卷东风曙色迟。

【校记】

[一](明)杨慎辑《雪山诗选》卷中录此诗。

东皋饮

紫厓邀我到东皋,坐对龙冈饮兴豪。孔雀伞开文羽翠,牡丹袍绚日华高。

迎仙楼中忆吕翁

一声长笛倚斜晖,遥忆回翁杳莫归。黄鹤不来空望眼,白云常傍雪楼飞。

问棠梨花

问道棠梨开未开,殷勤与我报将来。若方满树垂垂方,好向花边饮一杯。

送客

春寒不禁青烟起,客去清明节已过,怪杀东风何太急,马头离思落花多。

春闺怨

和鸣翡翠立阑干,并影鸳鸯飞曲江。抱恨碧桃花下睡,可怜妾梦不成双。

宫娃词[一]

学舞霓裳翠袖低,初收云髻未全齐。长门不识君王面,二七先惊入月时。

【校记】

[一](明)杨慎辑《雪山诗选》卷中录此诗,并批:用王建宫词语。

饮春会[一]

官家春会与民同,土酿鹅竿节节通。一匝芦笙吹未断,蹋歌起舞月明中。

【校记】

[一](明)杨慎辑《雪山诗选》卷中录此诗。

怀行兵者

驱兵远度斩楼兰，虎帐何时报捷欢。我在画堂深处饮，不知多少铁衣寒。意好。

春游戏题　二首

其一

白马雕鞍金匼匝，锦鞯云鞴坠葵花。珊瑚鞭指红楼女，曾与游人到酒家。

其二[一]

元戎[二]缓拽红衢腻，叱拨频嘶绿巷深。问柳穿花还未遍，夕阳又抹树头金。

【校记】

[一]（明）杨慎辑《雪山诗选》卷中录此诗。

[二]"元戎"（明）杨慎辑《雪山诗选》卷中作"金猰"。

寻春

日日寻春不见春，寻春不见一春春。寻春春色非桃李，春色元来是丽春。

席间即事

春宴英蕤载满头，玉船横举较诗筹。双鬟拨尽鼙婆曲，复听蛮童唱石榴。

【校记】

[一]（明）杨慎辑《雪山诗选》卷中录此诗，并批：新。

芙蓉伴饮

夜阑无寐伴芙蓉,坐下频频似我钟。一曲筌篌弹未尽,相看烛泪又流红。

约人看花

朝去看花花未开,瓮头不解却回来。今朝又约看花去,依旧不开空复回。

山行

踯躅花开正远行,枝枝朵朵尽舍情。看花不惮千回转,愁听花间格磔声。

二春侍饮

春容如玉正芳时,侍我樽傍整月眉。席上漫呼红一点,挼花浸酒举柔荑。

暮春看牡丹

鼠姑零落雨凄凄,春去无多杜宇啼。留得残枝擎晚泪,玉娥一见翠眉低。

再赏海棠花

五日前头赏此花,此花烂熳紫如霞。今宵置酒重相赏,花色无如前日嘉。

惜花 二首

其一

十妹萎羸已被伤,可怜无色亦无香。青皇不肯医花病,粉蝶黄蜂空自忙。

其二[一]

东风几日忒狂吹，万片飞红迷草池，蝴蝶不知春已去，双双犹自恋残枝。辞精意婉。

【校记】

[一]（明）杨慎辑《雪山诗选》卷中录此诗。

与春留饮晦夜

三月旬终莫可怜，柳眉花貌正鲜妍。谁言今夜春归尽，红紫依稀在眼前。

落花词

红满枝头喜满心，连宵晏赏引杯深。于今红满疏闲地，愁满心头绿满阴。

送朱州倅回乡

南都不啻万余里，水宿山行可顺时。艺苑若论词赋事，勿言雪守近能诗。

珊瑚寄箐山先生

烽火树生南海底，巧将铁网挂琅玕。避尘自喜明窗净，高插银瓶赤影寒。

雪山深夏

节造长赢毒热蒸，蔚林杂草荫层层。乾坤到处炎云遍，此地溪山未解冰。

炎画邀春饮于水阁

水槛新携皎皎姝，碧纱为裼谷为襦。头脂叶沃双云腻，粉颈轻盈沥汗珠。

避暑南涧

溽暑南寻古涧深，翠环绿绕唤幽禽。午风吹动儦儦柳，岸上闲行水自阴。

四月尽

四月三旬今夕尽，明朝又是端阳时。人生何苦未为乐，岁月忙忙不肯迟。

采莲词　六首

其一[一]
石榴裙卷足如霜，折得红莲满抱香。羞向人前女儿貌，手遮西日看湖湘。

【校记】

[一]（明）杨慎辑《雪山诗选》卷中录此诗。

其二
波心梁丽莫频撑，只恐鸳鸯为妾惊。笑剪碧箅寄郎去，劝时犹恐不娱情。

其三
夫从征西径几年，不见回家空自悬。孤妾扬舲过湖去，娇心辱采并头莲。

其四[一]

不与娘知去采莲，袖中偷得雇船钱。出门不识西湖路，耻问人前是那边。

【校记】

［一］（明）杨慎辑《雪山诗选》卷中录此诗。

其五

袖卷新纱十指纤，娇羞无力倚船边。轻按鬟钗低照水，红颜窃比水花鲜。

其六[一]

弱袂长鬟荡水中，钏文钗影入荷丛。鸣榔惊起韩朋鸟，一人西飞一个东。

【校记】

［一］（明）杨慎辑《雪山诗选》卷中录此诗。

自种柳[一]

双杨初种几经春，始见长条已拂尘。万缕绿阴堪作帐，一枝不许赠行人。

【校记】

［一］（明）杨慎辑《雪山诗选》卷中录此诗。

新亭酌月

漫赏新亭销爽夜，好风时动绛罗袍。杯衔月影金波撼。笑指春娃桂魄高。

秋夜

晴虹夜照明书檠,独伴清童阅简编。窗外忽惊寒雨过,短衣不脱且欹眠。

秋日思春

菊放东篱正值秋,缅怀遥别凤鸾俦。自从三月春归后,日日时时刻刻愁。

秋夕待人

停杯迟饮故交陪,淅淅商飙迫晚催。再点银釭还未困,马嘶墙外有人来。

题务山隐居

坐寒栖冷竹为巢,处静潜幽布作袍。犬吠月中风叶战,柴门晚闭务山高。

冬日喜饮[一]

暖阁燻香雪未晴,浅斟脍炙舞茵横。娇娘斜立朱帏下,十指红蚕弄锦筝。

【校记】

[一](明)杨慎辑《雪山诗选》卷中录此诗。

群儿堆雪为塔喜而有作

偶看群儿堆雪塔,堆成尺五甚如鳌。几人呵手几人说,三塔无如此塔高。

五言绝句

自述[一]

汉唐宋元世,历宦岂须夸。腰系黄金重,诚心报国家。洪武恩赐"诚心报国"金带,故云。

【校记】

[一](明)杨慎辑《雪山诗选》卷中录此诗。

题燕用赵松坡韵[一]

秋社引雏归,春社引雏飞。旧巢还未动,不必补新泥。有意致。

【校记】

[一]杨慎辑《雪山诗选》卷中录此诗。

酒家 二首

其一
榆柳重阴处,黄茅三四檐。晚风吹敝席,残雨滴青帘。

其二
竹边依草舍,旗飐晚初晴。草径缘溪入,沽醪人自行。

醉狂

酗杯真痛饮,箕踞垒髹床。击节一长啸,如何太杀狂。

游东园池亭　三首

其一
华驹驮美人，远赏东园春。联辔入花里，婵媛笑语频。

其二
亭下方塘满，塘边绿草长。鱼吹歌扇影，花落舞衣香。

其三
烟光浓淡起，时卉陆离开。乳燕衔泥去，狂蜂客蜜来。

春英

华裾拖锦地，珠翠满头悬。徐语丹唇朗，低歌皓齿鲜。

春眠戏作

芳蕙辉金幌，春眠枕绣鸳。梦欢还未觉，报晓又来闻。

书院醉题

箇阁春时暖，松楼月夜凉。歌筵与舞席，一处一千场。

春来

山居日夜寒，无伴独相干。檐喜乌尼语，春来报我欢。

寄春媛

阿阁重幽静，中宵独处深。绮疏人似玉，明月结同心。

题背机女[一]

飒缅风摇袂，翩翩蝶绕衣。斜簪那悉茗，背立锦云机。

【校记】

[一]（明）杨慎辑《雪山诗选》卷中录此诗。

饮中咏春香[一]

帕浣都梁水，衣熏迷迭烟。好风吹馥郁，如遇蕙兰仙。

【校记】

[一]杨慎辑《雪山诗选》卷中录此诗。

筵前戏鼓

采革上花台，春筵锦绣开。牙枹敲数点，歌舞一齐来。

仲春诸友醵饮南圃杏亭[一]

醵饮村南圃，流觞绕杏亭。殷葩多狎猎，粉絮正飘零。

【校记】

[一]（明）杨慎辑《雪山诗选》卷中录此诗。

郊饮夜归

鸾镳转翠麟，回首唤春频。分火照行步，莲鞋莫污尘。

散宴

红友阑珊尽，箫腔促鼓腔。粉题褰蕙帐，皓腕捧兰釭。

朵甘人送犀足酒盘

犀足盘三爪，云文墨影斑。我非玩玩好，珍重朵甘蛮。

观仕女博塞

绮寮双仕女，呼采雉枭投。侍婢推盘走，舍惭错点筹。

问故人

五年今复遇，垂首泪盈盈。对我休栀蜡，平平说故情。

晚醉

侍媒生芩泽，停卮醉欲迷。日曛黄目倒，相引入幽闺。

问羽士

羽扇纶巾士，希仙可得仙。篆枚能引寿。尧韭更延年。

雪莲劝饮

杯行一只莲，筝听十三弦。蜡泪堆盘满，贪欢不肯眠。

怨昭君

汉宫多少人，偏教尔和亲。莫怨画工误，蛾眉自误身。

四月观玉院子牡丹

白峰端叶寒，始放紫绒团。炎景天香袭，人间岂得看。

湖边过

垂垂杞岸遥，瞥眼见群娇。骑马湖边过，满船红袖招。

对妓喜酌

鼓催红芍药,拍掌立双童。为听伊州曲,忘杯酒胶浓。

赏饮蘑卜

杯兰开素质,晚吹递清芬。绿蚁微醺夕,红消满箸飧。

榴边春女[一]

有女临丹若,横柯袖乎凭。领边悬络索,衽下缀胡绳。

【校记】

[一]（明）杨慎辑《雪山诗选》卷中录此诗。

观湖遇雨[一]

倚槛侧观湖,奔雷忽有无。雾浓山吐墨,雨急水跳珠。

【校记】

[一]（明）杨慎辑《雪山诗选》卷中录此诗。

立秋

一叶知秋至,山林动惨飔。貔腾晨已祀,暮演猕台高。

秋兴 三首

其一[一]

落霞催薄暮,野渡望舟还。古树飘残叶,平湖浸远山。

【校记】

［一］（明）杨慎辑《雪山诗选》卷中录此诗。

其二
晚来秋思切，落莫岂禁寒。尚有灵修念，无能去采兰。

其三[一]
步出郊肩望，山椒日脚红。野云埋落木，水寺动疏钟。

【校记】

［一］（明）杨慎辑《雪山诗选》卷中录此诗。

晚坐东溪亭

坐爱溪亭晚，亭东向酒篱。竹高风动速，山近月来迟。

江村晚眺[一]

江上层云合，江村结暮阴。渔灯半明灭，风雨苇花深。

【校记】

［一］（明）杨慎辑《雪山诗选》卷中录此诗。

江行

江行随浪促，百里不终朝。仰见风帆饱，回看荻岸遥。

石海子

一镜浮天色，残曛满岸兼。红鹅飞对对，炯鹭立群群。

菊婢

菊婢摇金凤,秋芳满畚香。对人偏艳丽,点点缀枝黄。

溪女

短髻素衣罗,溪边缓步过。一呼全不受,岂奈玉人何。

望湖

日暮水光平,风吹泊柏生。庸渠相对浴,属玉互交鸣。

月下戏饮

举杯邀月饮,月在杯中圆。吸尽杯中影,仰看月在天。

七夕宿于玉峰东泉[一]

七夕宿东泉,祈寒不着眠。谷帘垂木末,河鼓度天边。

【校记】

[一](明)杨慎辑《雪山诗选》卷中录此诗。

秋阁晚坐

苍苍山色暝,虚阁动凉飔。桂粟飘蓬勃,幽人独坐时。

夜闻王雎有感

夜冷王雎唳,关关一两声。月中相并影,淑女惬幽情。

看剑

醉把青萍剑,寒光射斗牛。一挥神鬼泣,凛凛气横秋。

览镜[一]

借览青铜镜，香奁出绣栊。喜看今日面，不改旧时红。

【校记】

［一］（明）杨慎辑《雪山诗选》卷中录此诗。

书字[一]

紫砚乌皮几，鸾笺竹颖斑。玉蟾金滴子，横对水晶山。

【校记】

［一］（明）杨慎辑《雪山诗选》卷中录此诗。

御临西 嘉靖十九年秋，虏寇临西县，提兵远御，喜而克之

临西屯万虏，甲马动边隅。为国忘身死，提兵殄休屠。

宫怨

少小矜娇惯，年来懒束笄。低头垂玉箸，敛膝坐金闺。

题王恭湖山暮雪图

一幅湖山景，楼台耸璧琪。樵苏寒自爨，渔钓晚犹垂。

十月

十月冰霜冷，深居暖屋重。紫貂垂四幔，香兽满炉红。

雪宇夜坐

为爱雪山好，夜深坐玉台。迎仙楼上笛，吹出月明来。

冬夜席间和南坡韵

肉障紧偎予，熏红向暖炉。剡藤书栗尾，玉薤泻银壶。

雪夜醉题

阁外纷纷雪，庭前一尺深。酒阑人欲寐，银鹿又重斟。

观舞魔

觱栗声凄楚，白题悲且歌。毳裘银鼠髻，十六舞天魔。

卜远人

金钱掷神屋，远卜未归人。别久因难遘，相思泪满巾。

辩物性

独活无风动，石脾离水阴。梁莺驯虎性，管辂识禽音。

白峰馆

岳高天冻雪，水堕石横溪。地远无人到，林空有鸟啼。

送李挥使[一]

华聊轻躞蹀，回勒莫奔忙。风急云翘卷，霜寒紫电光。

【校记】

[一]（明）杨慎辑《雪山诗选》卷中录此诗。

访隐

溪南偶一过,访隐白云窝。山藓稠阴处,茸茸宿莽多。

观猎

飞骑随厘睫,趯狐迸野忙。鸷鹰双掷兔,一矢丧红羊。

偶得白驼喜赋

天竺何其远,新来白橐驼。玉毛峰耸雪,奇畜产无多。

跋

集中七言律朗润清越,布骤自然。五言律森蔚纷缛,音调有节。七言绝壮峻璀玮,间发奇句。五言绝独平稳耳,不迨七言多矣。然梗楠杞梓,夫岂细材?丹崖翠巘,时有爽气。均可以言诗也已。

於乎!以守郡世臣之贵,而有才如此,是又可尚也。若此丰韵,固滇之世臣所绝无,非杰步千载者乎?

永昌外史张含忘

万松吟卷

明嘉靖二十二年（1543）自刻本
（明）木公 撰

中宪大夫木公撰

万松吟卷序

《万松吟卷》，丽江雪山木侯恕卿诗卷也。雪山世守丽江，以文藻自振，声驰士林。其所为诗，缘情绮靡，怡怅切情，多摹拟垂拱之杰，先天之英云。曰《雪山始音》者，南园公序之；曰《隐园春兴》者，贡所张子序之；曰《庚子诗稿》者，月坞张子、中溪李子序之。其秀句佳联，坌出层呈，七言则有：

缋檐启帧龗廔翠，醹醅浮杯琥珀红。钩帘忽起栖檐鸟，俯槛俄看出涧云。野渡漫寻残雪径，江行远带夕阳帆。饰春金买缠头锦，选月钱赊系臂纱。不检麦甑蚨化蝶，且看书架蠹生蟫。

五言如：

渔灯半明灭，风雨芦花深。晚云斜带雨，来打旧蓬囱。断猿哀晓月，穷雁唳秋空。云移山似动，风送叶如飞。

皆为作者深致，可以入高似孙之句图、敖陶孙之诗帒矣。雪山金紫代荣，方岳重镇，沉烽静柝，燕寝清香，官常民誉，既已与为多矣。而词华之丽又若此，必传无疑也。拟之伦而匹诸古高骈之伊州、盖嘉运之辽西，其弗专美于唐乎。虽索居未面，停云阻心，而情往似赠，兴来如答。当益富篇什，增明昏眹，是所企也已。

嘉靖癸卯十月六日博南山人杨慎书。

七言律

万松吟

万松深处万松吟，密密稠稠树树阴。霄汉远盘殊蓊郁，烟霞近护更幽森。新篇累就心何乐，旧稿重删兴愈深。斯立自从仙化去，我非偃盖不知音。

和月坞扇寄升庵韵　十首

其一

锡我云笺漫启函，青鸾迥立翠乔杉。巫峰东去千回岸，滟滪南归一片帆。金石旧交文艺苑，珠玑新写雪山岩。寄情多是重期约，尺牍殷勤手自缄。

其二[一]

寄来佳制满琅函，坐惜窗含绿羽杉。月上峨嵋明四蜀，雪销巴水骤孤帆。今无隐士耕莘野，昔有贤君梦傅岩。重与故人书问去，征鸿迥便付封缄。

【校记】

[一]（明）杨慎辑《雪山诗选》卷中录此诗。

其三

欲写新词检墨函，偶看倦鸟晚投杉。蜀山远远回孤节，滇海茫茫寄一帆。元亮故归黄菊径，少通奚隐紫芝岩。自从雁断衡阳后，远槐缘无半札缄。

其四[一]

近承诗柄正开函，语鹊频来屋后杉。野渡漫寻残雪径，江行远带夕阳帆。华名已透金闺籍，丽藻新摘玉岳岩。昨日保昌飞使至，佳音报我数重缄。

【校记】

［一］（明）杨慎辑《雪山诗选》卷中录此诗。

其五

新居玄圃伴经函，屋绕清阴霭乱杉。北岳隆寒开雪障，东湖迫晚立风帆。窗横半榻明青案，石垒双盂耸翠岩。处世不妨随溢泛，只须守口默如缄。

其六

山房恒守破书函，环堵萧然竹外杉。燕市尘嚣休上策，昆池浪恶叵行帆。餐霞仙隐逍遥谷，辟谷人居大若岩。杪世劝君权处俗，谨言应以效三缄。

其七

闲来高卧枕诗函，楼外风惊响万杉。海恶鲲鹏难举翮，江潢飓母莫开帆。薰莸不变宵人路，豕鹿同居处士岩。自是野情书满纸，为谁惆怅为谁缄。

其八

落构文斋籍数函，石垣青绕万重杉。麓居自喜云为幕，湖泛曾无布作帆。屏护竹床陈短席，琴横玉几对高岩。由来习静看书卷，绝与人交不作缄。

其九

久无著书尘满函，接竹疏泉分短杉。乘舟未可泛灵沼，曳杖那能登石帆。湖上横翱报客鹤，云中颖出升仙岩。赓歌十咏忆升老，寄与禺山三次缄。

其十[一]

匡时典策且盛函，自理衡檐负野杉。万里久淹璃馆客，三秋不挂锦江帆。渭滨尚有垂纶石，锥土犹存卧雪岩。愁想博南翁未了，新诗同付一书缄。

【校记】

[一]（明）杨慎辑《雪山诗选》卷中录此诗。

雪山子有六雪之号，故题之

银岳光寒凝六出，万人观望势皑皑。玉台矗矗乾端立，云府峨峨汉表开。周咏郢歌浑俊逸，方壶圆峤总崔嵬。北天独耸琼瑶峙，秀峰昆仑万里来。

雪湖

麓南一镜映龙峦，森森光浮百顷宽。浪卷北风晴皓皓，波摇残月晚漫漫。深游零乱轻蓑冷，浅钓迷茫素艇寒。漫叟夷犹常自泛，胸怀澄湛若清澜。

雪林[一]

纷纷瑞霭凝双木，柳絮因风满北冈。[二]玉树璁珑琪叶灿，琼丝皎洁粉株光[三]。玄英黯淡松全白，素萼飘零竹自香。古诗竹雪有香之句，后人非之予，在玉龙书屋遇雪之际，竹，真有香也。壁涧琳园无间色，森森霭霭尽瑶妆[四]。

【校记】

[一]（明）杨慎辑《雪山诗选》卷中录此诗。

［二］"纷纷瑞霭凝双木，柳絮因风满北冈"（明）杨慎辑《雪山诗选》卷中作"白天碎碎堕琼芳，高咏如翻古锦囊"。

［三］"玉树璁珑琪叶灿，琼丝皎洁粉株光"（明）杨慎辑《雪山诗选》卷中作"四地山河皆净域，五城楼阁尽仙妆"。

［四］"森森霭霭尽瑶妆"（明）杨慎辑《雪山诗选》卷中作"独怜梅箭出邻墙"。

雪崖

峭拔峰横粉嶂开，瑞呈仙掌百层崴。晶荧玉嵌琉璃壁，磊落冰堆码瑙台。雾合银屏迷晓月，天倾素练响晴雷。严寒独有高人卧，一啸空音应谷来。

雪松

同云万片舞雰雰，秀叶贞蕤异木群。白白龙山形突兀，青青蚪树影缤纷。寒霙落汉阴霾起，劲节挠风爽籁闻。野老不须丁固梦，袁安僵卧也堪云。

雪楼［一］

重架槛栌陵北顾，仙人居此势峥嵘。石岩叠叠瑛尘满，瓦甃平平玉屑盈。百丈稜层云母耀，三危咫尺水晶莹。钩帘倚遍阑干望，地色山形一样明。三危乃玉龙山也，南皋子集详矣。

【校记】

［一］（明）杨慎辑《雪山诗选》卷中录此诗。

登岳［一］

名岳岩峣擎象盖，登登云路雪中行。极巅远瞰诸山小，半隋遥阒六海平。冰影眩眸寒凛凛，雷音动耳响訇訇。身游碧落空人世，东望皇都日月明。六海乃永宁、北胜、大理、浪穹、剑川、刺失六处海，子视如掌中然也。

【校记】

［一］（明）杨慎辑《雪山诗选》卷中录此诗。

万松堂

苍蚴错落大夫堂，竟日豪吟引兴长。枝袅菟丝风骨劲，根凝琥珀日华光。亭亭永岁常依雪，郁郁严冬不畏霜。丛毓最灵蟠节处，瑞烟重锁玉龙冈。

述怀^[一]

丽江西迤西戎地，府近西域乌斯藏，故云。四郡齐民一姓和。所属四州齐民通姓和，别无异姓也。权镇铁桥垂法远，桥在金沙江，隋史万岁及苏荣建之，故云垂法远也。兵威铜柱赐恩多。嘉靖二十年，为大庆事择选丽兵征交，恩赐白银拾两故云。胸中恒运平蛮策，阃外长开捍虏戈。忧国不忘驽马志，赤心千古壮山河。

【校记】

［一］（明）杨慎辑《雪山诗选》卷中录此诗。

再题书院

北岳天教号玉龙，野人居此恃巃嵸。青楼绘阁层层映，琢槛雕栏曲曲通。寒气霏微千仞雪，清阴笼护万株松。诗翁日与山为乐，罨画明明在目中。

乐松堂

　　山中宰相育高年，百尺森森隐偓佺。修干垂阴笼翠雪，乔柯飞颖落苍烟。龙蟠偃蹇云来拂，虬挂盘还月到悬。独与岁寒无改节，风鸣庭院自怡然。

题高瀲秋景[一]

　　风林败叶[二]满汀洲，数点轻鸥漱面浮。笛弄远腔舟倚岸[三]，筇揩瘦影树横秋。渔家渡上全栽竹，野寺山边半隐楼。万缕茑萝悬落照，柴扉对掩暮村幽。

【校记】

　　[一]（明）杨慎辑《雪山诗选》卷中录此诗题为"赋得高瀲秋景"。
　　[二]"风林败叶"（明）杨慎辑《雪山诗选》卷中作"风林下叶"。
　　[三]"倚岸"（明）杨慎辑《雪山诗选》卷中作"泊晚"。

茅斋闲咏

　　茅斋远构玉峰前，竟日长讴白雪篇。戒酒不行花树下，烹葵好向石泉边。山僧问到时堪谛，野老来呼午正眠。顿息此身真自得，免教俗态复萦牵。

题三松绘卷[一]

　　平滩浅港曳回艖，碧峀苍崖转绿坡。远树模糊云气重，急湍泙湃石头[二]多。茅村瓦舍门相对，渔浦樵溪径合过。晓色垂阴天欲雨，癯[三]翁料理旧时[四]蓑。

【校记】

［一］（明）杨慎辑《雪山诗选》卷中录此诗。

［二］"泙湃石头"（明）杨慎辑《雪山诗选》卷中作"鸣咽水声"。

［三］"瘫"（明）杨慎辑《雪山诗选》卷中作"沙"。

［四］"时"（明）杨慎辑《雪山诗选》卷中作"藤"。

纪玉岩春辉别墅

玉岩南畔起春辉，绀宇为邻隐翠微。晓日帘栊同燕语，暖风池馆落花飞。曲槛转砌清渠护，碧桧青桐粉堵围。更有书厨图画坞，雪翁与此日相依。

游西龙洞

西龙幽邃黑潭深，洞口冥冥草木阴。天窍云开通日影，石幢雨透滴泉音。暗风聒耳鸣寒濑，水气凝眸响怪禽。不可久留凌阴地，且须回首步平林。

柬鹤川张东园

自别东园十七秋，缅怀南顾不胜忧。寄情一一题新句，入梦频频感旧游。春到陇头梅已放，暖回溪上柳初抽。不知何日论诗酒，且对云山暮倚楼。

春游

煦日苍天艳丽辰，为寻芳径踏阳春。回鞭陌上招游妓，立马桥边唤乐人。梨萼满开垂素雪，柳花轻扬拂香尘。醉归日暮喧哗甚，管趁丝随入耳频。

微雨后赏手植双海棠

赏此双芳手自栽,满庭艳影拂人来。斜曛带暖含春馆,小雨凝寒傍晚台。嫩萼新荂垂绮席,浅红深绛照金罍。花仙不爽年年约,一度东风一度开。

云端书屋

北构云端日月辉,高居喜仗玉崔巍。楼开三旬清江抱,屋住千峰白雪围。松响忽闻归鹤唳,烟还常带舞鸾飞。清谈不是玄都士,门径嵯峨俗客稀。

万松草亭小咏

万树松间一草亭,龙峰适对雪层层。幽闲训鹤临风坐,多暇看书有槛凭。尘客不来心自佚,素琴为伴意何澄。我非僻隐烟霞地,习静常吟陋室铭。

春日闲适

野外春游径草青,双僮远趁侍车乘。帘光触眼借人问,山色牵怀随我登。风翻柳絮更无意,日晕桃花何自矜。不是行吟芳节好,为寻酒伴与诗僧。

南圃赏饮群春

南圃陈筵饮绘堂,群春姹俊赏芬芳。池边挈起娇颜醉,花里行来笑语香。点翠敷铅光皎洁,垂金坠玉响铿锵。艳歌媚舞随丝韵,娱我心怀更举觞。

席间新得小春皓月双娥侍饮喜作[一]

新得双娥意可嘉[二]，星眸宛顾鬓飞鸦。饰春金买缠头锦，选月钱赊系臂纱。四袖舞回[三]腰弱柳，一杯捧到[四]面於[五]花。肆情不肯随呼应，并倚朱屏影半斜。

【校记】

[一]（明）杨慎辑《雪山诗选》卷中录此诗。

[二]"意可嘉"（明）杨慎辑《雪山诗选》卷中作"自浣沙"。

[三]"四袖舞回"（明）杨慎辑《雪山诗选》卷中作"猿臂岂胜"。

[四]"一杯捧到"（明）杨慎辑《雪山诗选》卷中作"龙媒难换"。

[五]"於"（明）杨慎辑《雪山诗选》卷中作"如"。

题倪云林秋晚图

景物萧条凝爽气，江回平岸有人居。牧童牛背吹长笛，农叟田头刷短锄。茅屋柴扉烟径黑，水村山阁暮林疏。西风雁落沧州远，亦有沙汀集夜渔。

春饮南坡园

重开高宴对南坡，无限韶光乐事多。鱼戏柳塘春水暖，鸟啼花槛午风和。纤腰缓应金屏舞，皓齿低随玉拍歌。绿醑紫琼杯劝速，梁园宾客醉颜酡。

春夕壶中宴饮

丽壶春留玳瑇筵，缕茵罗褥极丰妍。盆盛锦石如钱小，壁映球灯似月圆。香爇水沈金鸭暖，钗横云髻翠龙鲜。阿娇侍侧薰兰袭，琬液重斟碧玉船。

仲春日游南郊望湖情畅作之

禁烟时近喜青阳,伫望郊原百卉芳。日午浅沙鸳睡暖,风斜弱柳燕飞忙。荷钱点贴湖光破,草褥蒙茸野色苍。薄雾霭晴葱郁气,教人情畅自徜羊。

清明引宾游赏西山园

清明节称好韶光,数客同游喜欲狂。山畔凿池亭影瘦,花间联句墨痕香。微风满树禽声过,好雨经春草色芳。野性爱游兼爱饮,不妨烂醉紫霞觞。

约李生晋春游不期

节过祓禊晴明好,为访园林景物菲。燕绕桃枝红雨乱,莺啼柳树白绵飞。菌楼日暝闻山笛,草市烟迷认酒旗。约尔不期空独饮,醉于马上怅然归。

题樊隐林壁[一]

竹翳茅茨半亩阴,数重门径自幽深。隔篱山色清如画,绕室泉音润似琴。不检麦甒蚨化蝶,且看书架蠹生蟫。征君独有烟霞志,我恨无能伴隐林。

【校记】

[一]（明）杨慎辑《雪山诗选》卷中录此诗。

假钓游石峰小湖

迟日冲融淑景天,独游远到小湖边。风搓弱柳千条线,水溅新荷万个钱。堤上坐窥鱼鸟戏，矶头吟倚石峰连。倦来欲拂纶竿去，夕照冥蒙起翠烟。

寄柏斋隐居龙坡

僻处遐荒阻鹤关，遥知柏老得幽闲。半窗寂寂孤岩下，一榻寥寥万竹间。却笑孔融居北海，且思藏用隐南山。破裘独卧龙坡上，景仰高风不可攀。

引双桃重游南湖醉后狂书

醉后狂书笔阵麈，去年春泛引双桃。晴云影落湖心白，暮雪光含岳顶高。不觉乾坤容酒量，始知风月属诗豪。于今再饮曾游处，柳色依依覆短艚。

留客赏牡丹

姚黄魏紫放雕台，日炫烟光映锦堆。嘉卉自怜嘉客赏，好怀偏向好春开。丝音竹韵轻随版，玉醴霞浆满饮杯。国色当筵陪我笑，天香绕座袭人来。

南和闲步

雪松书屋绝嚣烦，且向南和步野原。晴色远浮江上树，夕曛斜照水边村。幽寻隐逸徒劳问，闲适心情喜自论。背倚平桥回北望，万山多处一峰尊。

春游书所见

纷纷游侠相矜夸，风光满眼何太嘉。池塘鸳戏颉颃影，桃李树交红白花。园中采席赏春客，竹外青帘开酒家。醉狂正喜众芳节，迫晚笙歌休乱哗。

寄北窟山蒲庵长老

北窟老僧勤白业，荤腥不茹素瓢餐。风吹藤杖田衣薄，月映蒲庵石钵寒。禅寂双林盘膝坐，真空一偈着眸看。年刚八帙浑无睡，昼夕山中理六观。

重饮西园

西麓名园物色佳，双娃导我远迎来。花阴醉晚文茵坐，莺语流春锦树开。漫把玉翘持象箸，款教罗袂捧犀杯。重游称此迟迟日，芳草留连尽放怀。

自正月昼阴夕晴霜雪交作至仲春未日色昏黄风吹更恶此春行冬令感而记之

九十春光将已半，更无一日好春光。晚晴见月山山雪，晓起看花树树霜。昼惨夕寒风栗冽，云阴天冷日昏黄。芳辰何事行冬令，麦叶难抽草色伤。

赏园

载酒寻园步暖风，园门深护锦篱重。莎缘石砌云根绿，花压池栏水影红。孔雀尾开晴日炫，篦篱羽覆暮阴浓。芳心不谢长为乐，一片春光醉眼中。

叠韵答雪溪寄予之作

坐望湖峰迥映光，晚空落日半苍茫。山边始创停云馆，雪畔重开梦月堂。情思未安频自叹，起居无定欲何伤。时来自有冲霄志，一举溟鹏万里翔。

暮春饯李凫溪行

祖鞭遥拂南桥路，去马蹄轻雨浥尘。离句自令悲远客，别尊聊用饯归人。一声杜宇惊秋思，万点养花落暮春。握手殷勤重折柳，秋风准拟共杯巡。

南村野堂

雨晴出郭来野堂，路傍柔荫青青桑。小塘鳞戏落花影，芳草翠眠回日光。频挥羽箑暮春热，侧倚笋舆新樾凉。将迩祝蝎爱絺绤，丛蕙临轩何自香。

季春廿五日立夏饮石溪园

清和节候景尤嘉，偶到溪园玩物华。浓绿满堤初发柳，疏红隔水欲残花。蒲葵漫拂微风过，罗盖高擎细影遮。莫惜时光驹隙易，石前呼酒醉流霞。

夏日书雪峰新宇

幽居市远人来少，独处枵然万木中。墙脚细流旋屋水，松头迥漏插天峰。冰凌时冻寒无夏，风雪常飘冷似冬。新宇自成行乐地，读书终日对银龙。

上双坡榆河岭

日长无事寻幽闃，北上双坡十里遥。夹岸草香随路发，临桥树影落波摇。雨来远岫藏孤寺，雾掩平林隐数樵。地僻水澄榆自茂，投闲应喜俗全销。

书院喜晴梅雨短述

梅天乍喜晚空晴，尚有余淋滴树声。雾霭疏帘明复晦，水流曲砌浊还清。飘零檐外蛛丝断，润湿阶前蚁垤平。偶见雪龙头角露，更看庭鹤羽毛轻。

六月居双杨水榭

令属朱明正暑时，温风渿涩自南吹。菖阳细长玲珑石，菡萏新开屈曲池。裦裦双杨垂绿帐，阴阴万筱覆青篱。轻摇羽扇无炎汗，晚榭生凉动碧漪。

末夏晦日引春云泛保峰南渚

酷暑将阑接素商，携云泛渚浥新凉。风来荇带牵丝细，雨浥荷盘泻汞光。缓曳榴裙依画舸，轻回兰棹点沧浪。笑看水面婵媛影，满执莲杯酒自香。

书怀寄云江

忆别茫然夏已更，郁伊重望雁南征。酒因无伴偏难饮，梦为多怀勿再评。时事蹉跎空自叹，世情翻覆不须惊。迩来自警方头入，莫把苍黄误此生。

秋日丘塘关望鹤川

丘塘南眺鹤川原，市密人稠屋宇繁。远塞雁来还带影，长空云去不留痕。千章乔栋山园郭，万顷新禾水绕村。荒盼晚将风淅沥，旻空渺渺尽尘氛。

济川桥望秋[一]

济川桥半望清秋，曲甸平洲豁远眸。木落江空横断雁，石欹野渡缚虚舟。雕胡茎脆经寒露，荥藿丛深动晚飔。日影落山廖霁甚，萧萧爽气逐东流。

【校记】

[一]（明）杨慎辑《雪山诗选》卷中录此诗。

游成纪

冬游成纪民风朴，黍稻丰饶土色嘉。城外有楼多酒幔，海边无树少人家。山村羺老能栽柘，野寺僧闲好种花。只是地形南北异，水流三峡接三巴。

秋行谋统

谋统川流泄漾工，民无肄业且多穷。秋林叶尽空巢露，晚径人稀废宅通。屋敝黄茅哀寡妪，门颓白板卧孱翁。此来南地荒凉甚，归马长鸣瑟瑟风。

登北山重滴楼

结架五寻陵远汉，兴来一上一层端。北龙雪现钩帘坐，南鹤云收隐几看。山响翠涛秋色净，天鸣爽籁晚声寒，谁能与我同登眺，独倚高轩宇宙宽。

访东陂小亭[一]

陂上重扉对野平，水光峰色各分明。昔邪瓦上茸茸发，窭数垣边细细生。远眺樵村牵逸兴，近求渔坞寄幽情。只缘俗事撩人甚，来倚汀亭眼自清。

【校记】

[一]（明）杨慎辑《雪山诗选》卷中录此诗。

秋日同羽士玉窟饮于水亭有小姬侍饮清童瀹鼎醉于喜书

玉窟中南山羽士，黄冠野服草鞋轻。对联石鼎弥明句，叙隐莲杯窦下名。亭映水光秋月白，阶横桂影晚风清。醉余自说延生计，绝口无论世俗情。

送杨月江行

送君南去朔风寒，话别忙忙岁欲残。马度冰坡愁自滑，人行石坂怯为难。梅英开遍休相笑，杯酒悬来强作欢。二月花时重我会，不妨千里促征鞍。

季冬廿日留别张染髭赓晴雪韵

穷稔推迁逼暮冬，离筵欸叙莫匆匆。攀留去客赓晴雪，寂历寒花动晚风。药染短髭徒自黑，酒酽愁面不堪红。明朝分手休惆怅，来岁尊前拟再逢。

寄朝霞樊举人 朝霞寺名

书寄南乡意欲何，岁残时冗事蹉跎。壬寅历尽春光近，庚子诗成谚语多。锦里未逢愁杜甫，朝霞始见病维摩。明秋好上京华去，莫把青年等鬓皤。

五言律

书院晚坐

仙居村落远，逼近白云峰。双鹤唳孤月，一琴鸣万松。高楼对寒雪，绘障摇清风。晚坐重檐下，幽怀谁与同。

访双崖隐居

访隐扣林扃，双崖瘦鹤形。鬲香烟袅细，盆石草生青。野竹依茅栋，山泉绕橘亭。君心时自逸，我事日无宁。

首春西园试饮

肇岁芳时节，暄风荡野园。弱杨垂水面，稊草茁篱根。艳景铺新席，嘉宾出旧尊。半酣日将暮，莺燕语交喧。

题玉山松堂

岳南开寿域，木长郁然多。飞节陵霜雪，蟠枝冒薜萝。风来涛自响，兴到我能哦。艾纳生鳞甲，龙行万万柯。

春社

祷祀伊耆响，村村爇楮香。儿童喧鼓角，耋老揖杯觞。戊日无风雨，时年足稻粱。国丰惟我愿，民乐此心康。

拜题南园翁画

舟帆分远近，草竹定疏繁。有塔山头寺，无门渡口村。丝萝悬屋角，卵石砌桥根。未晚江途黑，阴岚锁树昏。

喜雨后戏游崖脚池园

崖脚池园好，欢游桃李春。雨滋苔长发，风皱水生鳞。鸟散惊飞弹，鱼吞掣钓纶。晚来人自倦，林次坐花茵。

晚归山屋

路微山屋夐,鸡犬暮村稀。柳色笼轻雾,蝉声送落晖。荒渠随石转,缺岸断云依。野旷无人问,吟诗信马归。

书望北亭

端居望北亭,龙岳拥空冥。对雪心逾白,看松眼自青。藓痕无复薙,禽语亦堪听。远地诚幽寂,何须掩石扃。

寄南宅春姬

春姬在南宅,自别长相思。可咏香奁句,休吟古井词。幽闺恒守夜,薄幕独眠时。梦我合欢处,记言花下期。

五月过干海地[一]

偶经干海地,广莫似难过。山到平原尽,江回曲岸多。樵村依远麓,牧径转危坡。正值农栽候,畇畴响白歌。

【校记】

[一](明)杨慎辑《雪山诗选》卷中录此诗。

秋阴

雪宇依松麓,秋阴正惨时。冻云山脚暗,暮雨菊头垂。砌冷蛩声急,天寒雁影迟。坐看庭下草,晚色渐成衰。

和中溪扇中韵

闭门长欲卧,懒慢不观书。放鹤迎来客,教儿故起予。雨山添绿笋,风渚谢红蕖。薄暮无炎燠，林亭爽自居。

晚登白峰挹翠楼

望秋登挹翠，素景自凄凉。日暝松涛响，云开雪色光。瞰湖浮镜影，临桂袭天香。兀倚微阑外，空林叶正黄。

赠羽客杨竹屿

竹屿丛霄士，学仙名许休。飘飘游紫馆，偃仰卧丹丘。善卷王倪辈，子年君达流。淑颜非不丽，简朴自沉幽。

秋日游白鹿山

白鹿势霄峥，兰秋涤气清。临崖欹石坐，隔树问山行。乳麝争刍啮，饥鸟竞食鸣。漫寻幽径杳，晡影透林明。

次竹山晚泊呈海韵

南游波万顷，泊晚缆徐牵。海暗云偷月，渔炊火载船。梗萍随浪没，鸥鸟伴浮眠。已觉霜华冷，还吟赤壁篇。

晓行白浪沧[一]

岸响江流急，陵寒淅淅风。断猿哀晓月，穷雁唳秋空。渔隐芦花白，村明[二]柿叶红。马蹄霜路[三]冷，去去远林通。

【校记】

[一]（明）杨慎辑《雪山诗选》卷中录此诗。

[二]"村明"（明）杨慎辑《雪山诗选》卷中作"樵归"。

[三]"路"（明）杨慎辑《雪山诗选》卷中作"径"。

秋日连雨晚坐北冈小楼

暮倚小楼看，连阴出步难。卷帘山色暗，伏枕瓦声寒。瘁莽依墙末，柔萝附木端。浃旬还未霁，床漏几时干。

末秋雨晴步郊晚眺西山兰若[一]

收雨杪秋时[二]，苍旻寒渐威。云移山似动，风送叶如飞。灏景绀林霁，落晖玄鸟归。[三]遥闻暮钟急，歧路行人稀。

【校记】

[一]（明）杨慎辑《雪山诗选》卷中录此诗。

[二]"时"（明）杨慎辑《雪山诗选》卷中作"节"。

[三]"灏景绀林霁，落晖玄鸟归"（明）杨慎辑《雪山诗选》卷中作"丛晚绀蟠戏，巢空玄鸟归"。

霜后晓望东畴

旻空望无际，晴色弄朝晖。黄叶纷纷下，乌衣欻欻飞。露浓枯草湿，霜重远林稀。晚稻田田刈，农家不掩扉。

七言绝句

题平山画

绿树阴浓白屋寒，青童远步夕阳残。空山不雨砰訇响，玉迸云根下急湍。

次蓝关记怀升庵韵　二首

其一

万里孤身为逐客，愁闻鼓角不时鸣。蛮烟瘴雨哀牢域，白草寒岚滴博城。

其二

杳然东望若无家，何处栖迟寄晚霞。身似楚原吟泽畔，扁舟江上伴鸥沙。

戏题青娥坠杯

花茵铺满锦阶平，击鼓狂歌恣我情。误触青娥纤素手，金杯落地听无声。

书扇寄月江

雪松遥寄月江诗，云树苍苍忆别时。怅望不堪肠欲断，相思何处是佳期。

春日晓起有感[一]

床侧支颐忆故情，忽闻檐外有啼莺。夜来记得游春梦，柳下花前一字行。

【校记】

[一]（明）杨慎辑《雪山诗选》卷中录此诗。

怀寄禺山外史

凤岭虹桥千里余，忧怀郁郁竟何如。十年风月江湖约，歧路苍茫不见书。

病中寄板松山人[一]

多病无聊岁月迁，故人相见定何年。一书消息凭南雁，寂馆停云亦可怜。

【校记】

[一]（明）杨慎辑《雪山诗选》卷中录此诗。

春阴短述

拥炉深坐数重轩，病怯春寒早合门。云暗不知西日落，鸟轩幽树是黄昏。

别张海亭

与君邂逅无多日，又欲东行意怆深。不独尊前垂别泪，梨花万片搅愁心。

菊边喜饮

紫菊黄菊相兼开，凉飙时送清香来。诗狂笑倚翠屏看，短髻文袿行酒杯。

叠三池登明诗台韵　二十首

其一

三池吟叟坐高台，四望云山亦快哉。独有保山山色好，佛头浓染绝氛埃。

其二

莫讶浔阳李白灾，古今才大祸须来。夜郎已得金鸡报，日上新台笑口开。

其三

逍遥尽日与云闲，曲楯周回亭一间。亭在城中天咫尺，烟霞缥缈护青山。

其四

台耸峨峨高五仞，扪空撼日何参寥。赋诗蹴鞠发高兴，风流侠少时相邀。

其五

九龙泉水清且深，喷珠喋玉铿然音。凭栏俯觑瘴烟起，城郭昼日常阴阴。

其六

高台高处且闲身，闭户光阴动浃旬。白首不须长浩叹，人生容易是沉沦。

其七

绛帐何须羡马融，棋枰酒盏未尝空。年过半百精神在，花柳疏狂不似翁。

其八

台近青山迥阒如，且将忧思寄诗余。杜门久谢人间事，闲看南华一卷书。

其九

黑霾杳霭对愁生，远障龙池半掩明。插手背听林外寺，暮钟隐隐动山城。

其十

秋空雾释晓暾明，野鹤一声何处鸣。陟此峻端风自冷，恰如昨夜历残更。

其十一

淡烟浓树有无间，梵塔玲珑拥碧山。遥见石边僧浣钵，半崖泉落急峥潺。

其十二

霁虹西度绕江干，回首东南陆甸宽。忽诣明诗台上坐，晴岚满地一秋寒。

其十三

闻说新成月坞台，百年我恨不能来。一缄且寄行人去，只恐秋来北雁哀。

其十四

一望龙泉花竹深，板松山客有诗吟。吟中自有幽居兴，亦似云无出岫心。

其十五

君居独榭临金像，我在万松看玉龙。却恨夜来初睡觉，相思远地动霜钟。

其十六

昨夜悲笳起戍城，惊回远梦百忧生。风寒月冷重无睡，枕上听更只到明。

其十七[一]

高临台际望城东，海气云容眼界空。白鹤青龙时隐现，题诗须待浣溪翁。

【校记】

[一]（明）杨慎辑《雪山诗选》卷中录此诗。

其十八

此日登台往事幽，且耽诗酒莫深愁。于今世故浑棋局，有限浮生勿远谋。

其十九

百雉城中耸一台，绀园紫府近山隈。子云独赠明诗字，奕客词人日日来。

其二十

沧海张公身力健，登台西望白云深。独怜老去牵丝意，只恐还多隐逸心。

宗古来

六雪主人居北山，亭开玉润翠云间。养疴正喜来双鹤，慰我愁心解我颜。

五言绝句

咏蝶

抱宿能为对，联翩不作单。恼风吹絮急，妒雨溅花寒。

惜春

春色无多得，春光不易逢。昨看红影艳，今见绿阴浓。

书院

五月天犹雪，山光白似银。虚堂无郁热，净几不生尘。

一静堂

居幽阛阓远，一静自无尘。门接平川近，窗含秀岭高。

题小隐图

石窦数重泉，茅斋八九椽。密林垂宿雨，远岫卷晴烟。

溪阁延樊月耆

溪阁帘光透，鱼跳水影摇。白头携杖客，引过绿杨桥。

题春怨图

薄妆无艳态，徙倚对朱楼。拭泪看花落，春归怨未休。

自题

不喜时人誉，那忧世者憎。倥侗无我愧，终日醉薨腾。

寻寄庵山室

室幽丛薄邃，径转碧山坳。涧水流花片，松风动鹤巢。

夏日独居

独居无俗伴，摇尘绝清谈。白昼青蝇集，方床卧不堪。

晚坐怅怀

不见同吟侣，空庭水自淙。晚云斜带雨，来打旧蓬窗。

病起

陵晓新梳发，呼儿卷幔纱。平生行乐惯，病起即看花。

题秋闺小鬐

金屏横翠幕，红树障秋闺。迫晚西风急，孀娥敛袖低。

雨夜无眠

斜雨击疏窗，无眠对玉釭。忽闻邻笛响，随雨不成腔。

复龙关友溪韵

漏尽寒鸡唱,龙关晓月时。记君曾会处,竟日与吟诗。

秋江晚眺

晚眺晴空阔,沧江映碧流。渔歌孤棹月,雁影数行秋。

和小山题窗韵

一琴横白间,书屋自幽憪。月影摇虚竹,晴光透远山。

跋

万松乃予之重号也,予居玉山环堂皆松也,且读书之暇,或容与、或盘桓而吟咏其间,但所得之句,命曰:万松吟。况植物有寿而有秩者松也,所以取其义而录之。

嘉靖癸卯年秋孟月,恕卿雪山甫书于青松白雪楼中。

玉湖游录

明嘉靖二十四年（1545）自刻本

（明）木公 撰

丽江木公恕卿著
太和李元阳批点

玉湖游录序

夫伊瀍细而经传，潆沱巨而典，阙山水之系，人文尚矣。然惟得山水之状者，能述得山水之情者。能作登临感触，啸咏赋行，至誉拳石为岱、华，侈勺水为沧溟，观者不惟不之过，且从而更曳步武之，如恐弗及。故郎官名于太白，蓬池著于萧生，盖得山水之情于形状之外，悠悠乎与灏气以俱，而莫知其所穷。此古人所为大游观而重自得也。若夫地以文显，景因人胜，固有不期然而殆者矣。

玉湖去吾居五百余里，愚弗能游也，其守雪山氏缉学好文，自联其湖上所为诗若干首，寄愚序之。愚手读再过，萦青缭白，蓄黛停膏扬扬焉，若坐我碧波青蔼之际，与鸥鹭下上矣。安知不有好事者芰曳步武之，俾玉湖之名与郎官、蓬池并驰艺囿也。

嘉靖乙巳仲春，赐进士刑部主事大理洱皋贾文元书

首春咏游

烟光二月春如许，称次良游饮玉洼。趁食群鲜随艇出，掠芹双燕受风斜。澳边蒲茝青青荚，陂上桎抽细细芽。侧坐箐箸看晚色，玉姝横抱锦琵琶。

携妓与众友嬉游　六首

其一
舟航齐发泛湖歌，除却渔人尽绣罗。满岸桃舒丛映水，数行柳醉细横波。金卮缓濯寒光溜，玉管轻吹晚照和。倚櫂醉看鱼鸟戏，野狂到处乐偏多。

其二
玉湖春暖水溶溶，迥见风来撼王龙。草色未齐松色翠，波光重映酒光红。晓英枝上胭脂腻，晴雪山头粉絮融。我自酡酶鱼自乐，满船人喜醉时容。

其三
日暖云开乐趣饶，漫乘双檝泛春娇。墨光郁郁银光透，湖浪平平酒浪摇。碛上骖騝喧鼓吹，镜中来往沸笙箫。浮生自是长如此，回首何须问世朝。寄兴悠然。

其四
湖水汪洋静不流，晚来乘兴跨鸾舟。悬杯问月判沉饮，载妓随风趁乐游。漫拂兰桡声溅溅，轻敲铜鼓韵悠悠。歌余一淑沧浪水，涤尽胸中万斛愁。

其五

巨舰轻游风已静,玉峦擎北倚屏看。波摇红紫群姝舞,酒溅玻璃野老欢。溪水涨湖春雪化,渔人集网夕晖残。新裁莫讶罗衣重,淑气冲融尚薄寒。

其六

烟皋雨岸接重溪,兴到频频好句题。绿袂朱裾人上下,银鸥玉鹭影高低。笑吞鹦鹉清香满,醉撷胡芹潋滟迷。绝倒宾筵欢更洽,浩游那问日沉西。句工。

试舟戏题

云母艀开引黛鬟,榜人相龀竞疏顽。芳鲜片落银丝鲙,彩鹢双飞锦繂扳。急管繁弦声放漫,秾妆艳舞影斓斑。不妨此日奢行乐,赖有春光映雪颜。

粟鹤溪去任遣使送归久矣是日舟中偶得回书慰我记之[一]

鹤溪南去两经秋,今日人回解我忧。诗思乱于原上草,宦情轻似水中沤。笑看鱼掷杯重把,喜见鸿归泪莫流。珍重此书来万里,数教凫使好收留。起得好。

【校记】

[一] (明)杨慎辑《雪山诗选》卷下录此诗。

晚晴独咏[一]

湖草青青湖水平,晚将无雨天渐晴。挂帆不管柳花乱,荡桨那妨雎鸟惊。频吟短句向谁咏,独对芳尊聊自倾。鸭头横倚醉眸望,惟见龙峰春雪明。新。

【校记】

［一］（明）杨慎辑《雪山诗选》卷下录此诗。

引宾泛晴用前韵

淑景风停恶浪平，雨余天暖泛新晴。诗成落笔鱼龙喜，曲罢鸣榔鸂鶒惊。远赏频将春客引，剧谈重自酒杯倾。醉中不觉心身荡，侧望湖山夕照明。结更有下落。

纱头醉坐看群娇戏船

满眼群娇弄画船，玉容云髻足人怜。夭夭红入泓澄影，隐隐光浮粉黛妍。笑搩笋尖濡锦带，竞呼水面落花钿。沙头坐玩便娟戏，一簇芙蓉是水仙。如画。

莎洲对吟

乍引莎洲彩绋牵，笑嚼琬液夜光悬。千株弱柳鸣禽集，半亩平沙睡鸭连。看晒渔罾横落日，对吟藻句向轻烟。共君一醉芦村晚，且泛涟漪莫舣船。

游钓

游钓自娱心，金钩细细沉。筊竿横艇上，缗尽觉湖深。

乍晴

泛此沧池卷尽云，镜光浮动日初曛。印沙鹤迹聊成字，贴水荷钱总似文。濑上翠禽鸣恰恰，岸头红雨落纷纷。坐随苍隼沿洄处，尊酒娱人未易曛。稳。

适兴　三首

其一[一]

混俗多年日自愁，且将身世寄浮游。有钱买断湖边树，赢得渔人系钓舟。

【校记】

[一]（明）杨慎辑《雪山诗选》卷下录此诗。

其二[一]

琼峰遥对饮春醪，烟柳重重护锦桡。醉坐螭[二]头看鱼跃，莫难轻动暖风回。

【校记】

[一]（明）杨慎辑《雪山诗选》卷下录此诗。
[二]"螭"（明）杨慎辑《雪山诗选》卷下作"矶"。

其三

玉翼扶摇雨雪霏，寒光浤漾动斜晖。醉听欸乃归舻急，惊起鸬鹚相背飞。

复游

渺渺扁舟泛绿漪，海翁渔父极相知。晴澜拨剌金鳞尾，浅渚参差碧藕枝。自恃野狂能饮酒，谁怜雪老爱吟诗。分明我是鸱夷子，日日波间理钓丝。流动溢发。

诸客同舟醉游记兴

浮艘正喜麦秋天，放此襟怀暑气蠲。洗砚爱看云叶细，停篙谩阅水花鲜。宾朋击节怜歌调，鸲鹆依人狎管弦。满座狂酣重自说，何须赤壁羡坡仙。

午节书事

每逢佳节即游湖，今日端阳乐更殊。箬叶满包金黍粽，犀觯浅泛玉菖蒲。飞凫敏捷波心竞，斗草娇娆岸上呼。系臂彩丝随俗事，醉中还忆楚三闾。用节事不费力。

晴夏甚热日晚独泛偶见双春侍饮喜作

远树昏蒙日已颓，晚风轻扬独徘徊。酒光泛斝蒲萄熟，花气薰人菡萏开。画鷁追凉蓬底坐，锦维荡暑月中来。扬歌鼓枻随清渶，偶载双娥笑语陪。

观采莲　三首

其一

谁家女子髻新盘，来折芙蕖立水干。含羞转顾伴呼伴，怕卷罗裙玉趾寒。

其二

昨日今日喜无涛，约将女伴撑短篙。浅畔莲稀钏声断，湘裙一色上平皋。

其三[一]

娉婷仕女度芳洲，揎袂临流皓腕抽。摘得碧圆竞归去，欭歌横击木兰舟。得乐府音节。

【校记】

［一］（明）杨慎辑《雪山诗选》卷下录此诗。

月江来访次韵　二首

其一

我欲吟新句，呼童洗砚池。珊瑚萌赤节，翡翠坐青枝。壶倒倾云液，鱼行动水芝，浅潴停短棹，因和月江诗。

其二

世态攻人急，其如隐钓何。时看飞鸟过，日听扣舷歌。野蕨能无足，杯醪不厌多。此生随浩荡，是处乐行窝。

即景

雨散旻空绝点云，午风轻皱碧鳞纹。横浮橹影中流断，浩发歌声两岸闻。荇带藻钗清不彻，茭茎草穗翠无分。停杯坐望茫茫水，烦鹭葱鹭傍夕曛。

忆禺翁昔游玉湖有感一绝

十年曾此共君乐，今日忆君何自愁。新制一双青雀舫，花时同载可能不。

醉和禺山便寄集韵　六首

其一

飞燕鸣鹙逐我狂，羹尊劉鳜引壶觞。优游更喜乘桴去，湖目翻红水色苍。

其二

闲时独上钓鱼台，无数游鱼竞饵来。身在碧潭千尺上，晚凉吹动蓇花开。

其三

素节宾来登陆饮，是日，立秋宗古远来，故云。水晶盘荐绿沉瓜。对湖狂咏渔家傲，烨烨红蕖万朵花。

其四

摆脱尘寰来学钓，机心不种桔槔园。菅衣苔笠矶头坐，貌出渔翁妙莫论。

其五[一]

年来懒惰怯观书，只爱蘅皋坐钓鱼。明月一竿长作伴，生涯与世日萧疏。

【校记】

[一]（明）杨慎辑《雪山诗选》卷下录此诗。

其六

淼淼壬公常自爱，晨凫远涉怯鸥疑。蓼风荻月晴光好，独与蓑翁饮瓦卮。

听渔歌

编芦为障旆为家，簌木双双傍水涯。朝夕自知歌暧乃，奕棋声利付抟沙。

晚酌碧蓑亭 舟上覆蓑为亭故云

晚酌蓑亭尚未酡，沙棠丽上影婆娑。芦湾风起渔歌断，野岸沙晴雁迹多。柩泼浪花鸣雪霰，橹摇木叶下寒波。槭翁背指水轮出，一曲沧浪漫自过。

同菱溪子游

月荒风自急，渔网曝残晖。雨霁潜鳞出，天寒旅雁飞。棹翻红梗乱，杯进紫螯肥。不是菱溪子，故人来此稀。

月江寄来玉林题扇韵故次之

三复来章后，故人惊我心。玉林无可遇，湖鸟自相寻。我饮杯中物，谁知挈上音。秋波随浩渺，击楫短长吟。

醉宿舟亭[一]

独游深自饮，一醉泊轻舠。月冷鸣虚籁，风高卷怒涛。霜空寒雁唳，野岸断猿号。借枕渔蓑困，通宵未解袍。

【校记】

[一]（明）杨慎辑《雪山诗选》卷下录此诗。

和韦苏州寄全椒山中道士韵[一]

雪山清且狂，远作玉湖客。四顾围青松，一竿横钓石。得鲤沽村醪，醉归日已夕。舟击浅莎傍，步随鸥鸟迹。得韦意。

【校记】

[一]（明）杨慎辑《雪山诗选》卷下录此诗。

爽夜漫题

云妆爽夜独来游，汉影寥寥映远州。坐待船头明月上，凄清苇畔笛横秋。

漫兴

风急高商水泊天，莼鲈正美爨渔烟。濯缨每坐凝苔石，洗盏频移捉月船。野菊散金缘岸发，沙鸥排玉傍湖眠。苍茫落景催诗兴，横槊重依瘁柳边。

李江云同饮醉归

与江偕饮倒金罍，鹭集鸥眠欲解桅。水气逼人寒作阵，野风吹浪雪成堆。枫落远山飞鸟尽，霜横碧汉断鸿哀。柁声呕轧迫归晚，渡上喧阗鼓乐催。

秋兴　二首

其一

聊浪上野航，霎影撼风樯。远水连天色，寒峰映雪光。芰荷无点翠，榉柳半疏黄。坐问渔翁话，萧骚鬓已苍。

其二

坐游秋水湛，拥盖日西斜。蒲柳零衰叶，蘋蘩结小花。挥毫题粉障，瀹汉钓璜艖。延睇观晴霁，汀桥映晚霞。

纪兴

云水光中自往还，倦来聊憩荚花间。我非范蠡归湖客，权与滨鸥半日闲。

咏鹤

仙禽何自异，丹顶灿玄晴。崑阆遥翩翩，蓬壶迥唳声。唼萍秋水洁，浴藻晚飔清。驾我瑶池去，同君啖八琼。

绝句[一]　四首

其一

我欲采芳芷，因兹晴日晖。浣纱素足女，回望双鹅飞。宛切

其二

褰裳涉兰沚，冷怯金风吹。遥忆楚江客，相期知几时。

其三

妾心如秋水，妾泪如秋波。不见良人久，忧思将奈何。

其四

采菱复采菱，采菱不盈把。匹鸟游波心，行人莫乱打。

【校记】

[一]（明）杨慎辑《雪山诗选》卷下录此四诗。

秋夜赏月

光遥碧落耿秋晴，浩饮那知玉斗倾。不作子猷乘雪夜，醉吟月下赏袁宏。

喜晴闲适

秋光一镜万松围，鹤引清童立钓矶。□暮水腥随雨散，小洲渔乐弄晴晖。雏□乳鸭时无浴，红蓼青萍日共依。远却宦情闲自适，每逢黄帽惬无机。

湖上得埌溪茧笺叠韵以答[一]

逍遥湖上芥坳堂，秋水苍苍日自凉。茧笺远来题墨客，仙槎[二]横去问渔郎。杯衔竹叶时看雪，缙冒芦花晚钓霜。它日埌溪于我会，桂桡同漾坐余皇。

【校记】

[一]（明）杨慎辑《雪山诗选》卷下录此诗。

[一]"槎"（明）杨慎辑《雪山诗选》卷下作"查"。

独饮见景作之

独饮陶尊晚未醺，爱看清景意逾欣。玉虹飞瀑悬山溜，锦鲤翻澜劈水纹。林影渐从晴霭翳，钟声远带夕阳闻。圆沙浅溆哀鸣集，鹨鹅鸧鹒各认群。

述兴

清旷喜乘流，翩翩一叶浮。鱼虾常作伴，鸳鹭迭为俦。佳景酬新句，醇醪酌满瓯。野怀无抑郁，终日自夷犹。

秋吟

绿岸芦花白，萧萧八月秋。断虹残雨散，斜日远村浮。独屿临沧渚，孤篷覆小舟。长年收网去，还复坐矶头。

醉联石潭旧韵

湖上蘋英开未齐，湖边荒草生萋萋。樯影斜欹入云汉，棹讴乱发惊凫鹥。溪毛旋煮擘新甖，藤角重伸联旧题。与君载酒共游饮，鸣鹤横堤寒日西。

秋适

暮秋闲自适，寒怯楮屏遮。远树悲风急，孤帆骤雨斜。客游殊汗漫，渔隐更幽遐。醉晚吟归兴，空舲傍水涯。

醉后漫书

小雨初晴薄暮天，坐移玉海缆徐牵。轻弹修况游鱼听，闲视春锄傍水眠。容漾碧涟烟漠漠，泛澜清影月娟娟。有时枕藉龙峰下，梦引蓬莱岛上仙。奇思。

晓饮示客

轻摇弱觿水弥漫，趁我嘉宾且尽欢。虫迹篆沙分字画，波光绕座莹杯盘。兰荪馥郁含秋色，笳鼓骈阗动晓寒。万点银沤浮旭日，摩挲醉眼傍俞看。

登望湖楼[一]

山郭雨初收，湖光迥入楼。日残渔集岸，天冷雁横秋。树响惊愁思，村舂急暮飔。孤吟忆王粲，望断碧云浮。

【校记】

[一]（明）杨慎辑《雪山诗选》卷下录此诗。

咏晚[一]

清翰摇摇信晚风，漫歌铜斗自从容。湄边背立玄裳使，草畔拳楼碧继翁。酒醒漱湖秋一掬，兴来观岳雪千重。于今脱却尘中网，且伴渔家整钓蓬。

【校记】

[一]（明）杨慎辑《雪山诗选》卷下录此诗。

鹤野远来与一二友人泛饮顾予赋诗得陪字

鹤野自南来，嬉游莫浪回。红舫行女妓，乌榜载尊罍。水落秋光动，虹收夕照开。只缘风日好，宾友得相陪。

秋末泛晴　二首

其一

鸣艡远远自轻扬，霁色微茫引兴长。风静水容平似熨，雪凝峰面白如妆。赤鳞逐队随涵泳，绿鹜飞群任颉颃。向晚乘流氛霭尽，日光浮动迥洸洋。

其二[一]

凄日俄艀[二]远浪生，此心惸栗对时惊。雍渠石上摇还啄，郭索沙傍走自横。槭槭枯荷鸣鬣发，萧萧落木下澄清。轻帷半卷牵洼绋，绦气陵人怯载行。

【校记】

[一]（明）杨慎辑《雪山诗选》卷下录此诗。

[二]"艀"（明）杨慎辑《雪山诗选》卷下作"舠"。

雪后诸友晚酌

暮空云敛尽，月色映寒光。设鲙冰盘暖，传杯玉醴香。雪狂修袂舞，春女缟衣装。我爱江湖客，粗豪坐满舫。

醉别渔溪子

捐杯坐石矶，汎淰动余晖。烟浦飞鸢急，汀桥过客稀。雪晴寒气散，松晚翠阴围。醉别渔溪子，归来月满衣。

春鸾侍饮醉扶船楯戏书

玉人相引玉湖游，中有狂翁饮玉舟。醉把玉纤扶楯立，娇波倒顾玉山浮。

跋

　　茌国有山曰玉龙，有水曰玉湖，玉湖即玉龙之水潆合而成之也。湖西一里许，楼阁隐映于万松间，乃玉龙书院也。予若居于院，游饮于湖，醉中每获之句，集曰《玉湖游录》。湖之景不书者，览其作则见其湖之景于目矣。

　　时嘉靖甲辰岁冬十一月望日，六雪主人书于岳亭。

玉湖游录诗序

　　去三百篇邈绝，然作者犹取诸汉魏；后之作者独取诸四唐，迄于今，唐斯为盛矣。何则？浑沦冲蔚，弗事雕镂，匪宋之体直而论理，元之体薄而贵妍也。是故，古之风音犹存耳。乃今览子木子之作，沨沨乎充，洋洋乎溢，若有得之四唐之风音矣。是故，即其高犹登岳然，诗之崛也；测其深犹涉海然，诗之渊也；阅其华犹钦宝然，诗之奇也。然崛矣，赕而不峨也；渊矣，绰而不姍也；奇矣，鐬而不愦也。斯三者诗之道也。

　　昔者，吾师空同先生尝语含曰：今作者孰弗。曰：宋无诗矣。诗匪色弗神，宋人遗兹耳。故曰无诗矣。吾师诗盖一世，固此之由耳，乃今子木子之作，沨沨乎充，洋洋乎溢，固得乎唐之风音，而亦有识乎神之所由然耳。是作也，其可传乎！其可传乎！若其湖之所胜，子之所游，于作见之，焉用序。

　　禹山外史兼明台真逸遁野荒民张含愈光甫书。

　　是岁，嘉靖乙巳孟夏十有八日。

仙楼琼华

(明嘉靖刻本)

(明)木公 撰

丽江木公著
太史杨升庵批点

仙楼琼华序

世守雪山使君，丙午岁诗什题以《迎仙楼稿》，本其地名也。月坞张翁易题为《琼华篇》，赏其音英也。乃因中皋梁子问于博南山人曰：二名其奚从？予乃合而题之为《仙楼琼华》，复为序引之曰：仙之说安始生哉！三百篇无初也。楚国屈原始著《远游》，厥恉要眇，虽广成之言不是过。至吾乡司马长卿嗣之作《大人赋》，有飘飘凌云欲仙之意。下逮郭景纯之《游仙》，陈子昂之《感遇》，其言餐霞倒景非世之境，金膏水碧亦非世之物矣。千载而遥，时一诵之，真若访樊桐悬圃而友偓佺安期也。邮鸾驯凤，驭风骑气，令昌容佐酒而听子晋吹参差也，彼亦直寄焉，以舒其郁而已。若雪山今日弈世金紫，为国干城，建昭毅之勋，弘式遏之略，非有湘垒之放逐，文园之倦游，罨仙之隐忧，金华之抑塞也，亦直寄焉以昌其诗而已。欣太清而乐琼霭，抗尘容而走俗状，是裨谌之谋野而获，薛稷之临沧而钓也。其为清净宁一，宣条理政之助，不亦多乎！班孟坚有言，神仙者所以全性命之真，而游求于外者也。聊以荡意平心，同大化之域，而无怵惕于胸中，然而或者专以是为务，则怪迂之文弥益以多。非圣人之所以教也。昭哉，其见之，旨哉，其言之。其谁知之，使君知之，予所为不辞为之序之。

嘉靖丙午五月廿二日博南逸史

成都杨慎书

书迎仙楼[一]

百尺元龙凭玉岳,仙人与我好楼居。霓旌袅袅迎鸾驭,翠葆垂垂引鹿车。霞衬羽衣骞碧落,风随天乐下瑶虚。山图园客时为侣,黄鹤玄猿日共娱。山图园客善用文选。

【校记】

[一](明)杨慎辑《雪山诗选》卷下录此诗。

醉题楼壁 二首 二首体句俱新

其一[一]

家住龙山山上山,翠岩丹壁耸云间。有时仙子来为伴,雪作肌肤雾作鬟。

【校记】

[一](明)杨慎辑《雪山诗选》卷下录此诗。

其二

家住龙厓厓上厓,雪为楼阁玉为台。有时羽客来烟驾,共饮淮南承月杯。

饮中使滇者回得升老草诗四幅以韵和之　四首

其一

凭高正对灵山雪，风落寒空万片梅。玉质仙娥随絮舞，羽裳天女散花来。野翁两楣楼中坐，驿使三千里外回。此日云端开锦字，何时共酌紫琼杯。

其二

启窗遥拥暮云深，文驭焉能冷处临。龙岳冰霜由我咏，螳川风月自君吟。华笺书写飞腾字，绀篆轻摇闪烁金。寄来题金绀扇一柄，故云。万里锦江无可会，惘然东望拜嘉音。

其三

陟游高顶戏群花，且放生涯莫笮沙。蜀客寄书情托雁，丽娥待饮鬟飞鸦。雪偎重屋寒犹湿，月透疏棂影自斜。谁道青山雨乡隔，白云深处是仙家。

其四

云拥西峦障夕阳，半空仙饮乐无央。杯醪酌满歌筵醉，烛焰摇光舞袖芳。飞阁斗寒看落雪，博山初冷唤添香。兴来细和升翁句，笔稿阑珊满象床。

晓起

高眠一枕游仙梦，惊起北峰鸣寺钟。檐花半落滴残雨，林鸟乱啼吹晓风。开枕且放睡云鹤，卷幔忽看飞玉虹。掀髯吟罢起寒粟，身在缥缈苍烟中。

次中溪韵

高楼漫倚三危峰，倒瞰乔林千尺松。云影半垂玉阑槛，夕阳返照金芙蓉。重瞻龙巘雪为障，复示鱼书花作封。近日喜闻老仙客，大还已驻长生容。

春寒谩书

几日春寒不下楼，坐看楼外思悠悠。玉帘直挂双山口，縠雾轻笼万树头。琴韵入空飞鹤迥，钟声出寺定僧幽。兴来偶得陵云赋，身与银峦太漠游。

升翁远寄太白古木竹石画刻雪景一幅并诗一律依韵献酬[一]

古木陵新霁，玄空镜影垂。鹰寒拳玉爪，鹭冷拂银丝。画形暗隐鹰鹭之状，故云。雪叶疏还密，云根怪且奇。此非升老惜，天下几人知。[二]

【校记】

[一]（明）杨慎辑《雪山诗选》卷下录此诗。

[二]"此非升老惜，天下几人知"（明）杨慎辑《雪山诗选》卷下作"青莲谪仙子，旷世得心知"。

寄月江

一别逾三月，无人会我心。瓦尊须月饮，云阁迟江吟。白岳层层雪，青松密密林。寄书招隐客，幽径可能寻。

晚宴戏书

筵开杰阁列仙娃，枏响球鸣簧虚排。银甲弹筝斜雁柱，绿云盘髻饰龙钗。石榴裙曳灯前影，玛瑙杯擎掌上鞋。天与雪狂长饮醉，不妨红紫日欢谐。

楼旁建茶厨一憩遂赋一律[一]

新筑蒙山垭,林深翠影稠。瓦铛翻玉浪,石鼎沸银沤。松叶和烟爨,云花带乳浮。北窗惊午梦,稚子汲泉流。

【校记】

[一](明)杨慎辑《雪山诗选》卷下录此诗。

短述[一]

蕊珠楼近玉嵚嵌,雪色云容竞秀岩。鸡犬不鸣幽阒甚[二],万松清景隔仙凡。

【校记】

[一](明)杨慎辑《雪山诗选》卷下录此诗。
[一]"甚"(明)杨慎辑《雪山诗选》卷下作"地"。

炼师周月泉来访醉饮速归以诗送之

爇客遥将访我楼,岭云湖鹤共悠悠。醉饮说尽延生诀,袖拂苍髯不肯留。

咏魏贞庵远寄黄鹤画

昔时黄鹤去不返,白云竟日空飞扬。迩来偶得画黄鹤,高帧无由羽翻翔。

对岳 楼中所对者,不可胜纪,但兴中得此十咏,次列于后

北岳端然耸北端,诸峰罗立独巑岏。琼瑛璀璨年年白,冰雪晶荧日日

寒。太华也高何足望，昆仑未远不须观。《大明一统志》载：黄河经于昆仑之南，去丽江西北一千五百里。故云未远也。玉龙势倚苍霄外，黔国咸称第一山。

对雪

积阴瑞满北山椒，玄景同云动晚飙。冉冉盐花堆磊落，茫茫柳絮舞飘飘。琪枝结冷浑无散，璩树凝寒不肯凋。九夏莫知炎郁气，只因六出未全销。

对云

银冈瑞绕似瀛洲，万壑千林布影稠。非雾非尘长幂幂，如车如盖迥悠悠。纷纭翼凤随空起，叆叇从龙带雨浮。天际霓阴寒欲堕，金柯玉叶满仙楼。

对松

危标直劲蔼青葱，万树重围屋后峰。屈干晚来栖白鹤，乔枝风动舞苍龙。不憎肃气根逾固，岂畏严霜叶自浓。对此岁寒琴一曲，清音远透大夫封。

对花

清防斜倚望巑岏，淑气冲融动谷风。雪畔杜鹃红万朵，溪头踟蹰紫千丛。晚霞浅映山妆面，晓日轻匀树冶容。自是春园韶景媚，尽教植物露纤秾。

对月

偶怀搜亮上凝辉，忽涌金波照我衣。玉兔团秋光皎洁，银蟾炯夜影澄辉。榅东幪卷孤娥露，云末夜开一镜飞。初学齐纨圆似扇，舞筵尘暗借来挥。

对琴

　　湖翁清暇拭号钟,仙珮迎空响玉峰。鹤舞洞天飞白雪,猿啼岩月挂寒松。落霞片片明秋水,振谷訇訇动老龙。三尺枯桐横几上,南薰鼓罢锦囊封。

对鹤

　　一双仙骥蓄檐楹,竟日优驯喜不惊。向月交鸣形影瘦,临风对舞羽毛轻。吕翁骑去随沧海,雪野招来自赤城。昨夜与君相引处,五云缭绕是蓬瀛。

对湖

　　云引飚梯漫自跻,遥看万顷漾玻璃。镜光渺渺行舟小,岸影迢迢落雁低。薄暮渔炊烟漠漠,远空秋冷雨凄凄。眼前莫羡沧波景,回首飞甍与岳齐。

对川

　　一上层颠眼界清,满川光景坐来迎。树围郡郭山形远,水绕村田地势平。草肆芜郊阴霭尽,石桥野店夕晖明。丽阳胜概堪图书,万怪千奇对面横。

忆吕翁

　　纯阳剑客何时来,遣尔还丹使者催。催若不来云水远,新篇重寄到蓬莱。

偶成

　　数叠楼台万叠峰,苍烟时淡复时浓。回溪曲港流新水,古桧乔椿起暮风。野鸟避人喧陆海，岭猱啸月引唐蒙。攀缘更有陵高兴，回首天京望眼东。

春望

闲来陟峻梯，叠架与云齐。伏槛怜花落，开笒惜鸟啼。晓风生暖谷，春水涨烟溪。欲望西林寺，山多望眼迷。

春兴

春日乘高逸兴生，画图佳景列飞荣。万松不动风初定，百鸟来啼雨乍晴。平郊草长绒茵绿，翠壁花开锦绣明。不独韶光新入眼，远空云鹤更怡情。

书事

侧身北望启危轩，鹫岭岩峣耸处尊。俗传释迦修行于此，故云：鹫岭也。郁郁绮霞飞洞口，粼粼泉石绕崖根。雪腴日撼供为馔，金粉时挑当作飧。习静不堪尘俗混，僻居林麓喜无喧。

望雪山

雪山高高不可攀，登此高楼望雪山。一望雪山在天上，寒光动荡非人间。

偶见檐前胡蝶飞飞逐趁不已戏书一绝

白蝶翩翩何逐趁，黄胥栩栩太轻狂。檐前不肯聊停住，飞去飞来有底忙。

春日引滇城杨春江游饮醉别一律

宴游滇客喜，携手上重棼。水落春崖雪，猿呼岭树云。杏梁横炜丽，藻棁灿华文。再约明朝饮,清酣日已曛。

仲春宴饮

花柳芳时喜宴开,丝鸣管沸节音谐。楼中有客皆仙侣,席上无人是俗侪。歌妓云鬟金燕钿,舞娥烟髻翠龙钗。琼杯沉滟重醁酒,烂饮无妨适壮怀。

游仙词　二首

其一
麻姑今夜访我来,共酌玉醴紫霞杯。约我明朝跨双凤,并谒蓬壶去复来。

其二[一]
素华殿上游仙客,鸾旗逐队云轾飞。金鹅蕊开秋月冷,遥见嫦娥飘羽衣。佳句。

【校记】

[一]（明）杨慎辑《雪山诗选》卷下录此诗。

题洞宾卖墨图

吕翁卖墨卖与谁,笑而不答将欲之,提篮满街没人买,卖与雪松留写诗。

题升翁寄来仙山紫府图

天开紫府翠微间,瑶草玄林瑞色鲜。金碧楼台光烂漫,玉清桥榭水潺湲。骖麋羽客来三岛,跨鹤仙人下九天。彩笔新题图会上,雪翁寿域喜高悬。

昼眠

春寒隐几眠，梦引罗浮仙。屋角松风响，俄惊对碧山。

夏饮

麓霭阴霾溽暑时，喜陈佳宴醉荷卮。寒风细雨松楼暝，人在云间看舞姬。

四月初旬宴赏牡丹

翠瓶新置云楣下，一簇天香对舞筵。首夏园林皆厚樾，金棱血色尚娇妍。

夏日喜登

樠栌高耸倦来登，观眼澄清兴愈增。翠绕苍环林蓊蔚，云开雾敛雪崚嶒。文楹曲曲时堪憩，朱槛重重日自凭。北向井干陵碧汉，迎仙五月结寒冰。

独吟

新成竣宇郁崔嵬，独立仙然势欲飞。地僻山高人境异，松稠竹邃俗尘稀。身居画甍连清汉，背倚雕楹对落晖。容与最层无别兴，晚来云鸟共依依。

赓雨山韵

晚将高步举苍冥，俛视平川草色青。墙映水光摇涩浪，山垂林影翳围屏。云开远岫含窗植，风度危檐响镉铃。雪野傍空赓秀句，谁知此地是椒庭。

醉别中皋子

歌鼓声何急,离筵惨暮楼。远风吹客鬓,薄雾锁山头。末伏须为别,新秋可复游。醉盟鸡黍约,分饮一银瓯。

伏后漫书

凭虚远界分,野叟意逾欣。出岫随空见,飞虹隔岸闻。一秋无抑郁,九夏绝炎氛。羽箑长留箧,飕飕爽气喷。

初秋

暝色连新霁,秋寒渐渐严。金风鸣宝铎,罗月挂松檐。徙倚临雕楯,迢遥听谷帘。我身临象盖,玉露满髭髯。

晚眺

树杪凝秋擘絮轻,卷开缣幔玉崭嵘。万岩高处泉千尺,群籁清时鹤一声。新月远来登石阵,微风忽送落璃霙。飞棂北傍龙峰影,梵宇仙台返照明。

晚宴戏书

新筵向晚开,重宇列尊罍。鼓作题诗案,杯为镇纸枚。翠鬟持墨砚,锦笞护灯台。醉把双娥袂,娇歌引月来。

登望

斜倚高棱划远眸,满前风景望中收。玉湖瑶屿秋光动,蕙圃芸田瑞霭浮。野寺塔参齐汉立,郊墟水响抱村流。优游独向清虚立,万树千林晚更幽。

楼东别构草堂　二首

其一

别开仙境避人寻，墙外遮墙林外林。半亩石池留月影，四根茅栋榜松阴。卧听嘹唳玄裳鹤，坐望嶙峋白雪岑。但得闲中书数卷，更无一点俗尘心。

其二

远隐玉山翁，翛然乐此中。罢琴长训鹤，倚杖独哦松。斗室黄茅浅，天峰皓石重。养幽无俗伴，终日对寒风。

即事

远自高居绝市喧，晚来门径绿阴繁。邻童问字烦酣睡，野老寻诗费讨论。云映湖光飞皓鹤，月横松影挂寒猿。山中富贵谁堪信，玉障银屏对绮轩。

楼下新凿小池喜而赋之

芳塘水满碧沤浮，复接仙源细细流。松影浴寒风雨散，苍虬郁屈境中泅。

望岳光

北瞻岳面悬新霁，雪气氤氲霭浩苍。闻说金仙曾此化，月中常现白毫光。雪晴之后，或旭阳或月华映之，即现白毫于岳顶，圆若佛光之状，但所现虹霓之影，非东西则不可见也，况此光现于正北之上，岂非金仙之气欤。

闻松 幽思奇句

乔柯震荡来秋风，梦枕春撞惊睡浓，蓬然爽气动回汉，泅若涛声寒在空。

【校记】

[一]（明）杨慎辑《雪山诗选》卷下录此诗。

秋眠早起[一]

秋夕眠[二]高槛，飘然梦郁华。句新。怯寒珠箔护，畏冷绣屏遮。象榻依灵圉，虹窗对梵家。晓钟还未动，残月落山丫。亦是清思。

【校记】

[一]（明）杨慎辑《雪山诗选》卷下录此诗。

[二]"眠"（明）杨慎辑《雪山诗选》卷下作"瞑"。

晚霁[一]

晚霁来登眺，风棂面面开。宛童悬古木，仙友放高台。阿阁云初散，岑楼雪满堆。三山应可到，海鹤几时回。

【校记】

[一]（明）杨慎辑《雪山诗选》卷下录此诗。

远景

五寻高结架，绘彩动辰参。飞宇天相近，端栱月自临。迎辉鸡足嶂，聚远鹤川岑。尘外芳尘起，齐云耸碧林。

望楼[一]

翠鳞浮日气，瓦兽欲催颓。树响鸣天籁，泉飞殷地雷。石阑随屈曲，花牖向葳蕤[二]。上有吹箫女，何时感凤来。

【校记】

[一]（明）杨慎辑《雪山诗选》卷下录此诗。

[二]"葳蕤"（明）杨慎辑《雪山诗选》卷下作"琵琶"。

拜和翁寄来贱辰诗及楷寿大字

仙岛遥将寿字颁，鸾衔凤引到人间。筹添海屋多多算，诗写琼楼叠叠山。饮满流霞堪自醉，舞回白雪不知寒。尊前更有双成女，珠翠斓斑映酒颜。

是日重和禺山遣寄寿诗韵

拜饮狐南寿域高，金盘满载噬仙桃。苍虬偃蹇风霜古，白艮巉岩岁月饶。雪叟喜将吹铁笛，瑶姬舞罢品鸾箫。醉余重赴西华宴，桂影婆娑洞口桥。

方士竹屿秋晚偕登以诗纪兴

登临何太喜，策杖羽衣轻。云散冰岩出，风来石窦鸣。远溪寒笛韵，古寺暮钟声。杳杳平原净，秋空一色晴。三四佳。

秋晴晚眺

华榛明霁色，天淡喜无云。叶响惊寒吹，钟声送夕曛。崖颠猕作阵，山半鸟飞群。秋水鸣空涧，珊珊远自闻。

独眠

枕琴高卧逼霄峥，喜自新晴爽气横。忽觉寒中游月梦，偶闻空外步虚声。霜欺象筵绵衾薄，风冷银缸纸帐明。烛夜不啼村落远，嘹嘹野鹤五更鸣。

题醉

摘星屹立并崇冈，四望云开近七襄。玄圃阆风非俗地，沧州瀛岛是仙乡。华幢翠盖长相导，碧凤苍鸾迥自翔。更有群姬频劝斝，筵前宛转曳霓裳。

再题三绝

其一

萼辉远远隔尘寰，醉倚云间白玉山。不是洞天真福地，仙楼岂肯壮人间。

其二

绛烛双燃绣桷光，黄盂满捧泛清香。高筵醉听鸾笙吸，庑外西风细细凉。

其三

雨来瓦壑滂沱响，唤取儿僮急下帘。醉把云笺写新句，数重灯影动虚檐。

晓登

飞翚栋宇接重梯，独上悠然曳瘦藜。岚气绕空迷远甸，霓光借日饮西溪。倒悬岩树獾争聚，密覆垣筠鸟乱啼。匪是厉风吹我急，壁间还有好诗题。

释闷

凭高欲举翰，终日自盘桓。山色晴偏近，溪声晚更寒。锦囊频续咏，绿绮漫教弹。复忆田弘正，销闲万卷看。

秋兴

碧疏明梵刹，飞栱接仙岑。佳兴陵空发，新诗待月吟。恃高含远地，偎险瞩平林。为惜秋光好，孤怀喜不禁。

独饮计兴

秋宵凝灏气，天朗绝纤霞。坐锦闻仙药，悬杯玩月华。桂丛何馥郁，舞女更欹斜。醉倚银河近，消摇欲泛槎。

杂兴 五首

其一
高步践雄阁，寒飘双袂摇。云中辩山树。雪畔数归樵。

其二
仰止一丹霄，巍然近沉寥。翠横寒峤峙，青绕寿松乔。

其三
橑栻连空拔，跻攀近日边。不知劳足力，仰候步云仙。

其四
云湿雕阑滑，泉哀石壑淙。鸟飞平地上，人语半空中。

其五
翠鳌高崒兀，日彩炫寒光。四顾笸杉绕，摇摇秀色苍。

独寝感怀[一]

雕床横菊枕，金幌桂香浮。落叶惊秋思，寒砧捣夜愁。独眠残月堕，孤梦沕空游。未晓荒鸡唱，天风迥入楼。全佳。

【校记】

[一]（明）杨慎辑《雪山诗选》卷下录此诗。

喜晴

歆危能远眺，秋晚散愁霖。山势重分翠，岩肩半掩阴。玉泉飞木末，宝月挂楼心。高步留仙迹，频吟日易沉。

暮秋

杪商时自惨，登顾意无欣。古木零衰叶，空山掩冻云。群狙哀薄暮，众鸟集余曛。六合寒飓起，萧骚不忍闻。

觐日

东上红轮映璧珰。柜松垂影动辉煌，郁仪与我同居处，遍照乾坤仰国光。

雪

白战纷纷落，迷茫宇宙间。崖沉松突兀，谷没水潺湲。冻鸟栖无定，垂罗断复连。玉尘飞片片，为我报丰年。

即景

墉外苍篁绕，天边万仞峦。无风铃阁静，有雪玉楼寒。日引蓬东鹤，时乘岛上鸾。扶舆长杳霭，飞翼拱云端。

升老简来命作高峣十二景诗续书于后

翠岩晚霭[一]

日暮翠屏开，俄看触石来。海光分缥缈，林影共徘徊。此首绝佳，绘出翠岩景也。

【校记】

[一]（明）杨慎辑《雪山诗选》卷下录此诗。

碧关朝霞[一]

蟠木天鸡唱，扶桑海色开。青霄通蜀峤，丹气迥纾开。末句应是押来字。用蜀都赋纾丹气而为霞最切题，且见怀乡之意。妙句也。

【校记】

[一]（明）杨慎辑《雪山诗选》卷下录此诗。

荌塘去帆[一]

夕照归帆急，鱼龙吐浪腥。好。镜中谁荡漾，点点溯风舲。有去意。

【校记】

[一]（明）杨慎辑《雪山诗选》卷下录此诗。

水云归棹[一]

水光看澹澹，云影去迢迢。归棹缘何速，见归意。愁人动晚飙。

【校记】

[一]（明）杨慎辑《雪山诗选》卷下录此诗。

净耳山带[一]

山腰横玉局，溽暑湿云生。湿云字佳。伏后天将雨，先看白气萦。

【校记】

[一]（明）杨慎辑《雪山诗选》卷下录此诗。

罗藏水桩[一]

蟏蛸饮沧溟，断如双杵形。写景入绘。晓来看海际，云密雨零零。

【校记】

[一]（明）杨慎辑《雪山诗选》卷下录此诗。

八村渔火[一]

水国分居处[二]，家家快晚晴。渔翁收翼网，渔妇爇松明。似辋川。

【校记】

[一]（明）杨慎辑《雪山诗选》卷下录此诗。

[二]"水国分居处"（明）杨慎辑《雪山诗选》卷下作"洲渚如棋局"。

九寺梵钟[一]

连然多古刹，晨夕响蒲牢。自说禅林静，谁堪铁兽嗥。

【校记】

[一]（明）杨慎辑《雪山诗选》卷下录此诗。

南峦松雪[一]

甸南天列画，矫首屹寒峰。皎洁千重玉，槺橬百尺龙。状景体物如此，乃佳，非泛用龙者。

【校记】

[一]（明）杨慎辑《雪山诗选》卷下录此诗。

东林桂月[一]

秋空蟾窟炯，金粟远浮香。净扫银河影，姮娥笑醉狂。

【校记】

[一]（明）杨慎辑《雪山诗选》卷下录此诗。

梨园春游[一]

蕊女春游艳，铅妆晚更鲜。千株垂素雪，风景似樊川。十二首中此首尤秀出。

【校记】

[一]（明）杨慎辑《雪山诗选》卷下录此诗。

莲池秋泛[一]

满船红紫漾，醉唱采莲歌。画鼓声相应，波心逐队过。

【校记】

[一]（明）杨慎辑《雪山诗选》卷下录此诗。

奉次空侯十六韵 续录

汉宫新制后，轸柱水晶炫。鄯阐原无识，蚕丛使得传，象环穿翠縠，锦袋缀朱绵。凤颈横张态，龙身束李娟。哀音流蜡泪，欢奏逐鹢船。感慨思乡客，徘徊赏梦仙。犀梳垂晚髻，云鬟坠香肩。坎坎声呜咽，亭亭体浪儇。指藏星月散，怀抱月何圆。节彩玫瑰肴，胸明络索悬。唇开丹果艳，甲蘸紫英鲜。一擘怜秋雨，双弹惨暮天。融门分十二，斗酒质三千。独羡昌龄引，谁赓丽玉篇。霜寒笼碧袖，风细袅华旃。若有师涓在，芝山喜欲颠。

【校记】

[一]《仙楼琼华》未录此诗，此诗辑录自（明）杨慎辑《雪山诗选》卷下。

芝山云薖集

（明嘉靖刻本）

（明）木增 撰

丽水解脱道人木增生白父著
华亭董其昌玄宰父改阅批点
昆凌周延儒挹斋父、燕山张邦纪瑞石父参订
昆明傅宗龙括苍父校正
男懿参乔宿同刊

卷之一

云薖集序

粤自删述以还，诗赋莫盛于唐。或谓唐惟用诗赋胪列天下士，士生其间，势固不无崇肆也。及余考唐省试诸篇，如赵起湘灵之咏，李肱霓裳之制，盖千万亿而不多得焉。讵非诗本阐发灵源，模写胸臆，若牵压俗格，阿趋时好，所办俄顷以为捷，更事饾饤以为工，直以性情之真境，为名利之钓途耳。尚得诗也乎哉？

若生白公之于诗，殆得之矣。公夙负异敏，示搦三寸管，攻博士言，已蔚然有成就。且字逼钟王，才追李杜，乃袭祖荫也，而专城丽阳。夫丽阳滇南之极边地也，公以身一当劻勷，内安外攘，吏畏民怀，英英直上，非寻常靡靡者流。矧慷慨输忠义，助军饷，劳加三品章服。故矢口宏伟，居然登作者之坛，绝无傍人口吻而袭取酸馅者。因较付诸梓，远贻以示余，兼属余序其端。

余作而叹曰：生白以循声振宇内，乃今知公非但以政事名，而又以文学名也。盖公神厉九霄，气凌万仞，一吟一咏，独赏独怡，进无所迎，退无所避。情触境而动，有授意而成。靡雕镂而伤体，靡浮动而伤骨。写难状之景于目前，含不尽之意于言表。感慨时事，能以实实天下之虚，探索玄珠，能以虚虚天下之实。盖以得之乎牝牡骊黄之外，不当索之于声律比偶之间。大要以雄才发之为雅调，诗所繇以入于圣者欤？所谓美则爱，爱则传，而与盛唐并驾者，其在兹乎！其在兹乎！因序而归之。

岁天启癸亥上元日，光禄大夫、少保兼太子太保、户部尚书、武英殿大学士，毗陵周延儒撰。

芝山云蔼集序（一）

夫诗以言志也。志趣殊，人品异，苟非其品，则居心弗净，虽字琢句镂，藻缋精工，而一读味尽，再读转疑，因鄙其人之无当也。自古仁人孝子之兴怀，劳臣志士之寄忱，以至征夫游女，任情抒写，其感物偶动，遇事生景，若有意，若无心。但一谛听，而志之所萌，莫不立辨。因辞以见志，因志以想其人，百不爽一焉。

生白木君，世享爵土，身都牧伯，抚字一方，而令绪光昭，屏翰王家，而天子褒功，其德业声施，已雪山并耸，丽水同深矣。然其志趣高旷，神情卓越，簪组不以为荣，而标格特立，外物不以滑和，而葆真为乐，于是壮岁悬车，谢却世纷，一意高尚，日涉芝山，天机发籁，溢为咏歌，独处成韵，积时累帙。憭厥大指，总为率其性真，以孤行高志。今人披册即有天际真人之想。是木君无心之篇什，悉自露其旷达之品格，而人可缘诗以为券者也。

大凡旷志卓品，人具人慕，然具之而日就沮浸，慕之而日以背驰，有所累也。累于俗，累于欲，犹可断以慧刀；倘其智浅太玄，堕落苦空，则自谓出世无累而其累特甚！木君超然尘外，又不舭入虚无，诸累解脱，故其志趣自远，品格自卓，而发之为诗也。婉而切，和以平，清新而逸致，澹宕而精深，言之见理，可久可传。虽百世之下，诵其遗编，必谓中原七子后，更有生白木君振正青于南服也。都哉！君有不朽之言矣。余敢以数语弁简端，或因君之言得附名千秋焉。

　　赐进士第、通议大夫、礼部右侍郎兼翰林院侍读学士、协助詹事府事，管理清黄事务，兼纂实录副总裁，通家侍生张邦纪顿首拜叙。

芝山云蕙集序（二）

心正则笔正，书之所以造微也；品真则调真，诗之所以臻妙也。今天下士大夫，家琢休文之韵，人摹子美之题，诗之成帙者，充栋汗牛；然其诗传，其人或不足传焉，局于品耳。

顷鹤川太守西蜀四寓张公为余言：世守丽水，今晋秩大夬生白木翁，贵而不骄，富而好行，其德其府事，修其家政，肃笃于授业之师，以及于师所授业之地，为鹤川诸生置饩田焉。余喜张公乐道人之美，而因喜公为美之乐也。盖余从道路之口知公久矣，今闻张公之言而益信。且公情关廊庙，则陈十事以纳忠，念切封疆，则出万金而佐饷。缘此受知主上，赍锡有加焉。此又播之邸抄，为海内所共睹者，公之品卓卓如是。

余更有心折于公者，公世为天子守藩之臣，其官室服物之美，声色狗马之娱，无不可以恣焰心而鸣得意者。乃公坚持释氏之五戒，恪守老氏之三宝，年甫三十六龄，弃金紫如脱屣，高蹈芝山之上，逍遥于解脱之林，鹤鹿与俱，缁黄是侣，所谓蝉蜕于浊秽之中，以浮游于尘埃之外者也。余观士大夫钟鸣漏尽，夜行不休者多也。如公之急流勇退者，几何人哉？余志在烟霞，不希荣进，向尝举以人告，故闻公之高风，时以自惕焉。

偶得公芝山诗，读之其神湛然，其气冲然，其致然修然。且字不馁饤，语不钩棘，直写其胸中之所欲言，而绝无近代纤靡之态，庶几康节先生击壤之遗咏焉。繇芝山之景真、趣真，而公之品真，故其韵语之清真可诵如此。至承恩纪瑞诸什，忠爱之悃，溢于毫端，大足敬也。

集成问序于余，余重公之品，知公诗之必传，故不辞鄙劣，为公序之。公之嗜欲日淡，见性日超。异日者，揖飞仙于阆风之圃，瞻文佛于祇树之园，□兹集者，不过公之糟粕，而余区区之称述，亦不过公之绪余耳。昔杨用修太史为公太父雪山公序《始音》集，其传遂广。予何敢望用修，而公固有光于祖烈，世之君子于余言或有采乎？

赐进士第、中宪大夫、巡按贵州，奉敕监军督饷，前奉敕督理浙直盐课海防、太仆寺少卿兼山东道监察御史，乡侍生傅宗龙拜撰。

芝山云薖集目录

卷之一

中海仙都赋

寿星降于府治

芝山赋　并序

瑞芝赋　并序

雪岳赋　并序

卷之二

元旦早朝　二首

檐流得月

夏日游中湖

辋川庄

松亭自适　二首

袁中郎以舟为居

虚亭八业

　焚香

　煮茗

　观画

　捡书

　听琴

谈棋

灌花

饲鹤

闻远有警

登楼独坐

寄沐三府将军

梦中得句

简寄周太翁

同寄沐三府

僧舍买猫得禅字

便面寄鸡山本无

春居中海

玉音楼独坐有感

赓王老师韵雪　二首

山僧买猫

读邸报征都御史熊芝冈拯远

闲适圃亭

次韵辋川别业

见世有感

警世

鸡山铜殿　二首

圣寿

云松海鹤楼

玉湖别天

玉湖秋苗

无题

山茶

松亭自适

秋夜独坐

雪洞

邀饮道人洞中

栖双峰书屋

夜猿啼月

芝山排律　一首

草堂漫兴　十七首

拟寒山诗　十九首

登山采药

感怀

邀左太守花下饮

山居六言　三首

无题

谷神子至喜成

赠别卢思源　二首

简寄刘澹如

中海

山居

泉居

花居

田居

又山居　五言

　泉居

　花居

　田居

又山居　六言

花居

田居

木坚书院

漫赋山茶

修养真逆俘献

阙

中海八景

象山晓日

寒潭映月

文笔凌云

海鸥共适

鹤唳长空

渔舟短笛

壶中别天

牛背斜阳

题鸡足悉檀　二首

迎仙楼登眺有感

春宴喜白梅

喜得白鹦鹉

赠别蜀僧相一

元日纪上诗一百十韵

南楼喜金莺粟

重午泛舟

丹坞

采药南山

携友游玉湖

午日赓答张先生

幽然亭

午日漫赋

题吕仙轴

苦雨

石榴

观梨园　二首

次题吕仙轴韵

喜感新命　三首

虏庭大捷

兀坐有感

宁西大捷漫赋

月池览胜　三首

玉山瀑布　二首

了念来访酌北冈

松

菊

莲

兰

竹

梅

瀑布

山居　十一首

至悉檀云现

华首门

游罗汉壁

望榆三塔寺

产瑞莲

四瑞

　　邸报黄河清

　　邸报玉玺献

　　邸报凤凰仪

　　府治寿星现

当今四瑞歌

乙丑喜得孙

雪嵩产锦边莲

张居正送菊　二首

卷之三

隐园春兴　四十三首

酬谷神子启号　四首

草堂观炼　三首

丹方醉饮

玉湖独坐

自纪寿筵

石洞

玉簪花

水月梅　二首

瑞香花

含笑花

对岳

对雪

对嵩

对鹤

对花

对月

对琴

对湖

对泉

慕仙

餐松花即韵　二首

餐松花亦即韵　二首

警世

云房夜话

山中读易

草堂读史

冬夜读传灯

玄亭读仙传

栽菊

锄园

春不老

山中夕阳

忆圣恩

春景

夏景

秋景

冬景

拨闷

自述

昼寝

梅雨

秋声

恭逢八月圣诞叨列贺班喜感　二首

月桂

松风

猿啼

冬寒

醉酒

问樵

沽酒赏梅雪

阅壬子省试贤书

寄凌都督戍沧城

元夕观灯

立春

赏春

春郊晚归

赏牡丹

芍药

立夏

夏日观新荷

帝释台

朝阳冈望晓　三首

钵盂山

狮子岩　二首

金刚窟

涵月湖　三首

涵月湖观渔叟　二首

天柱峰　二首

居拱寿台　二首

蒋头陀问寿

拱寿台寿意即景

老龙潭

赓涵月湖韵　二首

赤松坡　三首

白鹿泉　三首

帝释台逢僧话

赓拟祖雪翁鹤川龙华四景

　　松岭夏云　二首

　　池桥夜月　二首

　　花坞流泉　二首

　　经窗秀竹　二首

龙华钟夜

春雪次月峰韵

游湖梁史刻韵

赓泠然游九鼎

夜话僧榻

含弘坞

兰州道中

宿汝南哨

游石宝山　三首

岵冈小酌

光明山

杜门夜雪

宿平乐驿　二首

都谛泉

赞道中

重九漫赋玉牡丹

雪兰

翠岩居

卷之四

步行祷雨

观雨

喜野老献麦

水阁纳凉

忆水渔天

渔隐

闲中清吟

元日释刘直臣

简陈进士

闻传御史德政

推传御史喜慰

立秋

玉湖秋兴

中秋登楼望月　二首

登芝山赏菊　二首

登文笔峰

九日怀古

立冬

冬至

懒

闲步

玉山云房

居芝山　四首

芝山居绝句　二十六首

居雪山

喜雪

闻瑞石进詹事

吟仙　二首

乐松堂

止心亭

幽栖

安乐窝

江上闻笛

夏日赏牡丹

中湖六色简复半偈头陀

　　文笔凌云

　　寒潭映月

　　湖外别天

　　渔舟短笛

　　象岭晓日

　　鸥鸟共适

芝山古风　一首

华光晓瑞篇

晚归白屋

秋游西湖

登江上琴台

喜归云卧草堂

乐饮欢喜园

九日儿懿献金昙花

是日即景书怀

绘环翠图者赋赠

登长庚山

恩赉锦袍

春二老叔召饮

赠景东陶太守

题歇了草居壁

和传太史韵瞻望

次韵瞻望

次韵自述

中秋喜观瑞莲

和星回节诗　二首

遣使爇太和香喜得双锦鸡漫赋

丽水二十景

　玉岳凌霄

　金江络郡

　镜湖卧斗

　笔巘千云

　芝岭朝霞

　石门秋月

　万章松荫

　一线河流

　洞秘灵文

　谷传清响

　琼田胜水

　仙亩嘉禾

　冈势回龙

山形眠象

　　黄峰台阁

　　绿野溪桥

　　峭壁霜枫

　　长堤烟柳

　　神龟据峡

　　天马腾空

调

水龙吟

　　春

　　夏

　　秋

　　冬

满庭芳　一首

浪淘沙　四首

醉蓬莱夜宴

鹧鸪天

　　渔

　　樵

　　耕

　　牧

行香子山居

清江引　五首

中海仙都赋

繄余历世戴。发忠孝大旨，不以词赋雄。熙朝而专城是邦也。金江玉岳，带砺灵长，三甸连环其境，万山错绣其疆，乃有潴水在乎中央。吞吐云日，消息阴阳，峰峦罗列，灏气混茫。逮祖端翁创宇大荒，界流两堤，东西徜徉，台榭楼阁，若现若藏，表以仙都，匪溢揄扬，窃指记之。将越六纪垂五叶而凄然，堂构之思洵不忍忘，顾余眇躬髫龄嗣服，甫今弱冠，业已振箕裘，殚旬宣，若三十辐廿六一毂，爰因公暇，顾瞻太息，将修废而举坠，冀重光乎作述。于焉自冬抵夏不数月而革故鼎新。幽奇可掬，尔乃启干旌，戒舆卫望瑶岛而至自雪嵩之麓，但见天朗兮气清，澜回兮不惊，柳砌兮敷荣，爽气兮逢迎，而适宁是游也。春则见若，红浮泻浪绿绕平堤矣；夏则见若，香满荷芰霭弥岸草矣，秋则见若，萍蓼低沙芙蓉出水矣；冬则见若，梅蕊波翻雪花缀景矣。居长则又见若，巨细鳞甲竞夷游矣，鸳鸯羽族息汀渚矣，徂徕虹枝垂碧沼矣，渭川翠葆浥清阴矣，山光月色常倒影矣。噫嘻有是乎！序迭更晨昏异态，发皇耳目，渣滓淘汰，岂造物以其不尽者藉我，静隐而令涤其襟概。是故时而临渊兮，浴沂舞雩，共此优游；时而泛艇兮，诵诗举酒，谐我朋俦。又或筵张玳瑁兮，芬芳荐馐；曲唱阳阿兮，窈窕赓酬；宫商迭奏兮，钧天与俦；俯仰宇宙兮，肺腑春收。抑又赏花钓鱼兮，染翰鸣弦；焚香煮茗兮，考古探玄；师友造化兮，寤寐圣贤；返视却听兮，象帝之先；定云止水兮，六入不牵。若夫在川之叹，濠上之游兮，谅尔同然，此一时也；直将等富贵如浮云兮，视身世若虚船。又安能随滔滔之季而波沿，语未竟时，有客在坐。听然笑曰：达人不以逸乐肆志。荩臣不以豫怠旷官，主人尊居岳牧，雅意澹恬，所谓独醒独清，非耶？若乃恣欣赏，侈游观或别有其旨。余曰：唯唯否否，若所称见其末而未见其本者也。盖吾闻知亲忠。

君人网人纪，柔远能迩，屏翰是倚。子不见响者时事之艰危乎，其何有于燕喜，乃今运清夷。境康树勋名播中外，忻慈寿祉未艾笃忠贞。

丝纶赉则余兹举寔惟。

天惟君惟。

祖宗之锡庆，抑以咻以噢之既暇也。为相与歌曰：漾漾巨浸兮，豁我灵渊；沉沉邃宇兮，取类辋川；嚣远景幽兮，对此涟漪；心旷神怡兮，何累性天；逍遥不贷兮，屏息万缘；先忧后乐兮，岂曰流连。祖烈孙谋兮，载之简编。

寿星降于府治

天启之甲子，岁八月望后一日，寿星降于府治，前童子辈皆见之，将临时，空中如剪鹅毛状，纷然飞下，竞仰视顷，则星临矣。肉髻皓须，氅衣跨鹤，至坐则以袖中粒饲鹤，如麦状。与童子语，有顷，以袖招鹤复乘之冲霄去。此事之最奇而当传者，故为之赋。

其词曰：

南极之煌煌兮，位天之离；据柳张之躔度兮，太微之墟。主万物之长气兮，告功以受厘；三光九紫之旁临兮，膴膴膊膊而累累；天宿之不可观兮，乌得而见之。独秋分丑分兮，始见于丙之陲。即衍重黎之象兮，亦罕识其所居；刘昭昭之白昼兮，乃躬接其丰仪；天柱耸而广额兮，肉髻之如脂；河目灿而隆准兮，垂霜雪之庞眉；鹭毫鹤羽髯纷纷兮，长短成丝；氅袖拖云而绕电兮，驾鹤拓缅纵之骑恍。临坐而至止兮，飞丝剪絮而纷披。偕童稚以狎坐兮，独元真之未漓；徐徐四顾笑颜兮，长缓颊而嘻嘻；寻招鹤以升天兮，征祥祉之洪熙；区区一野服兮，宁侥惠之如斯；感龙影之就驾兮，天下安于如砥。

征万寿之无疆兮，斤两须弥。君不见昴宿之为五老兮，河图以告帝期。长庚游于酒肆兮，柴炉熄而开式金式玉之基。岁星见为方朔兮，观明君之御时。兹老人之旦降兮，宁非寿考之维祺，斯以卜我皇之繁禧。

【校记】

［一］（清）赵联元辑《丽郡文征》卷一（《云南丛书》本）录此文。

芝山赋

余以休致之暇，始得纵情山水。每一登眺，有会心处，辄成短什。名其篇曰芝山云蔼之集。第寥寥数咏，如入大官之厨。仅厌一脔而遽曰：味止矣。庸讵知一脔，曾足以尽大官哉。故广而赋之以贻同志者。

其辞曰：

丰缛雅逸杂之古，赋中谁分伯仲。縶拂衣而高谢，每眦掝以姱修。宜蝉蜕乎污浊，怡情志于远游。或携鸠杖，或拥麂裘。既跻岑而达旷，复越壑以寻幽。缅兹山之天作，若有俟乎余休。仰睇兮峭崿，俯瞰兮平畴。左连碧巘，右带沧州。冈蜿蜒兮环合，水潆漾兮穆流。松杉兮夹庑以蓊蘙，芝苕兮倾日以葱蓊。联峰偃盖，沓嶂张罘。白马皈灵而驻蹕，玄龟叶吉以告犹。余于是计徒佣、召匠石，下备器钟、上宪觜陬。董削墨以公输，任督绳于离娄。宫则合夫呜呜之制，筑则尽乎陕陕之捄。用是迓胜幡于竺国，迎幽键于帝州。僧象人龙，庄严乎雨花之室；金池玉叶，辉映乎摘星之楼；鼍宫甫就、燕处斯谋，更抠衣而蹑级，将凝盼以旁求；爰有巨阜、势若蟠虬，天空阔兮气爽，卉苍莽兮烟稠；竣光未耀、霞采先浮，诚欲界之仙都，洵吾生之乐丘。余乃相其高下，度其广袤。徂徕兮结构，彻桑土兮绸缪。堂不奥突兮，第取其容膝；栋不穹窿兮，仅免其顶头。无丹无臒、不雕不镂，譬则太羹玄酒土。鼓黄桴不侈口耳之奉，惟蕲希淡之投，故余之居是山也。心同艮止、神与天游、尘襟洗瀹、玄思若抽。得失屏兮，安见蕉之有鹿；物我化兮，乌知蝶之为周。宜耕宜读、可薪可樵，芝可茹兮，学商山之叟；瓜可种兮，方东陵之侯。柚橘余之僮仆；鹿豕余之朋侪。藉丰草为锦褥，拾野蔬为琼羞。筼筜帷幔、萝薜旌旆。古洞谽谺兮，余栖息之庭庑；怪石崛崎兮，余玩弄之琳；球畅余体兮，有黄绵之袄；漱余齿兮，有白练之洌。中谷之泉，掬焉濯发，上池之水，酌以明眸。以啜茗，为詟魔之杵；以酤酒，为钓诗之钩。至若春则锦厓绣谷，夏则灌木长楸，秋月朣胧而晃朗，冬雪便嬛以飕飀，此固四诗之清丽。靡不快目而横收，又若穿蹊牧篴，隔陇樵讴，林猿啼啸，山鸟喧啾。松簧鼓风而细细，蝶拍趁日以悠悠，此又天然之爽籁，余何贵乎？箫筦与箜篌，乱曰：涉世兮浮沤，縻爵兮赘肬，韶年兮倏改，盛日兮遒将，何营兮鹡鸰。欲何去兮鹡鸰，入螺愈蹙兮鼪鼬，黏壁竟枯兮蜗牛，沧桑递改兮三过，贤愚同尽兮一坏。安平之龟颅兮，谁觏其五出；曼倩之桃核兮，孰觊其三偷。嗟慕往乎何益，聊登兹兮销忧。

瑞芝赋 并序[一]

芝草之为瑞，自古皆然。尝逖稽之，汉之元封建，初魏唐之青龙，上元宋之雍熙，或生于宫殿，或生于闾阎，或生于桧木。一时君臣赓歌，以纪其盛。盖诚瑞之也。

今上垂衣之丁卯，岁余之祖庙，忽附树产芝一本，初如茧栗，凡两浃月则盈尺有咫，叠三重，具五色，枝如珊瑚，形如蜿蝉，芳郁袭人。余往昔获芝亦已多矣，未有灵异若此者也。因惟余以垂髫承荫，迄今三十余，稔计所图报于国者，厓涓埃亦分之宜，然耳乃叨，三朝休命，若晋秩、若褒章、若移典，即亲臣世[二]臣所不可必得者，余且以数数得之。纵造物有所独，眷不亏盈足矣，胡更示之以祥瑞耶？抑尝闻之，家有草木之瑞，凡以兆入瑞意者。余之子姓，犹必有充闾者，而此芝，实协气之符休，征之应与。夫降雨出云，必然之数也，余故把玩而赋之。

其辞[三]曰：

秀色可餐。芝草猗猗生，彼坛壝。左连庭庑，右接阶墀。钟灵祇之间气,挺蓬阆之仙姿。尔乃非水非木非石非肉,远幽岩之曲溜,就祠房之嘉木,藉俎豆之余晖,分粢盛之剩馥,荫翁蔓于修林,伴蒴箩于丛鞠。尔乃其来无朕,其出无门。以恍惚为带,以困敦为根。不炫耀而色艳,恒温润而气馨。悆怫自生之蕡荚,顿殊待萩之苞虆。尔之为色也,赤若涂朱鲎,如点漆白,犹截肪黄于蒸栗,合杂采以纷敷,岂凡葩之易匹。尔之为形也,如燕相蚀,如蝉相联,茎不扶而自直,叶不规而自圆,伯仲并立,子母互牵,列若三台之象,叠如九府之钱。尔之为质也,如圭如璧,如金如石,贞于琅玕,坚于琥珀,霜严凝而始成,风飕飗而弗坏。岂庄子海上之灵椿,亦孔明庙前之古柏。乃若倏爒景福,阿那灵光,天台合异,仙掌腾芳。蠢白云之奇骨,呈石桂之华英。七明竞耀,九曲开房,龙仙奕奕,月精煌煌。云母啖之而体健,金兰咀之而寿长,此固昔日之熙事,徒怅望以彷徨。又若人麦两岐,木禾六秀,树生连理之枝,山隐比肩之兽,青丘之狐载,瞻丹穴之鸟是觏。河海夷晏以征休,风云律吕而应候,此固太平之景。运夫何尚徽于世胄,未若此芝也。生当几席,近切门楣,迎就盈之夕月,迓方升之朝曦。偶幡^[四]缡于芝,盖攒戢香于采枏。桢^[五]出擎天之表,光浮倾日之葵,乃卜年而卜世,尚无涘而无涯,此固世家之盛瑞,诚为乔木之殊厘也。赋毕而为之歌,歌曰:三秀爱生兮山之阳,胡为清坛兮发厥祥,采尔佩兮芬且香,烹尔茹兮寿而康,招佺期兮友亢仓,邀赤松兮同相羊,萤应龙兮高翱翔,目玉树兮森成行。有客闻而和之曰:秋风清兮零露瀼,芝草生兮庭之祊。乐只君子万寿无疆。再曰:庭有池兮池有溜,芝草生兮庭之右。乐只君子克昌厥后。

【校记】

[一](清)赵联元辑《丽郡文征》卷一(《云南丛书》本)录此文。

[二]"世"(清)赵联元辑《丽郡文征》卷一(《云南丛书》本)作"侍"。

[三]"辞"(清)赵联元辑《丽郡文征》卷一(《云南丛书》本)作

"词"。

[四]"幡"(清)赵联元辑《丽郡文征》卷一(《云南丛书》本)作"繙"。

[五]"桢"(清)赵联元辑《丽郡文征》卷一(《云南丛书》本)作"祯"。

雪岳赋 有序[一]

语云绘雪者，不能绘其清，今赋已绘清矣。雪岳，亦天地间奇嶙峋也。使其峙于通都大邑，旁临九达，则骚人墨士荷笔而品题者，縠相击矣。惜其僻在一隅，人迹鲜届，间有闻其名而失其状者，亦有得其状而复悭于词者。慨自我祖雪翁及太史杨升庵、中溪、禺山诸君子，有雪山歌，更唱迭和，载在篇什，嗣后何竟寥寥也。嗟夫！岳犹是也，曾不以弗彰削色，第其孤高莹洁，灵异若斯，不获与海内名山并提而论。览胜者不无扼腕，故感而赋之。

其辞曰：

伊磐礴之巨镇，奠宇宙之坤维。包胚浑之元气，标栈齾之峻仪。肇鸿基于继域，邈千里而迤逦。西经八狄，北表三峗，左连积石，右跨龟兹。带长江之滆沱，成错绣于倭迟，起干霄之岈崿，列斗郡之罘罳，其为峻也。崿擎黔昊，椒逼撑犁，磊砢砡崒，嵣嶙嶔巇，绝浮埃而骏骒，指云汉而屜嶷。礌空七泽，培塿九嶷，讶三垣之甚。迩嗟二华之翻卑，迎扶木之毳旭，挂虞渊之浴曦。鸿鹄戾天而尚悸，鹏鹗决飙而犹疑。碍升沈[二]之顾兔，愁攀援之捷狝，其为色也。银峰璀璨，玉级参差，俨瑶京之楼阁，缩香界之瑠璨，陵峦琼玖，丛薄玕琪，白鹇失素，皓鹤迷姿，芒颖注射，莫敢停窥，若戈矛之戢香，恍环珮之陆离，遍照夜之骐骥，走抱珠之蛟螭，其为气也。飕飗百里，霿暗四时，上森圆灵，下肃柔胝[三]，夏无畏景，春乏流澌，宵雪未罢，罡风继吹，彼歊雾之逢浮，此暗霓之凄。其岩潜缩猬，麓啸愁鸱，凉生冷蛇之袂，寒浸白龙之皮，虚挂壁之纨扇，闲在笥之絻絺，其为灵也。倏翳倏霁，觍雾觍皾。或丹霞万状，或彤云四垂，或气蒸蓬阆，或影益冯夷。或汩㴶而涌潢，或磅磕而轰礚。俄而叱咤魍魉，俄而驱使封姨。张猋骇之神异，参造化之玄施，于是胞灵孕瑞，衍脉分支，恒争奇而献秀，故愈出而愈奇。山亭卓笔之献，泉澄卧斗之池，丘元绪而镇静，冈率然而躞跇。雉山腾风而鼓翼，象岭喷江而蹲跮。琼洞[四]嵱砑以轩豁，玉水晶漾以渗漓。苍松葱蒨而夹嵌，翠桧偃仰而交岯。池芳异藕，坞苗华芝，莫不种种惊诧于南服，而岩岩具瞻于西陲者也。重曰：岳[五]有石兮崛崎，岳有泉兮沦漪，泉与石兮结契[六]，鹤[七]与猿兮相随，深可钓兮投饵，高可俯兮杖藜[八]，可班荆兮坐月，可临流兮赋诗，可与居[九]兮木石[一〇]，可与游兮麋鹿，可宅身兮半亩[一一]，可和神兮一卮，长袖舞兮鸦鬓，丽词歌兮蛾眉，可于子兮课业，可于孙兮含饴，可以吟风兮抱膝，可以对景兮支頤，省耕耘兮东畷，观铚艾兮西畚，将融融兮自适，嗟鹿鹿兮怀思，悲去国兮临歧，值临歧兮涕洟，訊涕洟兮曷似，揽滂沱兮缅纚，依枌榆兮洵美，况风土兮相宜，远尘嚣兮莫溷，亲[一二]故旧兮靡贻，斥鷃翔兮数仞，鸰鵊恋兮一枝，艳滥去兮知返，水马浮兮不移，推物情兮尚尔，何人生兮戾，斯繄丘壑兮足，寄聊游羊兮在兹。[一三]

【校记】

[一]（清）赵联元辑《丽郡文征》卷一（《云南丛书》本）录此文，呈光玉《滇文丛录》卷十六录此文作"雪山赋"。

[二]"沈"（清）赵联元辑《丽郡文征》卷一（《云南丛书》本）作"沉"。

[三]"胝"（清）赵联元辑《丽郡文征》卷一（《云南丛书》本）作"胝"。

[四]"洞"（清）赵联元辑《丽郡文征》卷一（《云南丛书》本）作"同"。

[五]"岳"字原脱，今据（清）赵联元辑《丽郡文征》卷一（《云南

丛书》本）补。

［六］"契"字原脱，今据（清）赵联元辑《丽郡文征》卷一（《云南丛书》本）补。

［七］"鹤"字原脱，今据（清）赵联元辑《丽郡文征》卷一（《云南丛书》本）补。

［八］"杖藜"字原脱，今据（清）赵联元辑《丽郡文征》卷一（《云南丛书》本）补。

［九］"居"字原脱，今据（清）赵联元辑《丽郡文征》卷一（《云南丛书》本）补。

［一〇］"木石"字原脱，今据（清）赵联元辑《丽郡文征》卷一（《云南丛书》本）补。

［一一］"亩"字原脱，今据（清）赵联元辑《丽郡文征》卷一（《云南丛书》本）补。

［一二］"可和神兮一卮，长袖舞兮鸦鬟，丽词歌兮蛾眉，可于子兮课业，可于孙兮含饴，可以吟风兮抱膝，可以对景兮支颐，省耕耘兮东畷，观铚艾兮西菑，将融融兮自适，嗟鹿鹿兮怀思，悲去国兮临歧，值临歧兮涕洟，訊涕洟兮曷似，揽滂沱兮绠縻，依枌榆兮洵美，况风土兮相宜，远尘嚣兮莫涴，亲"原脱，今据（清）赵联元辑《丽郡文征》卷一（《云南丛书》本）补。

［一三］"斥鷃翔兮数仞，鹪鹩恋兮一枝，艳滥去兮知返，水马浮兮不移，推物情兮尚尔，何人生兮戾，斯縶丘壑兮足，寄聊游羊兮在兹"原脱，今据（清）赵联元辑《丽郡文征》卷一（《云南丛书》本）补。

山中逸趣

（据明崇祯刻本传钞）

（明）木增　撰

滇西水月痴人木增长卿父吟，晋宁此置子
唐泰布史甫订
云间青莲居士章台鼎吉甫评

山中逸趣序（一）

余往交唐大韦侈，金碧苍耳之胜，其中苞异孕灵，间出而生。名世誉流四裔，海内遥瞩。如翁云曙星，不见其人，而愿见所著述。若生白木翁之《云蘁集》，业已行世久矣。

此《山中逸趣》，又大成讼手订以传世也。公世祚侯封，爰参藩伯，以雄武一军成斩馘之功，为飞将；以金赀数万佐阑真之急，为忠臣；以威望九鼎落番夷之胆，为良翰。无事则诗书礼乐，有事则戎马行间。何自暇得逸于山中？

公闭会茶禄，早谢尘缨。学老氏之知，心同孔明之澹泊。如李西平，有子愬吴武安，有子拱智之知，是才堪八面讼雅。镇石门铁桥，丸泥可封。更金河之涯，俨标铜柱。无强事，意为一，故疏章五。书天子特赐金币，应嘉方，许谢政。公得练巾野服容，裔于松庵雪洞中。环碧移青，皆山也。

第公世著风雅，交满天下。征文者、投诗者、购书者以神交。定盟者嘤鸣相和，声气往来，共中原之旗鼓。银鹿青猿走，山中无虚日。公独领山之趣，得趣于逸，有赋有篇，有暇有清活。拈题命韵，高旷孤间。烟霞之色，扑人眉宇。读之犹冷嚼梅花雪瓣也。虽公之逸岂仅漫浪者往喜，博综事樵，猎于蜗潦。鸟钻，类陡，澄刘。峻继雪山金水之音，而接武于祖孙父子之作。述邺韦、弘景、薛元超，精研释典，误入宗乘。如作家禅客，类张无尽、苏子瞻。是总以有余之才与无所用之力，倍劳而得逸，因逸而成趣。讬圣世之逸民，作衣冠之巢许。非有弦匏丝竹以娱声伎。文缯异玺以御鲜华，擘麟酢龙以求奇嗜。惟柳瓢荃被，恬羊餐芝。人不知为世，亚享世禄者。洵足称山中人也。

吾师平尝读《名山记》。李景山有云：丽江雪山天下绝，积玉堆琼几千叠。云盘厚地背摩天，衡华真成为丘垤。有山如此，公得逸于山中，非有神仙福兮？岂易知山中之趣哉？是编也，补记名山可矣。

云间章召鼎顿首题。

山中逸趣序（二）

生白先生以山中趣问诸山中人此置子。此置子曰：苟有所遇，一切皆趣也。何居夫独趣于山？山之云者岂所得？无非山耶。见山则趣鲜矣。即有顷欲忘乎山，而身又且在此山之中，逸云禾城柳。生白之趣盖老于雪中，从山悟入，即须弥有成。芥子容有才，影挂在峰头，非趣于山也。趣于山者，河山无逸人，逸山此已矣。云何趣？唯是入于山又能脱于脱于山，又而又不离乎山者几希？岂得自然而失自然之谓逸矣？

生曰：得不为山翁传而谁传其趣也？趣也，惟何赋也诗也？趣而托志。赋也诗也，劳也，非逸也。即使趣而非托诸赋也诗也，逸也。遂可以逸居乎夫，然后乃了凡住山，人斯逸两斯趣矣。非也。生白之不能示赋也诗也，犹流云之有声，流泉之有响。出之自然。故典刑惟会馥、惟盛绝，无捻赎之苦。有逸焉者，于是，是乃获其逸，斯逸矣。逸矣，则吾宁守吾之柮者杏者，与逸忘。焉知趣之在山，趣在赋也诗也。弟视其赋与诗成，而且恬且适，不特人遇山而自逸山，且赖之逸也。永矣。后者乌得不以趣趣之？皆天下董陈二公即以逸为。玄晏吾卿，陶传二公即以逸为传神。钜卿一诺天下响，风使千古趣人知。为作者业已高奇见。贵何用稗管为？

生白曰：臣好逸。余亦曰：余事之，得逸之遗意耳。忠孝本无异,近鏊将毋同。是能以山订交者。顾余两人之趣山,亦犹鱼之乐水。水非鱼,其知鱼矣。然则余两人竟若,斯察之而已乎!尚此多故之秋行,并天地生灵,皆予以逸之。孰愈焉修赋也诗也?不几为之,百之逸耶!岂带趣心?在山乐之。

崇祯丁丑十二月此置子唐泰书于墨斋中。

山中逸趣目录

山水赋

草庐赋

逸趣篇

乐山篇

乐水篇

山趣吟　二十六首

山居野意书寄华亭章青莲兼求政　二十首

卧松轩　二首

上松岩　二首

听松涛　二首

适松禽　二首

步松影　二首

坐松蟠　二首

吟松韵　二首

爱松幽　二首

喜松萝　二首

玩松叶　二首

乐松茂　二首

住松棚和韵　二首

秋日宪副张公祖复字诗依韵奉酬　二首

题山四言　六首

述怀　三首

感怀　二首

题画五言　八首

题扇　十二首

宿卧斗庵

樱宁斋

扇寄守玄子

夜语普天僧话

秋雁　二首

罗汉壁幻空上人

雪夜

夜静松庵

止止斋小酌

水竹居清兴　三十韵

雪洞吟七言绝句

石屋松声

云楼山色

醉卧芦花

行吟山水

衣破风补

形瘦云庄

山中宰相

地上神仙

帘卷溪光

窗含树色

种松缘径

架木山椒
攀头啸月
垢面吟风
神宁雪洞
虑寂心斋
助我清幽
闻鱼欸乃
饷煮胡麻
香焚柏子
收叶煨芋
扫苔觅芝
半间草屋
万重山水
溪山作伴
云月为俦
花开碧岫
月映寒潭
椰瓢注酒
石鼎烹茶
山花夹涧
岩树笼烟
萝月松风
茆亭花径
草衣木食
石床纸幔
旭舍青嶂
云浸碧潭

地隔尘嚣
心游太古
是非莫管
名利不羁
四时和气
一世安闲
常餐侧柏
时抚孤松
香袅金炉
帘垂花院
云烟送暖
榾柮驱寒
白醉檐暄
洪庥天放
岩云赠客
溪月延宾
听猿临壑
看鹿穿林
逍遥天地
散诞居诸
心同止水
意似闲云
瓦盏芹斋
瘿瓢芨粥
灰心尘俗
饫口林泉
遁迹丘樊

神驰兜率

忆恋乾清

怀修净土

山居歌　八首

雪松歌　二首

登五老峰歌

山水赋

赋山水曲尽。天下之擅奇观者，惟佳山水而已。乃若盘根江底，插影云间，霭霭翠碧，峨峨烟鬟。或若青莲之朵，或如笋玉之班岩，花的烁林鸟间关趣之得于山者也，乃若金蛇蜒蜿，竹箭潺湲，涧萍苍翠，石藓斑斓，湛若还珠之浦，清如落星之湾，回风漱玉，落月沉湘，趣之得于水者也。至若山灵迸水，水胜萦山，丹山碧水，错绣回环，樵歌声连而响应，渔簑昼至而宵还。分之专美，合则双娴。又趣之得于山水之相成者也，又若从容扇羽，逍遥服纶，寻幽越壑，睥睨人寰，循沧浪而盥漱，望巉巘以跻攀，水滨放鹤，山曲观鹓。又趣之得于人景之相需者也。吁嗟乎！茫茫宇宙扰扰市阛，何异飞萤之赴燨。诵之悲凉。浑同怒蜗之触蛮。倏尔玄发，倏尔霜鬓。既无长绳以系日，乌有大药以驻颜。时天老大性转痴顽，惟登山而临水。庶意定而神闲。

草庐赋

繄诛茅于幽涧兮，结容膝之支簃。负岩廊之爽垲兮，迎夕月而朝曦。取新甫之美材兮，存吟风之虬枝。迁徂徕之贞干兮，带溜雨之霜皮。不烦公输以削墨兮，无劳督绳之离随。瘿肿而拳曲兮，亦任斜而任欹。如隆中草芦，使人想卧龙处。挈敲瓮以为牖兮，仍编竹以为篱。培数竿之翠筱兮，开一鉴之情池。惟风雨之弗妒兮，鸟鼠之相窥。欲尘鞅之屏绝兮，与心性而相宜。冬祁寒而折胶兮，疑黍谷之频吹。夏蕴隆而流石兮，若冰壑之式移。办蒲团与湘榻兮，傋茗椀而醪卮。具登山之蜡屐兮，设瘦笻之时携。可以披衣而鼓瑟兮，可以含毫而咏诗。可以开罇而酌酒兮，可以对局而弹棋。拟卖卜之蜀肆兮，敩草玄之轩墀。岂杜陵之故址兮，颣卧龙之遗居。

羌溪流与涧水兮，惟幽人之乐饥。虽荜门而圭窦兮，亦君子之栖迟。花草衣冠，寂寂安在？无数感慨。彼秦宫而梁苑兮，并踪迹之靡贻。乃采椽而画栋兮，妙工倕之何为。矧天地亦为篷庐兮，嗟蜉蝣之是寄。纵焦螟之处虻睫兮，聊逍遥以乐斯。

逸趣篇

韬光宁寿山，缚草构居屋。瓮枢悬日月，薜门龙虎伏。怪石当栖台，畹兰资卧褥。缀萝作蕙帐，剪叶补鹑服。泉声流瑟韵，猿叫出椒谷。翠屏横几岸，青嶂双霄矗。虬鸾罥薄雾，鹦鹉栖乔木。鸡犬静柴扉，溪烟没林麓。蕾藤穿陡壁，樵踏行纡曲。涧底鸣金蟾，岩前止衡鹿。鸟啼云一坞，雨洒蕉边竹。仄径通仙苑，方池卧斗六。瑿窟辟支禅，璃宫真人宿。春花红万壑，秋月莹如玉。夏麟云驶马，冬雪寒生粟。叠巘点头峰，蟠河振鹭瀑。风送笙芋籁，阁连锦绣縠。四时山中景，迥别尘寰嶴。采薇入层峦，蹀屟寻黄独。筅水灌畦蔬，荷锄种野蕨。固气神还虚，餐霞饱枵腹。夜定山色幽，焚檀楞伽读。心空悟亦空，无凡也无佛。狮拱象朝环，缃印几回复。亭亭磔上松，簇簇篱东菊。孤雁天涯唳，双鸥汀畔浴。有酒酬山客，击瓦诵尧录，时来皓发翁。顶披华巾幅。引鹤扶童肩，手握冰绡轴。自言无始生，造化莫能束。澄怀味道，区区幻泡间，驹隙何速速。贪爱利名者，奔忙忧蹙蹙。笑指白云窝，唤回大梦局。语我惟心诀，解脱生死梏。朱衣佩带鱼，听钟鼎食禄。犹然沤起灭，修短岂可卜。遁隐巉岩峀，随禄享清福。困来栩栩睡，饥餐巨胜粥。莫思善与恶，敛息趺盘足。了了本真源，顿超三界欲。

乐山篇

的是乐山费几两谢展。山中何所乐，所乐在云山。云山万万重，架屋居其间。丰林浮瑞霭，清潭浸玉弯。累寺堆蓝淀，危楼拥翠班。双双拖白练，隐隐蓊青鬟。道人栖此处，忘忘心自闲。梅雨洗苔石，桃溪泛竹湾。盘柏斜景坐，观猿挂树攀。松花炊作饭，竹叶驻红颜。莫管非与是，任他笑我顽。

乐水篇

的是乐水棹几觳米船。乐水住清溪，观澜山谷里。㴑㴑含太素，湛湛洗尘耳。群鸟哢其间，几兰香于彼。云筛千嶂雪，寒挂万珠子。瓦缶注玄碧，荆床横绿绮。蓝泉兔影生，苍岭松涛起。拨地烧梧叶，撑炉煎茗蕊。荷瓶供法华，鹿几读秋水。得意宿芦花，颐神参玄旨。绝虑忘言处，定心止众止。

山趣吟 二十六首

其一
我爱山幽逸，森森古木㴐。猿啼疑啸客，鸟啭胜歌喉。野竹成三径，烟萝蔽一丘。清密。撄宁闲岁月，不与世沉浮。

其二
我爱山幽逸，清泉绕涧流。鸣蝉声断续，栖鸟韵嘤呦。螺巘云连麓，鳌峰月上头。独秀。想应名利客，输我一千筹。

其三
我爱山幽逸，神清梦亦清。云岑千丈矗，海云一川平。生面。籁鼓湘灵瑟，泉漂孺子缨。支筇初向晚，风冷月华明。

其四
我爱山幽逸，山深自不嫌。清流环曲槛，翠筱映疏廉。屋破移松补，垣颓借竹添。点缀。倚栏看不尽，岩瀑白云缣。

其五
我爱山幽逸，疏林屋数间。深窈。密篁开细路，大麓隐玄关。蹑屩随心去，携筇到处闲。乃知颐老地，不独在香山。

其六

我爱山幽逸，披襟亦快哉。茅亭随水作，瓮牖向山开。好鸟宾朋语，清风故旧来。异句。柴门无剥啄，蝶梦那惊回。

其七

我爱山幽逸，寻真自往还。心同丹灶转，自与白云闲。高适。止水旌澄念，飞花助解颜。不须凡骨换，即此是仙班。

其八

我爱山幽逸，天开面面图。瑶空凌雪窦，玉液漾风湖。钓笠晴依浦，樵歌暮在途。隐沦清绝地，欲界亦仙都。书本。

其九

我爱山幽逸，相扶一瘦筇。云霞千嶂崿，珠子万花丛。富贵。懒问庭前柏，时看槛外松。令人深省处，枕上一声钟。

其十

我爱山幽逸，天空万籁清。松房寻有道，竹院话无生。鸦隐林风静，猿啼溪月明。虚旷。东篱时采菊，犹有见山情。

其十一

我爱山幽逸，迎风窗尽掀。黑甜宁午日，白醉剧朝暾。任放。但我喧嚣远，凭他岁月奔。此中有真趣，得意已忘言。

其十二

我爱山幽逸，飘然迥出凡。无营浑似拙，有口半如缄。草露迎芒履，松风趁葛衫。闲静。春花云锦烂，不数妇人岩。

其十三

我爱山幽逸，芝兰近座旁。瑎晴先见秀，庭午但闻香。粹白瑶峰影，虚明宝刹光。孤清。此身何所著，只借醉为乡。

其十四

我爱山幽逸，空蒙雨乍晴。远岚撑懒碧，片石耸寒琼。险妥。不受尘鞿缚，常为诗酒萦。三杯吟兴发，险韵亦俄成。

其十五

我爱山幽逸，梅芳雪压林。嚼梅消俗气，啮雪洗烦襟。足酒数畦秫，无弦三尺琴。柴桑陶处士，千古一知心。自然。

其十六

我爱山幽逸，峆岈古洞深。鹤乘虽已去，仙迹尚堪行。土锉萤添火，丹炉日碎金。仙窟。坐来真快活，抱膝一长吟。

其十七

我爱山幽逸，遥开物外天。螺峰攒翡翠，鸟径杂云烟。古刹鲸音洞，高斋蝶梦旋。景会。此生非偶尔，信有住山缘。

其十八

我爱山幽逸，诛茅构屋眠。非村非廓里，胜水胜山前。选胜。谢屐追游地，颜瓢淡泊天。鱼鸥兴麋鹿，结友自年年。

其十九

我爱山幽逸，移书远市廛。身同云共懒，心与地俱偏。宜游。清兴分风月，贞盟许石泉。不孤猿鹤望，老我此山眠。

其二十

我爱山幽逸，岩峣似葛坡。郁葱迎牖近，空翠入楼多。夜月猿同啸，春风鸟和歌。破寂。客来罇未到，重约抱琴过。

其二一

我爱山幽逸，芒鞋薛荔蓑。清晨聊放鹤，薄暮漫笼鹅。地辟迎宾少，山深识鸟多。幽静。举杯谁对酌，喜岭上纤阿。

其二二

我爱山幽逸，柴扉夜不关。风松萝是带，雨巘雾为鬟。志欲乘黄鹄，身聊伴白鹇。枕流初睡觉，坐石弄潺湲。

其二三

我爱山幽逸，新篁蔽草亭。擎杯思酒颂，煮茗按茶经。意似泥沾絮，心同水在瓶。禅悟。山中疑太古，朔晦看阶蓂。

其二四

我爱山幽逸,投闲住此山。流年添老大,野性转痴顽。醉罢琴三弄,吟残月一湾。飞花休著水,只恐到人间。写真。

其二五

我爱山幽逸,庭虚转寂寥。引泉缘径仄,架木倚山椒。岩偃千章柏,园莳百品苗。为何人罕到,陡涧不横桥。位置。

其二六

我爱山幽逸,荆扉无客骚。野人烹石鼎,童子瀹溪毛。春韭朝堪剪,秋菘晚自挑。野供。有时泥似醉,切莫笑山涛。

山居野意书寄华亭章青莲兼求政　二十首

其一

幽居峣秀峙,玉峡沧浪水。猿挂半岩藤,虎蹲临涧砥。林间花满地,天上月磨蚁。休担从天仙,逍遥阆苑里。

其二

翠竹碧梧峙,琤琤流活水。草堂焚凤眼,瓦甑煨麟髓。山静鸟音雅,心闲思虑止。情景写得渊永。忘怀天地间,盘膝深松里。

其三

巍巍陡壁峙,飞练挂帘水。云坞山色翠,松轩鹤泪泚。佳境。开函觌圣面,寂虑忘言旨。来鹿衔芝草,常在清溪里。

其四

攀险碧萝峙,天边溅玉水。松涛朝翠壑,猿啸虚丹碌。葛服无拘束,瘿瓢得自尔。焚檀礼太觉,妙悟真常里。

其五

参木结庵峙,嵩头瀺灂水。山楼迎晓日,涧石卧云礒。鸟哢镠相应,琴禅林自泚。顿超欲火宅,休歇巘嵷里。

其六

矗矗凌霄峙,纡旋万叠水。香风清竹径,花雨洁松磙。果熟山禽来,塘盈水月止。山居宝历。山翁休迹处,窈窈白云里。

其七

雪巘倚天峙,银河百折水。岩屑横独木,洞口绕双沚。迂俗有仙真,亲山朋鹿豕。闲来樵共话,醉卧月明里。

其八

卜筑对南峙,淙淙聆瀑水。草堂翻贝叶,石鼎涌云蕊。双鹤浴方沼,个僧停息止。幽闲神自爽,观妙湛虚里。

其九

森森宁寿峙,月映寒潭水。石屋涛松韵,梧琴奏风征。繁华宁足羡,好景且堪倚。散诞雪兰溪,浑融大道里。

其十

瑞霭芝林峙,霞舒散碧水。冷斋云护石,晴馆月衔几。叶落秋林澹,天空鸟不已。如画。炉腾香白合,读易先天里。

其十一

秋蟾挂崒峙,悬壁龙吟水。丹桂飘金粟,瑶池吐玉蕊。潜鱼游定浪,鸣雁落寒沚。薄暮况山色,逸兴瓮头里。

其十二

对坐玉屏峙,潺潺洗耳水。群鹇嘤翠谷,一榻卧璚磙。银兔窗前过,金乌屋上迤。不谈非与是,醉笑云窝里。

其十三

藏头幽邃峙,净练一匹水。玉叶前岩落,金花上界起。投交留石砚,坐影入溪沚。高晤羲皇老,蓬蓬天地里。

其十四

朔雪满峦峙,风恬见止水。夜长鸡唱早,山静鸟藏止。误后语。粉榭三更梦,珵湖一派弥。偷安眠纸帐,烧芋红炉里。

其十五

枫叶醉秋峙，长天一色水。空远。开怀添酒兴，放浪敲诣旨。海岸芙蓉丽，楼高翛鹤美。松轩酣睡足，觉幻柴扉里。

其十六

嶰峨罗斗峙，激石雪花水。径转林阴密，桥斜日影砥。闭门留野客，分食与山雉。雅人深致。但得闲中趣，陶然仙洞里。

其十七

万仞千峰峙，下临百尺水。烹茶雪窟边，酌酒竹溪沚。客至旋沽酒，僧来自剪杞。但存吾道拙，守素葆光里。

其十八

联天碧岫峙，振鹭飞空水。残局消闲日，三瓯逸兴尔。犀眠秋夜静，莺啭春花磥。门掩无所事，蒲团习静里。

其十九

葱浓佛头峙，倾泻琉璃水。树古当岩径，云深隔俗趾。钟声惊幻梦，月色净空沚。但得担头轻，长笑茂林里。

其二十

登临四柱峙，漠漠涵天水。性定月方中，心闲波自止。妙得三昧。千峰添秀色，万籁发清征。醉饮长生酒，歌尧石窦里。

卧松轩　二首

其一

高卧松轩不记年，沧桑任尔递推迁。凉风谡谡驱烦累，翠露涓涓洗浊缘。蝶梦迥超清世外，腕力何等灵武。龙吟静送黑甜边。此身已在羲皇上，自觉灵虚丰是仙。

其二

构得松轩岩畔幽，萧疏影动一天秋。悲旷。半床月色光偏媚，万壑涛声韵更悠。趣与苍龙原自适，楼同白鹤总忘忧。夜来一枕俱清绝，那问琼台十二楼。

上松岩　二首

其一

松岩盘拆景嵬然，我欲扶筇蹑上巅。一路香花承杖屐，千株虬影动褊褼。清丽。重重葱阴疑无日，隐隐森阴更有天。胜概真为仙隐处，相逢定有赤松缘。

其二

不辞松下路高低，得上字精髓。蜡屐朝来试一跻。疏影后先分导从，清音远近彻云霓。餐芝直欲凌丹峤，化石还期副翠泥。纵是云深迷亦可，无劳仙子示东西。

听松涛　二首

其一

万松深处惹风颠，吼起涛声乱耳边。隐几自知毛骨爽，披襟谁信俗尘湔。雅声不羡潮音震，清籁奚夸法鼓宣。此景浮生如领受，泠泠即是御风仙。

其二

半岭秋涛任往还，细听只在乱松间。奇响。浃天实藉长风力，鼓浪虚疑碣石湾。锐意孙即静仿佛，赏心弘景爱潺湲。由来陆海多幽响，晴雪翻林不掩关。

适松禽　二首

其一

不与神仙驭控游，蹁跹林下作松俦。缟衣岂受缁尘染，丹顶还同白日悠。长唳云霄因和子，倏翻松露为经秋。高朗。翩翩静趣真闲适，快景何须别处求。

其二

适意松间鹤唳空,昂藏仙骨欲凌风。千虬影里明孤雪,万绿丛中缀片红。说得松鹤有情。素羽每过窥玉笈,清音常自伴焦桐。冲天不是无修翮,为伴林间一醉翁。

步松影　二首

其一

松阴月照影横斜,殊胜春烟发艳葩。掩映恰如铺地锦,参差疑似散天花。明知形影闲妆趣,却虑车轮混碾沙。徐步微吟相点缀,飘然窃自拟仙家。

其二

森森萃影动寒枝,独夜空庭小步宜。满地蛟龙明月上,一筇藻荇晚凉吹。妙参。踏残石径人初静,吟过烟萝鹤未知。浓淡纵横清露下,韦郎当日似曾师。

坐松蟠　二首

其一

羡尔孤根踞脉灵,亭亭劲质独峥荣。涛生叶叶摇空翠,露缀株株亚晓棂。老干成龙擎月夜,疏枝立鹤透残星。目前景,人自不能道。从容静坐根蟠上,风韵笙簧细可听。

其二

千尺亭亭偃盖蟠,高阴匝地坐来宽。风生九粒衣裳韵,露浥三霄几簟寒。静里偶然闻子堕,望中犹爱著花繁。意境凄绝。谁为折取新枝授,领得闲言选石磐。

吟松韵　二首

其一

劲干森容耸碧苍,乘风暗响韵悠扬。乍闻和雅宜调瑟,更觉凄情似鼓篁。不忍枝摇回鹤梦,翻令诗思苦人肠。娓娓窈窕。萧疏谁解刁刁韵,误作丝桐听绕廊。结的飘然。

其二

寒苦常经貌自鲜,幽篁触处韵悠偏。枝乘皎月赓清籁,叶逐微风奏碧弦。宛和宫商音互响,宫商溢于言外。俨同丝竹调相宜。坐来不觉凉生腋,兴诗动吟不眠口。

爱松幽 二首

其一

最爱林松景趣幽,往来惟见白云浮。翠枝深锁春难去,苍霭重围暑不留。方是幽境。梅影半墙风拂舞,松花满径鹿衔游。丹丘奇境当前是,何事遥遥遍十洲。

其二

深谷虬枝倚石幽,团阴偃盖翠烟浮。名流结社裁诗坐,法侣清斋竟日留。每忆封侯曾入梦,应知辟谷亦从游。闲居不厌频来此,倚仗盘桓胜沃洲。

喜松萝 二首

其一

根蒂虽殊操节同,喜萝援合伴松中。相依映月摇银汉,更附乘风舞碧空。寄记甚佳。随我干姿同挺拔,任他霜雪总茏葱。最欣桂魄娟娟夜,影倒寒潭恍月宫。

其二

闲步悠悠芳径过,松枝密为拥烟萝。浓阴自信三炎少,冷翠时来六逸多。坐石弹棋声爽哓,摇风映月影婆娑。遥道不减庄生乐,潦倒频倾白接歌。

玩松叶　二首

其一
耸翠层霄几十寻，谁知匀糁遍铺金。试看劲质黄绿随，何异生人百发侵。俗子践蹂嗤似草，佳人简阅笑如针。岁寒姿已难禁炼，撑月含风且漫吟。

其二
霜凌独劲羡山家，何亦离披效落花。简点翠枝为尔惜，还浮香韵使人夸。神似。权当挥尘倾谈笑，聊作操缦拂面沙。细玩绿丝清意味，萧森自觉趣偏赊。

乐松茂　二首

其一
寄傲道游满院松，荫垂最喜翠阴重。株株月映曾栖鹤，树树云浮欲化龙。卓荦曾经霈魏泽，森丛不添受秦封。厚于自待。几凭寒岁霜威逼，挺茂层层不改容。

其二
质秉稜稜素傲霜，干擎碧落护笯筜。龙鳞百尺苔纹绣，麈尾千章翠盖凉。森郁不禁涛响发，稠隐偏起籁声狂。大夫节劲兼枝茂，好劝霞觞乐未央。

住松棚和韵　二首

其一
小结松棚膝可容，科头笑看白云封。数橡翠干同栖鹤，四壁疏筠独卧龙。朴而灵。寂历浮香尘念淡，婆娑道月透心浓。静翻宝篆焚香坐，即是琼楼十二重。

其二
缥缈烟霞四壁容，阶沿随意有苔封。加跌玩易宁心狄，箕踞乘凉笑酒龙。放诞得妙。眯眼红尘飞不到，盖颠绿雪韵偏浓。只须十尺鹪枝寄，岂羡林亭紫翠重。

秋日宪副张公祖复字诗依韵奉酬　二首

其一

山外山山重锁云，路边路路异香芬。溪溪流响溪溪应，处处松声处处闻。林密密间栽密竹，涧芹芹畔种家芹。小庵小小缄苍翠，曛客曛曛卧夕曛。

其二

岩上岩岩花发香，洞中洞洞卧云茫。巉巉翠柏巉巉秀，岭岭樵音岭岭藏。水应应山飞瀑应，月光光汉耀蟾光。远村远远尘嚣静，草屋幽幽心自凉。

题山四言　六首

其一

芊芊山色，嘤嘤鸟声。门前流水，响翠琮琤。对山描照，三面余音。

其二

石径烟深，山居云薄。掬水煎茶，山花自若。

其三

遁栖幽谷，溪边草绿。尘隔小桥，松阴覆屋。

其四

退居尘远，幽林日闲。道人何在？山外青山。

其五

青山叠翠，绿树重阴。银峦泻瀑，坐石长吟。

其六

芝山弗郁，雪水沧沧。野翁乘兴，对酒相羊。

述怀 三首

其一
乐哉斯土，万壑苍炉。山花鸟语，无事神仙。

其二
有酒且酌，无酒则止。闲谈今古，静玩山水。

其三
青峰万仞，绿水滔滔。乐止其中，卧听松涛。

感怀 二首

其一
世事笼人，浮生何忙。蒙头一笑，且酌壶觞。

其二
世途巇险，宦海波汹。保身避地，麋鹿相从。

题画五言 八首

其一
援险入云窝，虬松挂薜萝。吟猿眠陡壁，兀坐葆天和。诗中画，是顾陆手。

其二
幽禽声隔树，潭水碧浸帘。身外无余事，绳床午梦甜。

其三
峭壁无人影，林深鸟语多。开窗来月色，皓雪罩青螺。

其四
解脱人间世，幽居绝俗情。小亭方睡觉，林外响丁丁。

其五
雪窦松风谡，疏棂翠色多。一杯宜野性，长笑住岑阿。

其六

寒岩一草瓢，身心乐有饶。柏球煨茨实，深夜伴寥寥。

其七

巉峰涌翠浪，叠石乱云深。涧水溶溶落，斜阳送宿禽。

其八

曲径通禅院，楼台耸碧空。霞光笼石嶂，月影下梧桐。

题扇　十二首

其一

楼迎岭翠微，风送雨苍飞。卧听秋林籁，忘情物外机。

其二

鹤唳松头月，猿吟涧下风。衲僧参入定，方丈白云封。

其三

心超三界外，纵目万山巅。闻见绝朝市，怀虚了幻缘。

其四

潦倒疏慵汉，林间过此生。是非从尔辩，虚空作证盟。

其五

几年尘底卧，此日出樊笼。容与三岛客，生涯一醉中。

其六

月色白如练，松阴多似云。清风鸣玉凤，顿洗尘俗气。

其七

韬光养我真，知止无边好。恬淡冷家风，青山作伴老。

其八

卜庵寄幻躯，缚草解吾庐。有水兼有柴，佛都总不如。

其九

思寒补蔽衲，盛暑就冰湖。得兴吟新句，忘忘道在虚。

其十

幽居竟不孤，猿鸟一画图。物我相忘耦，乾坤乍有无。

其十一

斗庵雾半开，隔岸见松梅。碧峙千峰雪，头陀半偈怀。

其十二

草堂抱水开，门对玉楼台。独鹤常为侣，停舟待月来。

宿卧斗庵

夜宿岩前寺，身栖云上层。神契。松窗留晓月，闻语识高僧。

撄宁斋

宇外何寥廓，危楼我自栖。疏钟随梵偈，一笑了曾溪。只须一笑。

寄扇守玄子

金鼎炼丹还，凝成玉一团。灵香才出洞，玄鹤景霄盘。

夜语普天僧话

乱云沉野寺，风雨夜鸣骄。喜听三生话，空林慰寂寥。水墨画。

秋雁　二首

其一

龙红醉晚秋，雪鹭点沙头。老渔横短笛，鸣雁落蘋洲。

其二

江上芦飞雪，轻风送晚舟。斜横秋雁字，嘹唳碧云头。空阔。

罗汉壁幻空上人

清磬空劫梦，禅心了葛藤。我来求一印，无说可参承。

雪夜

石鼎翻花乱，萝帏外护风。僧房烧榾柮，点雪正谈空。

夜静松庵

夜静无云月，寥寥碾碧空。禅心三界外，晏坐太虚中。空明色。

止止斋小酌

放浪尘寰外，生涯一醉功。乾坤能点染，只在酒杯中。醉隐。

水竹居清兴　三十首

一东

草阁丛花处，松窗野竹通。淡然无一事，尽日坐春风。神清、骨清、声清、韵清，此鸣石岩，夜半啸也，如许，语何可多得。

二冬

雨浥千山翠，涛寒万壑松。篝灯翻贝叶，隐隐落疏钟。

三江

苔痕衬步屐，花影拂纱窗。把臂渔樵侣，呼卢醉玉缸。

四支

月色窥疏枕，荷香放小池。闲来凭竹几，灵露湿荼蘼。

五微

点石通双屐，秋容点翠微。叶翻新梵笈，云补旧荷衣。

六鱼

峰峦供古画，猿鹤伴幽居。跏坐蒲团上，看云点太虚。

七虞

石楼飞絮入，叶落见峰孤。谁似梅花冷，清芬满玉壶。

八齐

细草迷芳径，丹岩石步跻。鸟声山谷应，花放满前溪。

九佳

结宇幽深处，泉流绕砌阶。从容水竹下，濯足畅幽怀。

十灰

小阁迥清溜，湘帘挂素梅。呼童闲扫叶，袖引白云来。

十一真

钟袅云中韵，花翻月下春。山深还寂寞，麋鹿往来频。

十二文

一片寒香发，园空野色分。家童慵未扫，荒径满云行。

十三元

翠嶂浮香气，苍苔锁石门。幽幽孤寂隐，殊胜避桃源。

十四寒

图书环石壁，仙录满床摊。倦倚枯藤憩，听琴流水弹。

十五删

岩耸松千叠，烟凝径几弯。扪萝攀险磴，深处白云间。

一先

俯仰乾坤外，翛然蹑岌巅。石床高卧足，芒屦独随缘。

二萧

世态吾何问，闲中趣自饶。烹茶燃苦竹，题句觅新蕉。

三肴

境静无尘染，林高有鹤巢。荣枯随造化，不用索羲爻。

四豪

竹月摇空镜，松风卷绿涛。一编窗下玩，抱膝赋楚骚。

五歌

客到频敲子，狂来或放歌。看云知变态，读易默天和。

六麻

芦荻吐繁花，轻舟一钓钭。溪山风日好，沽酒过渔家。

七阳

鸣琴弄流水，竹几自焚香。晚就南轩卧，萧森露半床。

八庚

树冷幽蝉咽，岩云午磬鸣。蒲团栖足后，顿觉妄缘清。

九青

明月函丹桂，残萤逗翠棂。松篁声入耳，野鹤舞茅亭。

十蒸

石屋开葱色，环檐绕翠藤。卷舒随所适，长啸慕孙登。

十一尤

雁影空潭静，山蓝翠欲流。梧轩风雨至，坐对一庭秋。

十二侵

诗夺梅花骨，歌传白雪心。静中真觉意，猿梦夜相侵。

十三覃

数函千圣诀，小隐一松龛。砌菊幽香袭，鹤来丹灶探。

十四盐

波光摇暮日，花色闪明蟾。羡有丹丘景，香风吹画帘。

十五咸

危桥横独木，乳窦逼巅岩。药饵南筒简，猿猱戏翠杉。

雪洞吟七言绝句

石屋松声[一]

石屋湘[二]床夜气清，松风[三]不作泻涛声。有时又[四]逐凉飔发[五]，还拟云边子晋笙。

【校记】

[一]《木生白啸月堂诗空翠居集》录此诗。

[二]"湘"(清)赵联元辑《丽郡诗征》卷一(《云南丛书》本)作"胡"。

[三]"风"(清)赵联元辑《丽郡诗征》卷一(《云南丛书》本)作"林"。

[四]"又"(清)赵联元辑《丽郡诗征》卷一(《云南丛书》本)作"偶"。

[五]"飕发"(清)赵联元辑《丽郡诗征》卷一(《云南丛书》本)作"风起"。

云楼山色[一]

兀坐云楼景色幽,云来云去自春秋。若还不是松林隔,直见三山与十洲。眼界寥廓。

【校记】

[一]《木生白啸月堂诗空翠居集》录此诗。

醉卧芦花[一]

小小孤蓬酒一壶,纶竿簑笠钓江鱼。醉眸不解芦花白,只在村中雪压庐。

【校记】

[一]《木生白啸月堂诗空翠居集》录此诗。

行吟山水[一]

平生酷爱佳山水，水曲山隈每坐吟。吟到水穷山尽处，清音还许付瑶琴。趣在山水之外。

【校记】

[一]《木生白啸月堂诗空翠居集》录此诗。

衣破风补[一]

著得轻裘笑破衣，笑侬衣破被风欺。若然捉得清风补，温暖千秋似一时。趋寒即休，胜于偃曝。

形瘦云庄[一]

睡起扶头酒未醒，闲云送暖卧山亭。须臾云去蒲团净，才见先生瘦鹤行。从熟练来。

【校记】

[一]《木生白啸月堂诗空翠居集》录此诗。

山中宰相[一]

足踏芒鞋带薜萝，庙廊辞却老山阿。丹炉火内黄芽发，不羡人间鼎鼐和。

【校记】

[一]《木生白啸月堂诗空翠居集》录此诗。

地上神仙[一]

静爱烟霞渴爱泉，些儿不受俗情牵。神仙自是无拘管，何必清都叩偓佺。何等自在。

【校记】

[一]《木生白啸月堂诗空翠居集》录此诗。

帘卷溪光[一]

远卜[二]溪头好作家，涓流一线走金蛇。惠山泻与清冷脉，小酌分[三]来煮客茶。

【校记】

[一]《木生白啸月堂诗空翠居集》录此诗。
[二]"卜"《木生白啸月堂诗空翠居集》作"十"。
[三]"分"《木生白啸月堂诗空翠居集》作"芬"。

窗含树色[一]

小牖当山一瓮开，绝宜迎爽坐灰台。风掀树色苍龙起，带得中湖水气来。活荡。

【校记】

[一]《木生白啸月堂诗空翠居集》录此诗。

种松缘径[一]

夹路亭亭老蛰龙，金鳞翠鬣舞天风。年后自解西来意，一夜婆娑首忽东。

【校记】

[一]《木生白啸月堂诗空翠居集》录此诗。

架木山椒[一]

万仞危峦小结茅，凭虚剩得友王乔。莫言避世甘寂寞[二]，箕叟烦喧在一瓢。

【校记】

[一]《木生白啸月堂诗空翠居集》录此诗。
[二]"寂寞"《木生白啸月堂诗空翠居集》作"岑寂"。

鬈头啸月[一]

鬈松坐石玉峰头，放浪形骸造物游。啸月一声天地外，那知三界有沉浮。

【校记】

[一]《木生白啸月堂诗空翠居集》录此诗。

垢面吟风[一]

垢面蒲衣绝世交，吟风饮瀣利名抛。时人不解山翁趣，一枕松痕月上巢。

【校记】

[一]《木生白啸月堂诗空翠居集》录此诗。

神宁雪洞[一]

肥遁龙山雪洞居,不知尘世几荣枯。地炉助暖烧黄叶,一饱松花味有余。

【校记】

[一]《木生白啸月堂诗空翠居集》录此诗。

虑寂心斋[一]

快哉此斋光皎洁,大小融通内外彻。纤芥含空虚白生,无思无虑亦无说。

【校记】

[一]《木生白啸月堂诗空翠居集》录此诗。

助我清幽[一]

筑石芝山清且幽,山灵心境暗相投。开[二]来纵目寻诗句,吟兴新添一百筹。诗豪。

【校记】

[一]《木生白啸月堂诗空翠居集》录此诗。

[二]"开"《木生白啸月堂诗空翠居集》作"间"。

闻渔欸乃[一]

偶来取适坐苔矶,漠漠江皋白露飞。一带夕阳闻欸乃,老渔知是得鱼归。

【校记】

[一]《木生白啸月堂诗空翠居集》录此诗。

饣半煮胡麻^[一]

昔闻仙客饭雕胡,行处忞尝六甲厨。我欲天台借饆饠,免教霜雪上头颅。

【校记】

[一]《木生白啸月堂诗空翠居集》录此诗。

香焚柏子^[一]

山中那有沉檀爇,柏子炉烟细细腾。读罢黄庭聊隐几,灵台清胜玉壶冰。

【校记】

[一]《木生白啸月堂诗空翠居集》录此诗。

收叶煨芋^[一]

野荻由来可疗饥,黄精剧罢剧蹲鸱。山童未暇寻斤斧,旋取枫林堕叶炊。

【校记】

[一]《木生白啸月堂诗空翠居集》录此诗。

扫苔觅芝[一]

石上灵芝长燕苔,几回欲采滑苍苔。呼童漫去拂还扫,我着新芒扶杖来。

【校记】

[一]《木生白啸月堂诗空翠居集》录此诗。

半间草屋[一]

半间圚屋一方池,两[二]个凫鸥半月儿。此景天然真可爱,开樽且唱去来词。

【校记】

[一]《木生白啸月堂诗空翠居集》录此诗。
[二]"两"《木生白啸月堂诗空翠居集》作"日"。

万重山水[一]

云内山连云外山,青山去尽水萦环。看来何处无登涉,不似先生杖屦闲。

【校记】

[一]《木生白啸月堂诗空翠居集》录此诗。

溪山作伴[一]

流水一溪清且涣,数峰回抱巉岩乱。幽人偏爱溪山好,共与溪山盟作伴。

【校记】

[一]《木生白啸月堂诗空翠居集》录此诗。

云月为俦[一]

地僻苔封竹径清，小窗晴启白云盈。身心内外明同月，无限光华入翠薨。

【校记】

[一]《木生白啸月堂诗空翠居集》录此诗。

花开碧岫[一]

山花自笑山苔绿，山鸟自啼山树阴。鸟声花影无限风光。石榻卧来朝又夕，无人能到碧云崟。

【校记】

[一]《木生白啸月堂诗空翠居集》录此诗。

月印寒潭[一]

澄澄秋水碧天池，月在波心说向谁。霹雳一声云散静，本来万法总无为。大彻语。

【校记】

[一]《木生白啸月堂诗空翠居集》录此诗。

椰瓢注酒[一]

古人贮酒只汗尊，杯饮相逢不用斟。我取椰瓢浮竹叶，率真无愧古人心。

【校记】

[一]《木生白啸月堂诗空翠居集》录此诗。

石鼎烹茶[一]

雪乳云酥雀舌馨，当时恨不载茶经。鼎中声会作雷雨，万象焉知无此星。句。

【校记】

[一]《木生白啸月堂诗空翠居集》录此诗。

山花夹涧[一]

小构茅椽倚碧霞，山溪曲曲水横斜。夜来风劲霜威薄，夹岸隆冬尚有花。

【校记】

[一]《木生白啸月堂诗空翠居集》录此诗。

岩树笼烟[一]

绕树[二]槎枒古木稠，阴阴萝薜挂苍虬。夕阳西下空山暝，一段烟光翠欲流。晚色幽绝。

【校记】

[一]《木生白啸月堂诗空翠居集》录此诗。

[二]"树"《木生白啸月堂诗空翠居集》作"含"。

萝月松风[一]

松萝如幔月如霜，风戛松萝韵更长。正是幽居清绝处。恍疑身世在羲皇。

【校记】

[一]《木生白啸月堂诗空翠居集》录此诗。

茆亭花径[一]

碧山深处即为家，小结茅亭径亦赊。何事春光无约束，春光烁烁夺朝霞。

【校记】

[一]《木生白啸月堂诗空翠居集》录此诗。

草衣木食[一]

柱杖逍遥玉水滨，粗衣淡食一闲人。怕将世上风尘扰，自与山中草木亲。随缘。

【校记】

[一]《木生白啸月堂诗空翠居集》录此诗。

石床纸幔[一]

昼静闲眠枕石床，纸为床幔映潇湘。栩栩一梦如蝴蝶，不觉诗来兴欲狂。

【校记】

[一]《木生白啸月堂诗空翠居集》录此诗。

旭含青嶂[一]

盈盈晓日上晴辉，倚杖疏林看萃微。玉磬一声[二]双鹤起，翻踏松露湿人衣。清耸。

【校记】

[一]《木生白啸月堂诗空翠居集》录此诗。
[二]"一声"《木生白啸月堂诗空翠居集》作"声一"。

云浸碧潭

屋角池开一鉴渟，光涵云影倍清冷。了了公案。看余悟得前人偈，云在青天水在瓶。

地隔尘嚻

结庐亦可在尘壒，心远从来地自偏。会得柴桑千载意，真宗不堕野狐禅。

心游太古

困敦无分秋兴春，草衣麻属石为邻。炎蒸不事当窗卧，自许羲皇世上人。翻得浑成。

是非莫管

雪消晓嶂闻寒瀑，叶落秋林见远山。几度坐来苔石暖，是非不到白云间。

名利不羁

林居隔世自相分，词窃幽岩溪水闻。直脱利名才道得。人世难逢百岁满，名利何苦竞趋奔。

四时和气

家庭和气致嘉祥，子顺孙贤厥后昌。不识不知同上世，雍雍睦睦与天长。万石家风。

一世安闲

宴点云蔼镇日闲，无忧树下了尘寰。懒融落得无拘束，半榻高眠绿嶂间。憩无忧树，安得乐法。

常餐侧柏

老圃终朝剪露葵，秋空黄落有穷时。何如涧底苍苍柏，四序收来可疗饥。仙饵。

时抚孤松

手种苍松已十围，龙鳞凤鬣接春晖。披襟坐阴凉如水，膝上横琴瞑不归。

香袅金炉

南华楂枕睡初恬，宝鸭沉烟袅昼檐。主人未醒香消却，老鹤飞来味自添。

帘垂花院

珠箔双钩控槛前，小庭危坐兴幽然。衔泥紫燕来还去，帷许飞黄自在穿。

云烟送暖

霜气稜稜送晓天，横空撒下兜罗锦。和烟织就白衲子，应自奇温。暖似重裘暖更便。

榾柮驱寒

昨夜江天冻破梅，绕篱滕六白皑皑。空山那得乌银买，榾柮寻来手自煨。寒山实景。

白醉檐暄

曝背由来可献君，每怀就日漫枝云。暖余骨软眉稜重，恰似山中酒半醺。

洪庥天放

疏狂谁复禁跻攀，竹杖篮舆处处山。偶得诗家七个字，谢天教我老来闲。

岩云赠客

客来煮茗共论文，对坐西窗日已曛。欲别踌躇何所赠，案头新贮一囊云。为不堪待赠句佳。

溪月延宾

邻人过访酒新刍，折得花枝当酒筹。我醉不眠君莫去，月钩初上玉溪头。

听猿临壑

闭户方延竹院僧,忽闻清啸似孙登。携琴缓步寻幽壑,惟有玄猿挂古藤。

看鹿穿林

路渺山空人迹稀,林中野鹿自相依。呦呦暮散朝还聚,不似人群有是非。

逍遥天池

不学谈空不觅丹,寸心无碍地天宽。世间任有繁华事,只当浮云过眼看。

散诞居诸

名利驱人万马奔,投闲惟教浣盈尊。醉余别有长生诀,熟读东坡韵自轩。

心同止水

心同止水元无止,寂寂孤帆何所依。掉转冰盘一片明,连云推入千江里。徒划胸情。

意似闲云

意似闲云常自闲,鸟因飞倦亦知还。于时晤得云门句,笑指水流花谢间。拈来是道。

瓦盏芹齑

世味何如道味清,宁甘淡泊解无生。若知瓦盏非粗薄,性定芹齑亦太羹。真知味者。

瘿瓢芡粥

瘿斫成瓢化赘疣,随携龙杖放莲舟。糜宜芡实堪充腹,不道人间侈五侯。

灰心尘俗

碌碌尘情冷似灰,山居无日不衔杯。坐中若问谁为侣,独有邻家老万回。如此道侣难得。

醭口林泉

高卧林泉远世情,林泉有籁我无声。逢人一似如瓶口,遮莫旁边白醭生。

迹遁丘壑

灭却红颜白却头,且凭丘壑寄蜉蝣。数椽茅屋吾将老,也胜云边十二楼。堪笑求仙痴汉。

神驰兜率

离骚阅尽远游篇,寤寐神驰兜率天。两腋若还生羽翼,愿将大事问金仙。亦仙亦佛。

忆恋乾清

岚林潦倒无余事,惟有难忘白玉京。一炷心香酬圣主,无为治化仰乾清。不挂一丝孤忠恋主。

怀修净土

了知我佛元无二,自性弥陀即我心。一念不生真极乐,时时常听法王音。白香山惊世语。

山居歌　八首

其一
山居春。绿竹夭桃景物新，幽鸟一声啼晓梦，等闲唤醒个中人。四时清福受用便宜。

其二
山居夏。万壑松涛碧云舍，涧底潺潺流水音，道人憨卧长松下。

其三
山居秋。心远地僻人事幽，一任霜林频落叶，清风明月属吾俦。

其四
山居冬。雪满千峰与万峰，呼童煮茗烧红叶，浪说羔儿酒正浓。

其五
我卧山。一觉蓬蓬空萃间，好鸟啼花知市远，高蝉吟露共身闲。

其六
我爱山。叠叠苍苍绿树间，万虑消尽心自寂，乾坤独放老身闲。何等地位。

其七
我住山。扫石跏趺碧嶂间，我爱白云云爱我，我慵云懒两相闲。有意无意之间。

其八
我觑山。漱玉飞泉万仞间，作对衔花驯白鹿，自来自去自闲闲。

雪松歌

雪山之麓千尺松，长养呵护皆神功。岿嵬见奇节。樗栎朴樕塞薿薿，标格挺然自不同。根如盘石柯如铜，亭亭黛色称颢穹。尝欲与天扫蝃蝀，甘雨霡霂零露浓。凛劲。只因秀出大夫中，朝留烟雾暮摇风。有时六月生蕴隆，往来榻翼恣喧讧。而今谢却复鸿蒙，云壑寂寂岩爞爞。奇石矶碕泉幽潆，薜萝上施月在空。翔鸾老鹤间飞翀，苍颜日对绿发翁。璚芝瑶草映成丛，茯苓琥珀资骈繁。况乃一夜枝忽东，性慧默与西来通。四时佳气长郁葱，直与天地相始终。君不见，霜叶乱飘金井桐，露桃云杏随秋蓬。长杨五柞已无宫，倚嗟何如徂徕公，倚嗟何如徂徕公。

登五老峰歌

南极葱葱一点翠，何年缩入神仙地。语语欲仙似非食火粒者。巉屼恍在碧云天，万壑皆从脚底视。五峰列作五老图，丹霞为火石为炉。等闲一抹烟横黛，浑疑六甲供行厨。松柏不凋龙骨见，飞泉瑟瑟成匹练。谁人置我清冷中，顿觉尘氛无一线。须臾之间旭日来，苔藓石古锦屏开。坳塘风静山倒影，乾坤上下俱蓬莱。灵芝瑶草度清谒，人罕不惊仙犬吠。飘飘两腋清凉生，我欲冯虚吞沉瀣。霜毫授我如索诗，我且停杯试问之。抽思枯涩日苦短，可能夜照然青藜。

山中逸趣跋

自两仪肇分，重者黎坠，重之极而山出焉。以镇定之体，奠鳌极而命方岳，但见其静秀有常而已，未有能授之逸者。孰知其体静而神自逸，其迹定而天自逸。彼夫逃行灭影，嵝坯湮谷，曾是以为逸乎，岁直与山为构者也。进而求之，伊尹逸于耕，太公逸于钓，谢傅逸于奕，陶侃逸于鬲，逸不可迹求，类若此而大舜有大焉。其与木石居、鹿豕游者谁，其逸沛然决、莫能御者又谁。迹野人求之市，复迹大舜求之不得，是所谓真逸也。千古帝皇，莫不以舜为兢业，自乃鼓琴被袗，其得力于深山者固趣。但自有虞以后，山川之劳人亦久矣。神禹以之胼手胝足，秦人因之驱石范铁，焉睹所谓逸。乃丽江世公生白老先生，夙有山中逸趣者，何非天下皆劳而我独逸？天下俱悲，而我奚趣？即以天下之劳攘还之天下，而我不与之构；以我之镇定还之我，而天下阴受其庇。与山之不能相忘，我欲迹之。是山非天下之山，乃我之能镇能定之山也；多山非我一方之山，乃天下之山，而为镇能定之山也。故文章而觕石者，逸为出岫之卷舒，云影而飞絮者，逸为天半之璚玉；泉静而滥觞者，逸为左右之逢源；丘壑而宫商之音，逸为太始赋形；而金石之宣，逸为均天。先生此集所以卷纶藏密者，与莘渭各异而镇意念之心，故悠然迹外，即纳之大麓，又何与于舜庭之扬歌。垂承则能赉天下于春台者此趣，能翔太和于寰宇者此趣，而山中云乎哉？然必系之山中者，所以奠鳌极而？方岳也。弘祖遍觅山于天下，而亦乃得逸于山中，故喜极而为之序。

崇祯己卯仲春朔旦
江左教下后学徐弘祖霞逸父顿首拜书于解脱檀林

山中逸趣后跋

今夫人心浑然一太虚耳。及其有所感发则为志，有所宣泄则为言。自立言者，代不乏人，而汗牛充栋，无非言矣。顾古之君子，言与心出于一，今之君子，言与心出于二，惟其歧而二也。则有薰心利禄而侈口于山林者，有托迹烟霞而缨情于好爵者。即其篇什之自许——不曰：我能芥千金而弗视也；则曰：我能屣万乘而若脱也。不曰：鹿豕吾交游也；则曰：蓬蒿吾蹊径也。令人读之，固津津乎其有味焉。及夷而考之，其所浮慕者在此；其所沉溺者在彼。患得患失之思，且不胜其抢攘，恶在其为逸？抑恶知逸之为趣也？

余尝治《诗》矣，其间庙堂之赓咏，闾巷之讴吟，抚景兴怀，莫不各极其趣也。求其居山而得山之趣者，其惟《考槃》乎？夫世以丘樊为岑寂，而《槃》之在涧、在阿、在陆皆山也；世以孤特为寡援，而《槃》之独言、独歌、独宿皆趣也；世以矜张为得意，而《槃》之弗宣、弗过、弗告皆得趣而忘言也。何者？苟得其趣，不言可也；虽言之，亦可也。不言，故此心未发之中，言则皆中节之和也。是足以况生白先生矣。

先生以髫年承荫，其身冲家温，非崛起于草茅者得以拟其万一。况无簿书之鞅掌，将迎之烦数，庶务不为纷纭，苛礼不为束缚，海内称吏隐者必先生矣。彼何惮而不以位为乐哉？先生独曰：是栏羊我也！未几，强仕，辄力请休致，结庐于芝山之阳而居之。

夫兹山也，远不违亲，近不混俗；巨壑之奥如，介丘之旷如，翠壁入云，清流见底，霜薄有更发之花，冰轻有互凋之叶；宵月不让于天柱，朝霞无异于赤城。虽辽邈不逮于五岳，而五岳之形胜具矣。先生于此，每杖一藜，携一垆，偕二三知己，或寻幽，或陟旷，或仰睇而决眦千仞，或远眺而神游六虚，或弄樛流，或坐茂树，或缱绻于花朝，或裴回于月夕，或达旦长吟，或竟日忘返。意兴所到，为诗为赋，搦管成之。

夫以恬适之思，出而为自然之响，未始求工而自无不工。所谓闭门造轨而出门合辙者，非耶？若曰：抉摘刻削，驰骛于牛神蛇鬼之乡，终有龃龉而不安者，谓之魔可也，谓之癖可也，谓之逸兴不可也。以之名篇，不亦诬识？夫鱼之在濠，鱼不自知其趣也，观者得之。先生习于山而忘其为山，并忘其居山之趣。余两侧其塾，获奉清尘者十有六载，稔知先生之趣，因善其命篇之意也。集成，征文于余，余雅不能文，挈瓶屡空，直述其一斑之见耳。

至若先生忠孝之显赫，文章之彪炳，与夫累朝之褒嘉，异日可采之以光史册者，《云薖集》中自有三太史暨诸大缙绅之首简在，余何用赘焉。

鹤郡七十老人梁之翰翊华甫顿首拜手书于丽之一鉴亭。

木生白啸月堂诗空翠居集

（清中叶钞本）

（明）木增　撰

五言律

碧云窝间意　五十首

其一
乐隐懒云窝，山花满涧阿。俗尘无外至，清景就中多。兴到腾杯杓，情总饮太和。更宜秋夜坐，蟾镜碾霄过。

其二
吉祥止止窝，毕草生岩阿。野鹤栖松近，池鱼戏藻多。看云知变态，率性致中和。但扫心无妄，于于煮石过。

其三
雨晴云外窝，鼋网挂檐阿。霞光□□迥，光艳□□多。一心静宁求，五□山齐和。睡□□□影，入砖薥□过。

其四
弛担玉山窝，溪流响翠阿。藤萝环径密，松桧锁烟多。风逦兰香馤，琴调性气和。林空无郁暑，倚杖看云过。

其五
石厂藏头窝，清溪贮碧阿。波流天影在，风动水鳞多。无欲常观妙，忘情浑至和。闲余松下坐，倦鸟伴云过。

其六
芝岭漫营窝，寱言人在阿。行穿修竹密，生数落花多。露润峰须径，泥香燕语和。相探有田叟，墙上浊醪过。

其七
楮枕竹床窝，敲金碎碧阿。荜门车马少，土锉术苓多。习习凉风透，蘧蘧蝶梦和。此间无历日，岁月不知过。

其八

春山函翠窝，鹓雏集凹阿。楼耸星辰近，山深云石多。有心岂得妙，无念适真和。饮水食蔬外，残径对月过。

其九

读易碧山窝，猿啼近在阿。林深珍鸟集，池阔锦鳞多。梅月同心洁，松风与兴和。搜求文象处，往圣似相过。

其十

避俗葆光窝，层云抚翠阿。杖锅行处有，诗料望中多。籁静心同静，形和声自和。林头春酿熟，驹隙莫虚过。

其十一

身近碧天窝，超然纡曲阿。了尼贪欲尽，处世是非多。风静涛声息，神闲气色和。眼空天地窄，长啸白云过。

其十二

肥遁万松窝，风涛赴曲阿。楼危山色近，石老苔痕多。人我俱忘相，形神但养和。顾同王子晋，箫咽凤来过。

其十三

玉岳对行窝，银盘涌碧阿。光华天焖远，凛冽夜凉多。菊径陶元亮，兰亭晋永和。烟霞清绝地，俗子莫来过。

其十四

林馆清虚窝，门流绿水阿。云朦山黛浅，村远画图多。樽酒频为兴，枕书聊自和。晚来邀月饮，横笛醉扶过。

其十五

休影漆园窝，禅游秋求阿。逍遥天地阔，闲适岁时多。意定厄生彻，神怡物我和。云边有孤鹤，清唳一声过。

其十六

长松远竹窝，新篁叶有阿。醉卧喧常寂，行吟趣亦多。坳吻成绮谷，泉响脉巢和。雨后斜阳里，平芜短笛过。

其十七

栖真无累窝，散诞依峦阿。石裂苔花破，岩幽香草多。看来万事淡，醉后百骸和。风送鱼音雨，金乌天外过。

其十八

睡觉薜萝窝，晨光已映阿。曲泉通水细，清樾引凉多。及径僧跻稳，疏林鸟应和。邻翁有佳兴，戴酒亦频过。

其十九

列岫叠泉窝，诛茅枕曲阿。野麋穿径伙，山鸟狎人多。钓渭嗤姜叟，悲荆陋下和。前村深夜雪，容我蹇驴过。

其二十

乐道玉山窝，泉声奏石阿。烟霞春睡足，松月夜凉多。菊共菖蒲种，琴因巨胜和。一餐清肺腑，高枕北窗过。

其二十一

雪岭映行窝，寒光掣太阿。路苔人破少，堧草鹿眠多。小憩神初洽，微吟气自和。山僧有竹院，乘兴不妨过。

其二十二

超尘厌市窝，卜筑傍阳阿。涧曲通泉缓，天空得月多。甘甜凭梦交，白醉借羲和。屋外垣须短，看云镇日过。

其二十三

寄傲构新窝，考槃只在阿。山前舒啸久，月下醉吟多。牧笛那须韵，藜羹不用和。知心何处觅，一片白云过。

其二十四

萦回山水窝，龙虎伏蟠阿。峭拔连天近，漪涟映彩多。雍容安斗室，萧散乐天和。未许高轩到，常容野衲过。

其二十五

避暑冰壶窝，乘凉上凸阿。窗前青草长，户外白云多。散步筇扶老，栖身粥养和。但空诸所有，热恼不来过。

其二十六

栖身澹澹窝，晴霭护山阿。过雨青岑远，临春绣壑多。三杯融世谛，一笑契玄和。妄念都抛却，宁容褋襫过。

其二十七

朔雪霁云窝，皑皑白玉阿。敲棋烧烛短，话旧饮杯多。眼向枰中倦，神从醉后和。兴阑刚就枕，山犬吠人过。

其二十八

僧话无生窝，雪花满白阿。扪萝登塔远，刺竹引泉多。水定涵天月，心空体性和。知身如梦幻，拱手看云过。

其二十九

风涛叠嶂窝，空翠落琴阿。坐来梧实堕，吟罢桂香多。树影岩间挂，钟声月里和。停书扫落叶，热酒待宾过。

其三十

隐几□云窝，韬光硕窟阿。啸猿惊晓梦，嘤鸟傍泉多。达本忘情畅，明心鸥性和。开函读圣诀，雁送夕阳过。

其三十一

捱轮颍水窝，遁迹箕山阿。粝食三餐足，粗衣一衲多。喧嚣无搅耵，精气自调和。会有仙家侣，排云控鹤过。

其三十二

潦倒醉乡窝，陶然三昧阿。瓠头忘世险，悟后觉迷多。盏泛醑三白，炉焚香百和。呼童歊粉蝶，乐意住山过。

其三十三

茅屋蔽行窝，山环隔俗阿。吟余沽酒到，坐久落花多。独默全口道，知机保太和。任他策与辱，总付片云过。

其三十四

昼舫月明窝，层峰堕蓼阿。沙洲鹭宿浅，野荻渔讴多。海舶浮元礼，江天隐志和。斜风飘细雨，乘醉浪头过。

其三十五

长夏绝炎窝，坎沿绕江阿。枯松学龙舞，怪石首僧多。境静空山老，云闲逝水和。清风消溽暑，炽日不知过。

其三十六

岙女落山窝，秋声起涧阿。云峰回雁急，雨寒入鸿多。堕叶呼童拾，藜羹采自和。任渠栏楯外，日月跳丸多。

其三十七

草堂窦镜窝，曲水细通阿。鼓瑟迎停邈，吹箫引凤多。问中心自泰，静里道生和。梦觉消烦暑，烹茶汲水过。

其三十八

焚檀纯白窝，曳练翻红阿。竹榻尘纷少，金缄贝叶多。山空秋色翠，人静鸟声和。半偈泥洹旨，豁然通彻过。

其三十九

苍松翠柏窝，郁郁玉涵阿。石径莓苔密，松垣薜荔多。花香风雨送，云水暮钟和。但得身轻健，何愁雪发过。

其四十

逍遥幻住窝，千嶂挂织阿。麋鹿散还聚，时书简复多。形神随一静，物我共三和。弃智浑融道，忘忘天地过。

其四十一

敛迹数棱窝，层峦接凤阿。霞光铺砌满，山色入帘多。静坐依罗什，闲游问采和。蓬莱如可到，坞兴尔同过。

其四十二

宁住图象窝，抱佛丹岩阿。兰佩芬芳远，薜衣清爽多。去来惜不染，喧寂意俱和。欲界纷纷扰，谁能摆从过。

其四十三

立园□泺窝，漱玉桃溪阿。竹色一缕静，莺声入耳多。开怀□□兴，坦腹四时和。□能无余争，南华半轴过。

其四十四

花明郡自窝，黄鸟啭丘阿。杖屐寻芳遍，□荸费酒多。舍淳乱帝力，鼓腹庆时和。甚处能涪话，山僧竹院过。

其四十五

诸缘顿歇窝，万境俱间阿。采乐穿云远，煨藸破撘多。清虚人事少，恬静意生和。揭瓮葡萄酥，醺醺系筑过。

其四十六

山中小隐窝，瀑水吼潮阿。岁月催人迷，林泉得趣多。风前松韵淡，月下籁声和。可笑利名者，忙忙镇日过。

其四十七

藏舟翠壑窝，啼鸟乱檐阿。堕叶除仍积，飞花扫更多。凉蟾邀兔觑，暖日伴曦和。莫问红尘事，呼童漉酒过。

其四十八

玉岳巉岩窝，远氛隔市阿。秋林鸣叶徧，翠壁泻寒多。断石色偏古，流泉响自和。归鸿点薄莫，杖履躐云过。

其四十九

南极寿峰窝，笔花插斗阿。雪封垂钓少，风急去船多。睡日三竿上，行吟百脉和。鸟衔山猓果，僧送白莲过。

其五十

红颜驻还窝，黑首乘东阿。俗事关心少，云山入梦多。虚明禅□透，定静道生和。三万六千日，悠悠自在过。

玉山书院乐松堂韵物即景　四十首

松林　二首

其一

逸兴伴高嵩，梅花纸帐中。四围密影万，叠锁琴玲珑。松柏千崖瘦，藤萝一径通。数声清啸籖，猿□下丹枫。

其二

鸾栖郁郁林，侬在碧云深。岩鸟唤春梦，霜猿起夜吟。松涛无调曲，石潄不弦琴。月明清籁发，蜗角不关心。

松楼　二首

其一

枕簟迎仙楼，遥岚爽气秋。松声鸣玉佩，石榻卧丹丘。念定神无累，心澄梦已休。闲来呼稚子，短笛美清幽。

其二

绿拥千山秀，危楼傍水居。松阴塞玉案，花艳袭霞裾。画静驯山鹿，心闲剔蠹鱼。欲知真适性，趺坐自如如。

松声　二首

其一

卜筑云山麓，松涛泊浪声。佛空同鹤唳，入牗合琴清。带雨舒猿歗，乘风杂凤笙。哇休入座□，天籁自然成。

其二

青苹风乍起，谡谡玉柯鸟。倾耳闻韶頀，凭虚入太清。怳君天地外，浑绝市尘营。惊觉黄粱枕，犹疑泛斗声。

松雪　三首

其一

滕六粲三冬，琼瑶积万松。云藏山乍隐，僧定锡无踪。髯老银丝鹤，枝寒玉没龙。看看天地白，欵侑紫霞钟。

其二

六合云垂漠，掀窗望远峰。葳蕤生素缬，偃蹇失苍容。乱石堆盐□，危梢起玉氄。檖灰煨芋术，门任白云封。雪岭无它树，千寻夹庵松。古根盘百亩，劲质香三冬。清樾连成幄，霜皮缀坐龙。笑他桃与李，空自媚芳容。

其三

长松盈峻岭，别是一天境。鸟咔山林幽，花明春色靓。路危车马稀，村僻尘嚣屏。任使风磕摇，自知襟者静。

松月　二首

其一

坐对屏山好，峦头宝镜盈。炎天无暑气，午夜有凉生。磔硪蚪枝老，蝉猬兔影清。幽人横绿绮，恍若在蓬瀛。

其二

明月净娉娟，夜宿罗汉寺。松杉寂无声，但闻黄叶坠。蒲团悬烛坐，定息不眠睡。无念空天地，便释人间累。

松坞　二首

其一

雪山松一坞，不到半毫尘。枕藉磷磷石，跌分苾苾茵。蟠龙悬夜来，巢鹤报晴春。揭瓮斟酴酒，嵩呼恋紫宸。

其二

翁梦万松坞，回环拥峰房。构陡壁石窟，倚长杉涧底。蚪龙卧峦头，虎豹嵌共僧。清夜话烹茗，读琅函□□。

松花　二首

其一

诺诺苍虬乱，深山世外粮。色参金粉嫩，气夺宝花香。有分共仙饵，无缘驻俗肠。啖来时鼓腹，日日是羲王。

其二

白石虽堪煮，苍松味更真。颇闲鸿宝诀，不让禾禾神。芝草皆良佐，香泉自此邻。此来因竹实，岂是采薇人。

松寿　二首

其一

百尺狙绿松，森森万岁龙。参天含黛色，笀箨驻苍容。作伴千龄鹤，相依五老峰。但知云壑暖，那受大夫封。

其二

铁干老苍颜，清清覆画檐。根连岩畔石，影近月中蟾。百尺长难竟，千秋岁可占。昂霄依峭壁，秀色入疏帘。

松醪　二首

其一

野老饶生讦，苍榕若谛盟。虽□浓厚醞，却有欸留情。入舌湄湄露，欢心湛湛精。一瓢千岁液，不但驻容颜。

其二

春山酿酒喜，集诸仙叟□。瓠子泛琼苏，瓦盆荐雪藕。麻姑舞寿裳，果老庆元后。醉里痴天地，完三颐我寿。

松泉　二首

其一

雪岳环佳境，松泉迸玉流。葱葱森古木，落落溅飞琜。万壑雨初歇，群峰响未休。耳根如洗瀹，试问远尘不。

其二

山余活水源，触石下丘樊。匹练流云落，千寻漱玉喧。湄湄添础润，脉脉长苔痕。不即奔腾去，纡过绕竹轩。

松球　二首

其一

颗颗随秋老，陈陈任岁寒。苍鳞衔玉粒，翠葆覆金团。但许仙来摘，宁容鸟啄残。舔来梁栋种，莫当等闲看。

其二

晓来风乍急，满地球猿馁。频来拾□□，僧寒倏去收。淡分云子味，清出稻花馐。不独充枵腹，兼之契道幽。

松风　二首

其一

撩乱痴龙鬣，飕飕韵自生。卢堂疑虎啸，空谷訸雷鸣。错落龙鳞动，蹁跹鹤羽清。几回泉溜响，妙入大音声。

其二

坐石长松下，逍遥水月翁。杜门消白日，入室有清风。郁郁苍髯秀，飘飘黛色隆。尘氛吹荡尽，便觉自冲融。

松雨二首

其一

雨洗千山秀，松岩黛色滋。乔柯新秀叶，密干毓贞蕤。坐望云生杪，闲看鸠掞霖。晚来惺蝶梦，栩栩近瑶池。

其二

雨过玉龙山，洗尘天地间。乔松垂茑络，叠嶂销云鬟。铁干虬龙状，苔皮翡翠斑。更须添逸竹，超出绮云间。

松翠　二首

其一

松环览翠崵，山色上修杨。入砌宜苍藓，摇罇起绿炯。成涛如欲滴，移影倍堪怜。气秀分湘榻，山翁自在眠。

其二

携筇上翠微，松密障斜晖。落落成钱亩，苍苍碧四围。轻烟浮玉尘，爽气入荆扉。肺腑清冷彻，轻风动葛衣。

松禽　二首

其一

蕙帐函秋月，松头挂壁烟。危巢高处结，老鹤就中眠。松径深幽处，山翁曳瘦筇。苍烟迷鸟道，堕叶乱孤踪。路侧苔逾古，阴繁花更秾。林疏还见雪，面面玉芙蓉。

其二

散步松林径，吟哦山谷应。积雪衬芒鞋，不减山阴兴。踏破莓苔蹊，走穷磊砢磴。樵歌隔陇闻，归来日已暝。

松浸 二首

其一

寂寂万林松，微风涤我襟。闲居无所事，静听流泉音。怪石藏深树，飞禽度远岑。仙童随拍掌，听我步卢吟。

其二

览胜入空磢，松寒色转饶。蚴姿迷大壑，鸾影蔽层霄。柯烂看仙奕，风喧弃许瓢。烟霞清绝地，何处染尘嚣。

七言律

松林喜雪 二首

其一

朔风昨夜冷潇潇，起来遍地皆琼瑶。梅花梨花参差落，蜂翅蝶翅横斜飘。有月骑云过芝岭，无人策马上虹桥。谪星斗酒不成醉，呼童自解腰间貂。

其二

葛峰峰色一峰前，上天下天云茫然。石磬半声落空翠，松花六月生秋烟。山晴欲辨鹦鹉草，日暮喜采潇湘仙，静衣谁人伴清骨，稚衣独铠佛光眼。

游鸡山函一斋

躭游日暮卧山房，静室焚香独踞床。凄切断猿啼夜月，萧疏落叶响寒窗。楞岩秘旨参珠馆，新茗飞涛煮石铛。堪叹年华如过隙，可将四大悟无常。

咏罗汉壁

万丈奇峰列翠屏,生涯借此结茅亭。放情泉石舒孤闷,歌枕云霞卧独醒。野鹤松稍吟晚月,夜萤树里乱残星。悠悠闲步苍苔磴,梵韵无生送耳听。

送谭印翁 二首

其一

卷帘独倚眺晴岚,高卧云林结一庵。翠竹逗风来妙耳,绿萝携月入玄龛。函中梵偈容搜证,海上还丹许自酣。櫌櫌尘寰空里梦,何期挥尘一倾谭。

其二

秋云淡淡晓烟轻,闲访松门策杖行。满径山花迎客笼,数群溪鸟叫阴晴。疏窗月照媚媚色,晴涧泉流细细声。欲叩无生玄妙理,坐来漏下已三更。

秋夜诸友会饮偶成

山外蟾光泻碧天,媚媚似水夜偏怜。浓浓琥珀杯中泛,落落珠玑席上联。桂魄光华随我抱,天香消息为君传。论心把臂清辉夕,拟欲乘槎银漠边。

访周隐士

黄茅结屋一仙家,环供烟云度岁华。岩下疏篱栽芍药,雪中新酒嚼梅花。扪萝采果猿多下,坐石烹茶日已斜。试问空山何年计,春风花发遍胡麻。

送友归山 二首

其一

黄粱幻梦已成炊,灵药三三煮熟诗。神闪玄霜鸡欲庆,丹还绛雪鹤催骑。混元一息随君转，性命千秋与世移。即使黄茅消息透，玄机莫与玖篱知。

其二

性爱烟霞隐性各，久从方外采真行。丹房应与碧云峤，饵药多收紫石英。鼎按乾坤归姹人，砂镕铅永炼长生。大还神术生平契，何日堪将秘诀倾。

翠君亭读东坡集姣体而作 二十首

其一

高耸云山重叠嶂，森森排绿擎天状。松萝蔓衍翠岩头，凤竹葳蕤绿径傍。微风细细透柴关，流玉涓涓沱月湾。幽童焚篆横焦尾，一曲广陵人自懒。

其二

闲看玄鹤飞松径，桧柏千章涛谷应。盖影扶稗侵北窗，带云阴暖奔东嶝。猿啼夜月峭岩嵌，蝉噪朝阳郁树林。可叹尘尘忧喜处，道人已脱喜忧心。

其三

天空地少净无尘，翠柏苍苔雨色新。但有岩鼯惊宿鸟，不闻山火吹行人。畦丁报道云生壑，拄杖携壶自斟酌。坐来云散月当口，任我疏狂放一喙。

其四

鸟鸣院静百花香，独坐怡然兴世忘。垂叶阴秋低小槛，疏枝风响奏幽簧。正焚白鹤炉烟细，忽听数声云梵偈。涤虑尘心无隔碍，万缘荡尽无缠系。

其五

春光迤逦到山家，看尽桃花看采花。客至欲沽嫌市远，呼童汲水烹新茶。桃芹带叶连根煮，一合香秔隔林杵。破云来月话未终，主人倚门客延伫。

其六

避俗松庵静自心，近山恒侣白云深。夕来朝去看鸿字，雨暗晴奇对石岑。个竹袅袅穿日影，万松拂拂耸璃屏。醉中自有无穷趣，何用蜗名扰我静。

其七

洞门半卷自宁撄，境寂心闲无所营。野鸟献花云外过，苍龙戏水月边横。道人醉卧方成熟，童子敲檀日已昱。喜见梧枝集凤来，开嘉瑞应几多福。

其八

清闲一室伴松幽，乐兴天然四念休。霭霭晨暾红碧海，晶晶夜露莹舟立。千峰松柏同香气，三岛烟霞若锦汇。猿啸瘦藤残月尽，几般幽兴谁人味。

其九

扶头酒醒日三竿，云拥霞围岂剩寒。读罢黄庭刚近午，临崖结佩纫秋兰。污漫寻幽不辞远，但得会心辄忘返。夕阳西下欲归来，无那山童睡正稳。

其十

足下山斋人寂寞，御杯独饮且吟噱。绿荷密密鱼翻响，翠筱菁菁鸟闪矐。好雨添阶山欲阴，轻流担溜滴珠青。虚堂静里无为乐，一点纤尘不染心。

其十一

百禽吐大语在口，林翳无虑心不憎。碧海潜龙卧石濑，翠屏隐士住瑶嵸。篴吹数声侵几筵，梅花三弄彻钧天。消闲乐道幽人意，笑傲乾坤放浪仙。

其十二

孤村斜日半岩阴，一抹烟霞隐壑深。清客长吟芝草径，山翁方下玉楼岑。行舟载酒寻知友，策枝携重访逸叟。弗遇奇人回转首，半轮明月上帘久。

其十三
层楼掩映雪溪清，一鉴澄波万象明。翠柏翘翘依古麓，苍松郁郁长嶙嵘。柳堤握笔吟新韵，玉水流觞欹雅训。拉得知己三两支，畅情乐事酌香醴。

其十四
溪边架木一茅堂，不学仙狂学酒狂。白发有仇催我老，青山无事笑茫口。了知我相无安处，直遣尘缘当下去。杖履飘然深谷清，不怀荣辱心无虑。

其十五
世多烦恼我无忧，兀坐山溪玩碧流。但得清冷一畝水，绝胜烟景五湖秋。镇日身间无个事，将钱买酒昏昏醉。笑杀人生为甚忙，蜗角蝇头逐名利。

其十六
高卧深山绝世埃，禅门终日白云堆。雪连曙色山中洁，竹引泉声空里豗。习静何须达世远，养和应不在琼瀫。相逢莫论升沈话，把酒轮筹莫怯晚。

其十七
步入芝山有杜康，醉乡深处足徜徉。逃禅世上无如酒，却老闲中自有方。李斯为相难黄犳，杨子草玄愁覆瓿。稔闻前辈达人言，万事不如杯到手。

其十八
我爱青山为结盟，枕渠高卧傍渠行。看时不厌舒州杓，坐处偏宜力士铛。翠绕葳蕤幽涧筱，当春何树无啼鸟。数杨茅屋尽宽舒，凭君莫讶容身小。

其十九

翠环云舍碧溪湾，布衲萧萧远市阛。清磬一声云雾散，青山数点道心闲。天边高鸟寻芳树，阶下苍苔破蹑缕。自难浮生如窗隙，瓷瓿且吸花闲露。

其二十

翛然草榻伴云眠，梦觉檐头月正圆。志在山水应访交，身心随事断攀缘。稚子牵萝携酒至，野樵戴月遏云吹。也知万物庄周马，且泛鹅黄千日醉。

附：明代木氏土司文学家族散存诗文

两关使节 _{木泰}

郡治南山设两关，两关并扼两山间。霓旌风送难留阻，驿骑星驰易往还。凤诏每来红日近，鹤书不到白云闲。折梅寄赠皇华使，愿上封章慰百蛮。

【校记】

[一] 据 [光绪]《丽江府志略·艺文略》[清光绪二十一年（1895）稿本] 辑录。

建木氏勋祠自记 _{木公}

吾丽江，《禹贡》梁州之界，汉为越嶲郡，居六诏之一。郡北有山曰玉龙，吾鼻祖世居其下，盖世守其郡也。祖叶古年以上十一代，虽有俗老口传名讳，而无谱牒，不敢据信。自汉、唐、宋、元，迄今明朝，其间为诏、为公、为侯、为节度使、为宣慰使司、为茶罕章、为宣抚司、为参政、为知府，皆出自国家优典。而先代建功立业之显官，我所世授禄，我所世享政，我所世出谱，我所世系土地人民，能效祖宗克功者，衮冕之恩有加矣，能效祖宗修德者，箕裘之荣綦远矣。乃如公之尸位素餐，如不知朝廷之恩，祖宗之德，虽继有今世之荣，则何用矣。于是募工，始创木氏勋祠于黄山之阳，以妥祖宗之神，俾克享春秋祭祀。呜呼！报本返始，生民之常则，公赖祖宗余荫，滥嗣厥职，而敢有怠志？后之子孙，念祖宗之艰，述我所为善，内不可耽于酒色，外不可荒于犬马。惟立身省己，克恭克敬，勿亵尔神，勿怠尔心，学书学礼，忠君至恳，爱民至专，孝亲至勤，祀神至诚，训子至要。此五者，蓄诸于内而行诸外，垂诸子孙，庶几永久勿替。且惟历朝恩赐优典，屡代有加，嗣我大明天子，赐以"诚心报国"之匾，虎符金牌，世袭三品诰命，俾领一府五州县之民，此皆我太祖高皇帝洪武十五年，天兵南下，我始祖自然翁，归附有功，命授世官。及公之身，今已八代，兢兢业业，宁敢失坠？尤念我祖太父本安，读书史，立宗子，不娶妾媵，家法愈隆愈备，木氏之盛，未有加于此者。凡我子孙，受朝廷世袭美官，拓边守城，不可有动挠患，以贻天子忧。遵祖宗世传之训，不可紊淆变乱，以败坏木氏家箴。易曰：自天佑之，吉无不利。我子孙其亦有庆哉！虽然，本源有由，而无文以纪之，恐泯沦不显，因求永昌张司徒翁，先序宦谱，后记勋祠，以传悠远。翁之文章，为海内三昧。其土木砖石，采绘之类，乃大理巧工杨得□氏成之。若诗篆匾额，皆公所制也。呜呼！我世世子孙，绳绳相继，成立如登天，覆败如燎毛，克家相贤，临深履薄，尚其念之哉。

【校记】

[一] 据（清）袁文揆辑《滇南文略》卷二七（《云南丛书》本）辑录，以［光绪］《丽江府志略·艺文略》［清光绪二十一年（1895）稿本］为校本。

木公恕墓碑　　木高

诰封中宪大夫敕赐"辑宁边境"世袭土官矣。万松主人、雪山，我严君乃明国之大臣，一方之重镇，经史诗书，何待于学？真草隶篆，何待于愿？生知之也。

尊年十六，掌三军以控蛮戎。立德之年，知一府而主州四、县一。无敌于前，无穷于志，克祖宗之未克，能祖宗之所未能。我先大夫为官，躬遇圣明之君，坐享太平之世。仁而黎庶熙和，义而作事得宜，礼而进退中节，智而决胜千里，信而九夷归化。于此之时，高奉侍左右。春月也，游于花柳之间，一饮百杯，一笔千言；夏月也，宇于玉龙书院，雪寒无暑，地高绝岚；秋月也，居于黄山之阳，登而作望，四顾清平；冬月也，寓于筰国世基，锦帏深阁，歌儿舞女，四时不失其序，侍者如在春风之中。吾翁为人，所敬者，天地君亲；所友者，忠孝廉能；所爱者，德信谋勇；所游者，琴棋书画；所居者，清凉幽静；所畜者，鹤雁鹿猿。眼中俗物，不留一毫。而又身长六尺，美丰姿，长须髯，温良恭俭自守，智仁信勇严自持，忠孝廉节为心，文武刚柔为表，诗书礼乐为志，富贵豪杰为本。又善于政，善于琴，善于乐，善于射，世间当所为者无有不通。所谓君子不器，得圣人之誉。所撰之诗：一曰《雪山始音》，二曰《隐园春兴》，三曰《庚子稿》，四曰《仙楼琼华》，五曰《玉湖游录》，六曰《万松吟卷》，各有名公巨卿序之。夫奕英哲之天才也，裔我神祖麦宗真无愧矣！

慈父知天命之有，八见曾孙木旺起舞而歌曰"堂饮黄花酒，华堂鼓吹喧。云翁何所乐，重九又重孙"之句。滇南位高厚禄者无过我翁，有寿有福者无过我翁，云仍立竹者无过我翁，开拓地方者无过我翁，注诗立言者无过我翁，风流慷慨者无过我翁，内壸清肃者无过我翁。噫！不肖木高，五岁失恃，三十九岁失怙。慈父登霞，适于耳顺，忌于癸丑年九月十日子时，执高手而留言曰："浩天即我皇帝，尔忱忠心报之。此'诚心报国'金带一束，我太祖高皇帝钦赐，始祖得斋，世世相厚。尔可宝而束之，昴仲世间难求，尔好亲自保之。义士勇夫，守边及要，尔可多多育之，再无别言，尔好守之。"言毕，天鼓鸣而文星陨矣。呜呼！父母天地大德，洪荒一寸之心，何由补报？孝男木高，泣血立石与木氏勋祠右，子子孙孙于万代，诚心奉祀焉。

大明嘉靖三十三年龙集甲寅春主孟月吉日吉时

中宪大夫世袭土官知丽江军民府事三十五代云孙孝男知府木高谨记

【校记】

[一] 明嘉靖三十三年（1554），木高撰立《木公恕墓碑》，碑刻今未见，首都图书馆、云南省博物馆藏有拓片。

万德宫碑记　木高

佛即天矣，天即君矣。

仁君寿，天下安矣。天下安，世官永矣，世官永，边土宁矣，边土宁，人民乐矣，人民乐，五谷丰矣，五谷丰，仁义兴矣，仁义兴，礼乐作矣，礼乐作，人神和矣，人神和，天地位焉，万物育焉，盛矣哉！

且夫天地之视德，亦从于民，子子孙孙，世官斯土，恒于忠孝，笃于仁爱，忠君报本，育民乐道。夫如是，佛天保佑，鬼神默助，加官增禄，延寿康身，随心所愿，无有不应者，而四夷欣服，万民乐仰，绵绵相继，与天地同久矣！是岁也，建此万德宫，立金相有三：中位大孝释迦牟尼文佛，左位炽盛光王佛，右位药师光王佛。敬释迦，体孝德也，敬紫微，体忠心也，敬药师，体仁义也。所谓人能弘道，非道弘人，是故我皈依，愿我子孙长久之计。若人禁心索性，宝身崇道，满腔春意，充塞乎天地，君子道长，小人道消矣。歌曰：

　　北岳之崇　尊五岳中
　　雪莹古今　玉光凌空
　　来龙万里　血脉充隆
　　崀峨萃崒　西来盛风
　　文笔之阳　万德之宫
　　无思无为　寂然遂通
　　水环仁义　山环孝忠
　　木氏之丰　天地随同

>如月之初　如日之东
>
>集善云仍　如斯阜螽
>
>木本水源　万代无穷

大明嘉靖三十五龙集丙辰六月九日吉时

丽江军民府中宪大夫世袭土官知府木高紫金尊者诚心薰沐谨识

画士古宗古昌　铸匠云南舒风翼

【校记】

[一] 明嘉靖三十五年（1556），木高撰立《万德宫碑记》，原碑立于万德宫内，现碑刻藏于云南省丽江市古城区金山乡漾西村委会西林瓦村和志君家。

石古碣

大功大胜克捷记　　木高

功不著不足以成名，德不显不足以立身；盖功忠于君也，德孝于亲也。惟忠可以懋功，惟孝可以懋德。贵而能忠，保其世爵；富而能孝，守其世官。四海中外，忠孝大节，卓为天下轨，于是，福祚光辉，荣华绳继，世不歇矣！岂不创人之逸志乎！岂不感人之善心乎！戊申年，因蕃贼出掠临西县地方毛怯各，严君令长子木高率领勇兵殄贼，本年八月九日，到利干、毛日、不挪影，杀退贼兵二十余万，获贼首级二千八百余颗，如破竹然。驱兵抵至矿粗，方还师，备达三堂。上司赏赐金牌、金花彩缎、牛酒劳讫，我严君赏赐木坚大胜庄，阿喜大胜庄，金壹千两，银壹万两，罗缎纱绸每样拾对，金爵壹双，金菓盒壹对，诚心报国金牌、项圈全壹付，金花壹对，金带壹束，金鞍辔白马全壹付。己酉年八月，内达贼吐蕃又掠巨津州地方照可巴托界，又令高再领雄兵至巴托寨，遂破贼兵，获首级一千余颗，水死者无数。引兵克至干朵光等处，安静地方，抚字人民，然后还师，再备达土司，如前赏赐，严君亦如前赏赐犒劳讫，我严君所谓仁者无敌，运筹帷幄，决胜千里。木氏世世代代为明国藩篱，一方重镇，滇南鸡犬不惊，军民安妥，聊有赖欤。以表人臣之丹心，寝食不忘之意，子子孙孙束此敕赐"诚心报国"起花金带，世守丽江。巍巍然如北岳之高，洋洋然如金江之远。铭石于此，以遗后裔，诗曰：诚心报国家，男儿佩宝剑。双挥风雨忙，独舞鬼神蛰。豪气边疆宁，寒光牛斗掞。石门锁钥坚，世作大明坫。

醉太平　木高

品题大胜诗，欣作太平词，三军平论得功时，甚奇甚美。锦衣前后皆华丽，绣袍南北俱和气。雄旗红映日初移，凯歌声百里。

嘉靖四十年龙集辛酉八月吉日，丽江军民府世袭土知府、天诰特升官居三品、位列九卿、加授亚中大夫、乔木世家木高

太平歌　木公

奉命征戎事事昌，上天荫佑有余庆。野人扶老来归服，旧庶携儿观国光。戒杀全民阴骘厚，施谋大胜德威扬。旌旗蔽日彩云霭，剑戟下血寒锋芒。号令北催胡胆落，干戈西向虏魂亡。淑言化处风行草，俊骥巡方日照霜。勇略如神人莫测，貔貅满地敌难当。世忠圣主宁边境，永镇鸟师万里疆。

破虏歌　木高

二年克捷江东西，千里万里戎马嘶。地寒六月冰雪冻，风烈三秋雾雨迷。雪片如手雨连暮，风吹如箭冰凝路。冰路倾沙牛马行，贼骑行行向南渡。南渡侵我临西陲，天兵雄镇临西头。号令雷霆敌胆落，旌旗坠地无人收。奔命相扶过江汋，鞍马空还弃粮橐。胡服裘衣满战场，后军争烈匈奴幕。匍匐倒戈失丢魂，驱兵雷震单于魄。头垒如山血如河，铁甲藤盾填沟壑。破狄今经申酉年，狐踪豺迹绝沙场。金碑铸高三十丈，深铭明朝威武将。班师大胜凯歌声，沧海潮生涌空□。旌旗映日东南红，金鼓轰雷西北冲。男儿施略过管仲，丈夫立世武孙通。殄灭犬羊四百营，扫除胡虏五千

城。风卷邪云天地净，日升横岭山川明。归来报我圣明主，将与堪舆乐太平。

西江月 木高

帅领雄兵百万，威威如虎加翎。搏霄哮吼若雷霆，谁敢纵横慢令。北虏西戎豺犬，逆天逆地逆神灵。今朝扫尽此膻腥，永享太平余庆。

右调·醉太平 木高

三军斩恶胡，元首杖牙抱，犬头满地，积封山禹，跃威跃武，血流飘□杵。

行路尸横，伴马难舒足，丈夫勇略定西隅，播声名万古。

皇明嘉靖廿七年龙集戊申仲春吉日，镇西大将军紫金主人弹剑歌。

【校记】

[一] 明嘉靖二十七年（1548）、四十年（1561）在长江第一湾上的拉巴支村立下一面石鼓，正面刻有1文《大功大胜克捷记》1词《醉太平》，背面刻有3首诗词《太平歌》《西江月》《破虏歌》《右调·醉太平》。

题岩脚院 木高

木氏渊源越汉来，先王百代祖为魁。金江不断流千古，雪岳尊宗接上台。官拜五朝扶圣主，世居三甸守规恢。扫苔梵墨分明见，七岁能文非等才。

嘉靖十三年龙集甲午春三月十二日三十八代仍孙应袭木高薰沐谨题

【校记】

[一] 明嘉靖十三年（1534）丽江坝玉龙山脚下的白沙岩壁上题为《题岩脚院》。

题释哩达多禅定处　木高

五百年前一行僧，曾居佛地守弘能。云波雪浪三千陇，玉埂银丘数万塍。曲曲同留尘不染，层层琼涌水常凝。长江永作心田主，羡此当人了上乘。

嘉靖甲寅长江主人题释哩达多禅定处

【校记】

［一］明嘉靖三十三年（1554）中甸县三坝乡白水台摩崖石刻以"长江主人"之名于"释哩达多禅定处"刻《题释哩达多禅定处》。

无题　木高

五马巡游□圣□，玉田千涧水□□。人间此景□□少，不是天成谁□□。

紫金尊者 甲寅

【校记】

［一］明嘉靖三十三年（1554）中甸县三坝乡白水台摩崖石刻以"紫金尊者"之名刻七言律诗一首，现多处难以辨认。

木高碑　木东

丽江军民府丽江土官知府撰。

严君天诰特升官居三品、位列九卿、加授亚中大夫。木讳高，字守贵，号端峰，再号九江，复二号紫金尊者、中海仙翁。身长七尺，姿貌魁梧，忠孝刚毅，膂力绝人。甫年五岁，不幸嫡祖母凤氏讳睦捐馆。我生父雪山翁，深思远虑以杜后患，不娶异姓，鳏居九年，继娶祖母凤氏讳韶，抚养严君成人。及年一十有八，命掌兵权，兼全五德，曰智、信、仁、勇、严。由是用兵如神，所向披靡。三十有二，命征讨香罗，剿灭腥胡，平服三姓之地，斩首七百余级，策立三寨：一曰新胜，二曰天保，三曰胜保。凯旋之日，上有朝廷恩赐王父，旌赏皆布载勋册，不能悉举。三十有四，开拓毛怯各地方，殄灭吐蕃遗种日不挪影，斩首三千七百余级，大获全胜，策立二寨：一曰天高，二曰长胜。班师之日，上有朝廷大赏于父，奖曰：自我祖宗地方以来，未有如此一番之大胜，重有殊赐"辑宁边境"字样金牌一面，其余金帛等物，皆布载勋册，不能悉举。三十有五，克服干陶各地方，斩获异种吐蕃孤普首级五百余颗。旋师之日，上有朝廷远劳王父，旌赏"诚心报国"金牌一面，其余金币等物，布载勋册，亦不能悉举。

我王父在位居官之时，严君供为子职，夙夜匪懈。自嘉靖癸丑年王父偶疾，严君侍左右，寝食不遑，及病革之时，割股祈天，无几，薨。世所顾命之言，终身遵守，永不移改。三十有九，袭爵在位，笃于忠爱，秉公执法。所敬者，天地神明、朝廷宗祖；所养者，忠孝贤良、才能谋勇；所恤者，鳏寡孤独、废聋哑老；所御者，诗书礼乐、文史图籍；所乐者，琴鹤猿鹿、山水花木。政暇之时，投壶乐饮，雅歌赋诗兴来也。或乘舟于中海沧浪，或命驾于万窠仙府，或携友宴于玉岫冰泉之境，或渔猎乐于珊碧林薮之间。

自莅政以来，恩威并施，声誉四达：东建天掌寨，西立压地寨，北构天接黄金桥，南开天恩永荫坊。所以宗社益固，民物愈宁，诸夷永服，万里升平，邻邦赖之以乂安，圣主托之为屏翰；所以德益新而勋益著，名益播而位益崇。于嘉靖辛酉，我翁四十有七，受天诰命其略曰："尔能诚心报国，割股奉亲，化行边徼，威震北蕃，以德其名，忠孝两尽，因才而誉，文武兼全"。又曰："祗服龙章之渥，永为乔木世家。钦哉！"字样。所以，黄山之阳建立位列九卿御赐"乔木世家"坊牌一座，为我木氏万代之尊仰。自我朝皇明恩命禄所载功臣之褒章，未有如此之盛者也。又我祖宗自开辟以来所受诰命，亦未有如此之全盛者也。所谓忠孝文武，自天佑之，吉无不利，讵不信夫！东承欢膝下，仰沐训言，日居月诸，音犹在耳。我慈母淑人左氏，生男二人，长曰东，次曰春；女二人，长孙曰旺，次曰盛。孙女三人，皆躬自抚育，教爱成人。我翁修德行仁，福荫后裔，绵绵瓜瓞，世祚无疆。

我翁生于正德乙亥年正月二十二日辰时，在位十六载，享年五十有四，薨于隆庆戊辰十一月十一日辰时白沙大院筴国世基之正寝。呜呼！我翁之深恩，昊天冈极！我翁之厚德，造化咸参！东诚惶诚恐，稽首顿首，书不尽言，言不尽意，惟尽子职，泣血谨记。于我木氏子子孙孙，亿万斯年，永膺奉祀。

大明隆庆三年龙集己巳八月吉日

三十六代宗孙孝男嗣世袭土官知府木东薰沐百拜勒石于右

【校记】

[一] 明庆隆三年（1569）木东撰立《木高碑》，原碑刻于木氏勋祠右壁，今不得见。云南省博物馆藏拓片。

丽江军民府世袭士官知府 诰封中宪大夫严君木侯碑记　木旺

严君姓木，讳东，字震阳，号文峰，道号郁华仙子，生于嘉靖十三年甲午九月二十六日。吾严君所敬，天地君亲，克敬日新，世祚永春。

自守历代以来，忠孝文武豪杰盛仍，先贤无愧矣。八岁入小学，颖敏聪察，才智过人，古史今文，诸子百家，博通广览，必用全书，尽其性也。□身长五尺七寸，体貌魁梧，德量宽弘，秀眉宇，美髭髯。先大父亚中大夫、官居三品、位列九卿，晨夕待其庆下，必诚必敬，无时少懈，承颜而顺志，务恒得其欢心，温恭恂恂。莅群下则宽猛慈惠；退居则筑亭凿池于堂北隅，海棠山茶、牡丹芍药，池有莲，篱有菊，古梅劲竹、鸢飞鱼跃。先大父书其额曰"鸣鹤"，取《易》我有好爵之意。于师吕阁焚香静坐，契道会玄，而于道藏释典有益身心，得天君之贞固，不为物欲之所牵引，实严君履信思顺之道也。日接缙绅贤士，浑是一团和气，论事谈文，亹亹不绝，咸称严君一儒者，殊不知深于兵事。

三十八年正月蕃达入寇，羽檄日驰，烽火宵继，丑虏拥众势盛，先大夫严君曰：汝帅师亟往。受父命，星驰既至香压寨一带虏寇拒敌，亲冒矢石，斩获渠魁甚众，遂报凯旋，乃下令曰：丑类虽散，将复至矣。

隆庆三年，毛头野蕃达等入寇照可、惠甸等处，时夏五月，先率居民移入寨堡险峻江山干燥之地，严君领大兵至，人强马壮，奋勇敢先，以一当十，一战而成功，擒获余党，斩首八百余颗，得之大胜也。星使报捷，圣朝赐金牌，喜赋一律，金书大赍节在宪同，褒语巍巍在牍。先大父寝疾，为之衣不解带，食不甘味，速其考终正寝号擗，可以广孝矣。庚午嗣爵，治郡齐家，一遵元规，无改成宪，暇则弹琴散□，赋诗染翰。有元旦朝天诗，有端本澄源等额，署"诚心报国"，□曰有"翠柏参天秀，丹葵倾日新"。于边隅置更番军，裹糇粮以备之，坐享太平，绥宁四境，可以□忠矣。荷朝数累荣□章□□其玉音略曰："栋梁之质、经纬之才，奉命专城，能用文而济武，诚心报国，克移孝以虑忠，终身莅事，振先烈以弥昌，捍虏安民，控边陲而肃静，功存保障，德被邻封。尔尚益笃忠贞，世作南中锁钥，申严君威武，永为'西北藩篱'。钦哉。"

岁在乙亥，鼠罗、大渡河等处土蕃猖獗，亲率军马跋涉险阻，直剿巢穴，百战百胜，乘机建立你那天喜寨、鼠罗大渡河边雷胜寨、又烈寨，此后开拓地方，□疆内无涯，可以广志矣。速使报捷。大母淑人阃内欣慰，金刻谟烈字至军前赍之。

丁丑年，毛怯各凶虏聚众数万，占据刀那思丁江口阿西集苴岩寨，□□□营星火报急□巢穴，兵至娘子果宗草那目迟、干陶巴各等处，荒服荡平，实赖我严君庙算之神，可以广信矣。本府僻在西北，严君发粟万石，以济农时，而谷麦常岁取盈民以科生，可以广仁德矣。严君善骑射，每于

□隙之时，来民射以观德，于百步之外矢无虚发，如穿杨贯风，可以广勇矣。曾会员以饮，则雅歌投壶，歌童舞女，觥筹交错。性恒喜□者，误教之谏之而不之穷，而于政治虽细故心讦之，可以广严矣。我严君所行所为天所赋□也。岂中□□于外□□。先大夫淑人戊寅年六月十六日卒。严君擗踊□泣，夜以继日，遂□于己卯十一月十八日语旺曰：汝□□曾祖大夫雪翁树□勋祠，有五事至要，□□拳拳服□，罔时日以怠忽也。言讫，考终于白沙院正寝，享年四十有六。

於戏！昊天不吊，终赋□□。严君忠孝文武，笃菩提之心而不□严君之寿。诰封恭人高氏嫡母生旺，十岁而失恃，□适□长也，曰盛，曰鲜，孙男三人，长曰青、曰隆、曰泽，孙女二人。於戏！严君恩德育如天女能述，其革□□□不能休。父之劬劳孤□及刘歆远矣。姑举严君平生尽心竭力，为国为家，不避艰难者书之，而不能书者尚多。严君已矣，特勒石于勋祠之右，使我木氏子子孙孙振振绳绳，登斯祠，读斯匾，以永终誉，知本有世德焉。

万历八年龙集庚辰春正月吉日世袭土官知府木旺再拜立石

【校记】

［一］明万历八年（1580）木旺刻于木氏勋祠右壁，题为《丽江军民府世袭士官知府、诰封中宪大夫严君木侯碑记》（即《木东碑》），今不得见，云南省图书馆藏拓片。

觉显复第塔记碑　　木旺

本续妙胜真境，孰以决定祯祥。智现征中，难调胜足，福田有亿劫复第之，授丽天覆利地则徽延，更有胜妙，守其内外，尽述国祚，申严威仪，抑抑德音，秩秩无怨，慧景无双，宜名宜人。受禄于圣贤之心，至静而德方，时于大有。遵道坵塘，山上胜典，壮藩壮泽，得以广土丰貌；丽阳人和，尤豫复复锁关；洞洞环抱，益知来观知来世家节镇之衢，动以善报结地，焕乎谙乎，作大利益，惟一三宝界中，真实宁主，振古安常之道，佛力所致，第尔忆昨，择吉兴工，窣堵波一宗，大般若经一藏，妙道作新，百日功成，隆矣厚矣！良逢西天尚师一位，游于丽阳，无所不通，随喜高僧二百人，大礼启坛，百宝庄严，一一以呈。献法幢法螺法鼓齐雍，正日中齐，佳辰申囗，白鹤单只往。格尚师赞，喜开坛降鹤，世家善瑞，日臻无期，宏名众僧，出定目送，埒以俯仰，幻化旋鸣乃过，世主拜福基之暨彩云捧日，华盖荷天地，仙宫意贯尔土，宇皈祖宗，垂留镇佑，敬明其德，敬慎缉熙，山川、百神纳助，弥高弥坚，巍然天柱，日月同灿，藏图亿界之丕，赞约题名，觉显塔之容成，偶矗壁立玉峰，华正一表，坚泽清达，丽水影巵二表，居官畀守，黄堂，绶爵三表，必得进享寿禄，保全四表，尔受尔康，与以明然，瞻天愈觉兮，维新化日，实获我心兮，灵神德显，默庇恒方作福，圆缘一尚师，驾起同僧，念往称回西天，过四十一日，兴云顺雨，二龙腾摇，霄演幻化，瑞现光中，利见百祥，知作知征，知现知有，大人之吉露白，川林垂沥，郁翠萌张，色苍色浓，色饶色荣，万物通上，而其志同矣。呜呼！万古一心，攸往夙吉，拳拳复有亨道得乎，高明而能，久照四时，泰福混恃，坚实程功，颉颉积绩涵育，吉斯吉斯！

时甫大明万历十八年春二月吉日丽阳景正世守木万春永撰

【校记】

[一] 明万历十八年（1590）木旺撰文《觉显复第塔记碑》，原碑立于云南省丽江县城南关坡，后移至黑龙潭公园，云南省博物馆藏拓片。

移石草亭　木青

万松深窈处，独构此茅庐。劚地移新竹，通泉溜水渠。琴书常作侣，木石与为居。笑杀求名者，蟠溪一老渔。

【校记】

［一］据（清）赵联元辑《丽郡诗征》卷一（《云南丛书》本）辑录。以［光绪］《丽江府志略·艺文略》（清光绪二十一年（1895）稿本）为校本。

夜作　木青

参横夜已寂，独坐小禅堂。鹤唳孤松月，蛾争短烛光。养和身自健，习静境相忘。深夕浑闲事，旋添宝鸭香。

【校记】

［一］据（清）赵联元辑《丽郡诗征》卷一（《云南丛书》本）辑录。

泛玉湖　木青

小艇潆洄漾碧波，夕阳佳境近山多。轻云不障千秋雪，曲槛偏宜半亩荷。郢客高歌□□□，□人团扇剪缃罗。归来醉倚长松下，不觉三星上薜萝。

【校记】

［一］据（清）赵联元辑《丽郡诗征》卷一（《云南丛书》本）辑录。

偶成　木青

扫室焚香坐不归，案头云湿待朝曦。含烟翠筱和秋瘦，啄麦黄鸡佐酒肥。月过疏林凉似洗，雨余高树晚成围。漆园有吏真能隐，栩栩蘧蘧少是非。

【校记】

[一] 据（清）赵联元辑《丽郡诗征》卷一（《云南丛书》本）辑录。

雪山　木青

边关一窦隔巉岏，固守提封去路难。玉垒千年存古雪，金沙万里走波澜。舆图难尽天犹广，月令无凭夏亦寒。磅礴远呈精白意，忽从日下见长安。

【校记】

[一] 据（清）赵联元辑《丽郡诗征》卷一（《云南丛书》本）辑录。以（清）陈荣昌辑《滇诗拾遗》卷六［宣统元年（1909）刻本］为校本。

题竹　木青

森森万个入云高，风过依稀响翠涛。欲借清阴来入砚，任人和露写离骚。

【校记】

[一] 据（清）赵联元辑《丽郡诗征》卷一（《云南丛书》本）辑录。

太素轩　木青

磐陀石畔看云屋，一一轩窗面水开。不是避门妨俗客，爱闲能有几人来。

【校记】

[1] 据（清）钱谦益纂《列朝诗集·明诗卷·丙集第十五》辑录，

（清）王士祯《香祖笔记》卷五载"木青太素轩诗'不是闭门防俗客，爱闲能有几人来'"。

赓祖雪翁隐园春兴韵　木增

其一

蓬首坐闲林，云开见碧岑。鸟鸣知昼永，花落惜春深。载作阳阿舞，爰为屈子吟。行藏各有适，幽求万古心。

其二

□月上寒林，清光射远岑。灯残书点暗，漏尽夜更深。飒飒松风哳，潺潺涧水吟。子规啼不息，惊醒梦初心。

其三

野性慕长林，攀藤上绿岑。杖头扶路仄，屐齿印苔深。若有孤登啸，还疑叔夜吟。明王收召命，曲谅许由心。

【校记】

[一]据（清）赵联元辑《丽郡诗征》卷一（《云南丛书》本）辑录。

输饷喜感新命　木增

每爱潜夫论，其如东事何。主忧臣与辱，师众饷尤多。愚贡点涓滴，天恩旷海波。狼烟看扫净，木石葆天和。

【校记】

[一]据（清）赵联元辑《丽郡诗征》卷一（《云南丛书》本）辑录。

闻辽有警　木增

羽檄警辽左，九重东顾劳。陈兵皆虎旅，克敌本龙韬。塞月寒笳鼓，征云湿镫袍。铙歌朱鹭曲，应满圣明朝。

【校记】

[一] 据（清）赵联元辑《丽郡诗征》卷一（《云南丛书》本）辑录。

草堂漫兴 木增

卜筑万山中，移家近葛洪。朝霞时带雨，夕照每来风。香篆烟凝白，丹炉火正红。生平稀外慕，居易乐无穷。

【校记】

[一]（明）木增《芝山云薖集》仅存目，据（清）赵联元辑《丽郡诗征》卷一（《云南丛书》本）辑录。

赤松坡 木增

带月窥兰若，携云宿讲堂。竹床沾雨湿，烟径引风凉。客到童呼鹤，丹成石作羊。赤松真隐处，兀坐自焚香。

【校记】

[一]（明）木增《芝山云薖集》仅存目，据（清）赵联元辑《丽郡诗征》卷一（《云南丛书》本）辑录。

书便面寄鸡山本无上人 木增

鸡足名山宇内闻，龙潭结胜更超群。手攀石窟移松月，步入峰头踏岭雪。卜筑只林饶梵气，跏趺草坐接炉熏。何年得卸朝簪去，布袜青鞋出世氛。

【校记】

[一]据（清）赵联元辑《丽郡诗征》卷一（《云南丛书》本）辑录。

登文笔峰　木增

玉岳千层插碧霄，笔峯高峙共岩尧。峰如玉笋霜毫锐，砚是银湖墨浪潮。独立风尘随品栎，凭虚星斗贯参寥。巨灵欲为开文献，著作重光亘代标。

【校记】

[一]（明）木增《芝山云薖集》仅存目，据（清）赵联元辑《丽郡诗征》卷一（《云南丛书》本）辑录。

对松　木增

灵根移得自徂来，珠树苍苍绕砌台。劲节任经霜雪候，高标尽是栋梁材。千年虬干乘如蓝，万壑风涛吼似雷。乔木世臣今忝窃，擎天捧日愧驽骀。

【校记】

[一]据（清）赵联元辑《丽郡诗征》卷一（《云南丛书》本）辑录。

立春　木增

东皇初转万灵迴，太皞司寅春又来。曲岸欲苏冰后草，短墙初绽雪中梅。日南花木三阳早，天北云霞五色开。太史占祥知大有，何妨三雅醉新醅。

【校记】

[一]（明）木增《芝山云薖集》仅存目，据（清）赵联元辑《丽郡诗征》卷一（《云南丛书》本）辑录。

立夏 木增

春光已过又恢台，忽觉炎飙入座来。万树成林皆翠叶，一枝佳实有黄梅。居如罨画辋川景，坐有谈天碣石才。抹月披风无俗状，不须河溯共浮杯。

【校记】

[一]（明）木增《芝山云薖集》仅存目，据（清）赵联元辑《丽郡诗征》卷一（《云南丛书》本）辑录。

阅邸报见元日圣明开网释刘直臣恭纪 木增

元日临朝坐建章，鸡竿忽尔下岩廊。危言偶触雷霆怒，宽赦重瞻日月光。鱼水旧欢知缱绻，风云再起仁翱翔。天王明圣怜忠谠，岂若邹阳讽喻梁。

【校记】

[一]据（清）赵联元辑《丽郡诗征》卷一（《云南丛书》本）辑录。

山居 木增

半亩山房苍霭浮，万松深处小壶丘。门前间径交三友，坐里餐霞傲五侯。鹿豕相随忘我相，樵耕结饮与天游。逍遥圆峤乾坤老，何事奔波逐马牛。

【校记】

[一] 据（清）赵联元辑《丽郡诗征》卷一（《云南丛书》本）辑录。

晚归白屋　木增

山翁终日卧牛衣，雪气侵窗烟雨霏。箬笠穿霞归野渡，芒鞋踏露入云飞。每沾前坞村醪美，独钓长江春鳜鱼肥。蓬壁竹篱流水和，苍苔渐厚客来稀。

【校记】

[一] 据（清）赵联元辑《丽郡诗征》卷一（《云南丛书》本）辑录。

登长庚山　木增

长庚灿烂碧成堆，瑞霭浮天拱北台。石洞云腥龙卧起，松巢月白鹤飞回。玲珑若窦藤萝出，缥缈楼台图画开。趺坐清阴谈梵偈，飘飘花雨点苍苔。

【校记】

[一]（明）木增《芝山云薖集》仅存目，据（清）赵联元辑《丽郡诗征》卷一（《云南丛书》本）辑录。

赓杨泠然督学游九鼎咏　木增

洱水西南灵鹫峰，三三翠滴青芙蓉。撑霄崛起点头石，夹厓郁盘摩顶松。岳雪气分晴亦冷，海霞辉映淡还红。虞渊浴日诸天静，百八敲残定夜钟。

【校记】

[一] 据（清）赵联元辑《丽郡诗征》卷一（《云南丛书》本）辑录。

登芝山赏菊　木增

篱边幽艳喜盈眸，晚节孤芳独尔优。寻菊愿封甘谷长，衔杯岂薄醉乡侯。台登戏马怀偏畅，目送归鸿韵自悠。短帻临风凭醉落，挥毫作赋顿消愁。

【校记】

[一]（明）木增《芝山云薖集》仅存目，据（清）赵联元辑《丽郡诗征》卷一（《云南丛书》本）辑录。

居芝山　木增

□□□静北峰遥，桂树劳将隐士招。万卷开函随子史，三秋生计只渔樵。欲从郑谷聊生事。喜遂初衣荷圣朝。莫问长安车马客，子云门巷日萧萧。

【校记】

[一]（明）木增《芝山云薖集》仅存目，据（清）赵联元辑《丽郡诗征》卷一（《云南丛书》本）辑录。

居芝山二首　木增

其一

步入桃花见落花，便同仙子饮流霞。不知陵谷多迁变，戏把琼杯学种瓜。

其二

策杖携篮采露牙，溪流尽处见桃花。洞中有叟招予坐，一钵青精一盏茶。

【校记】

[一]（明）木增《芝山云薖集》仅存目，据［光绪］《丽江府志略·艺文略》［清光绪二十一年（1895）稿本］辑录。

吟仙　　木增

遥忆仙人乐事赊，白云深处赤松家。养驯白鹤千年翼，偷得红桃万岁花。绝壁五丁开混沌，还丹九鼎护烟霞。加餐更进胡麻饭，汗漫随游问斗槎。

【校记】

[一]（明）木增《芝山云薖集》仅存目，据（清）赵联元辑《丽郡诗征》卷一（《云南丛书》本）辑录。

晓行岵冈小酌　　木增

步入香岩神自爽，荷天放处与天游。何当银色三千界，却有瑶空十二楼。影彻汉光猿啸晓，气蒸松露鹤惊秋。草茵趺坐毛森磔，浊酒呼童进一瓯。

【校记】

[一]据（清）赵联元辑《丽郡诗征》卷一（《云南丛书》本）辑录。

水阁纳凉　木增

火云盘结苦炎蒸，高阁池边暂一临。消渴凉生金掌露，披襟坐逼玉壶冰。采莲人过鱼踪乱，载酒朋从凫翼腾。一壑清光摇雪岳，凭虚爽气漫淹仍。

【校记】

[一]（明）木增《芝山云薖集》仅存目，据（清）赵联元辑《丽郡诗征》卷一（《云南丛书》本）辑录。

喜闻辽捷终养真等逆俘献阙庭　木增

大将传新捷，天威戡建酋。先锋寒丑胆，妖孛落旄头。
螳臂当公□，龙颜慰衮疏。须臾知饮食，帷幄藉纾筹。

【校记】

[一]据（清）赵联元辑《丽郡诗征》卷一（《云南丛书》本）辑录。

山居六言　木增

纵目山谷烟云，时来清风自扫。忘情忘物忘山，不贪不嗔不恼。

【校记】

[一]（明）木增《芝山云薖集》仅存目，据（清）赵联元辑《丽郡诗征》卷一（《云南丛书》本）辑录。

芝山居　木增

我爱芝山镜最佳，履径甲子不思家。此中饮食殊人世，辟谷常吞日月华。

【校记】

[一]（明）木增《芝山云薖集》仅存目，据（清）赵联元辑《丽郡诗征》卷一（《云南丛书》本）辑录。

检书 木增

万卷浑如邺架藏，青藜小阁满芸香。会心何必多探讨，独爱玄同契老庄。

【校记】

[一]据（清）赵联元辑《丽郡诗征》卷一（《云南丛书》本）辑录。

隐居十记 木增

篇末皆缀小词，多未协律删之。

玉山洞记

巍巍玉岳，结象于虚无，杳杳□宫拓基于妙，有四维磅礴允矣。万山之宗，百嶂嶙峋卓哉。三天之柱，光莹八表，辉映千峰，镕雪流珠，寒泉漱玉。晶鹤恶其夺鲜，白鹇嫌其失素，呼吸可通于帝座，希奇每志于神州。远从争岛以分支，上自玉京而发脉，况其云霞出没，古洞谽砑，白衣苍狗，非设造以成形。丹灶不雕，剜而作象，石乳滴则疑奏，云璈松萝垂则如张，翠幕潜通小有之天，迥入太虚之境。余乃危坐其中，或箕踞鼓琴，或跏趺敛息，万缘顿寂，一真自如。然有时呼童扫叶，热酒烹茶，倚杖微吟，仰空清啸，耳不接尘市之喧嚣，身不罹事为之旁午诚，放浪之性，天亦幽栖之乐地也。

止止园记

宁山之麓有地一区，余架屋三楹，周以缭垣，何以命名，名曰止园。土肥既宜于种莳，泉甘亦优于灌溉，欲取天地自然之利，安辍人事树艺之，功相彼时宜，乃命臧获爰，分畛畷俶载犁锄，或种春初早韭，或播秋末晚菘，参□枸杞，广布之以充药，襄栌橘梨梅遍植之以供笾实，圃于空旷，何废游观，乃凿□家之池，更开蒋诩之径，三竿四竿之竹，翠影摇空。一寸二寸之鱼，金鳞耀日。绕篱则有延年之菊，出水则有解语之花。斯时也，或邀契友，或拉头陀，剪园葵以供馈聚，稚子以兴歌绎。德充符之至言，会漆园之奥旨，思澄水之可鉴，觉驰神之自止，因象□意即境会心，则鸟啼花落无非止，机日升月沉要皆止，象如是，而涉世无粘壁之枯，处心无逾坎之燥矣。

白云居记

□车别馆请老山庭，则入径惟恐不深，入林惟恐不密，既有深密之幽居，必喜云烟之拥护者。匪直可以屏除俗事，抑亦足以培养道心也。余诛茅结屋僻在一天，既无车马之将迎，只饶麋鹿之伴侣，不图画而林峦。自具不镐钥而烟霞，自封小开堂构，恐碍云生，短筑墙垣靡妨，云度四面，尽垂天之幕，一丘积兜罗之绵，深藏吠犬。自羡刘安之居，远逐飞岛，谁辨王乔之舄，道人于此，舒怀畅体，养性和神识，富贵之虚浮，觉尘情之变态。自饶太白之沽，孰禁弘景之赠语云：坐来白日心常静，看到浮云世亦轻。诚哉是言也。

万松深处记

小隐丘樊，遗世独立，自非后雕佳木，孰伴岁塞。余卜筑之区，樗栎弗生，荆榛尽刜，惟是苍松万章，一望无际。月到则丝裒轻萝，雪飞则琼迷短发，霜皮溜雨，喜见龙纹，翠叶吟风，欣闻凤啸。上则老鹤栖其巅，下则怪石依其趾。森森黛色掩映黄绮之袍，隐隐涛声洗荡巢繇之耳。道人于此，或倚南窗，或开北牖，或曲肱而楂枕，或趺坐而横琴，或启琅函修瞿昙之白业，或薰兰麝诵老氏之黄庭。执有执无，尽归了息，为玄为牝，逾见虚灵，不作名利，个中之客，庶几羲皇，以上之人。

上渔舟记

平地风波，甚于湖海，湖海之险，人知避之。至若逐蜗角、竞蝇头，于平地一旦风涛汹涌。几至沉覆，方求彼岸之登，噫！以晚矣。孰若平澜浅濑，破笠轻蓑，驾一叶之扁舟，垂半菽之芳饵，朝出新妇之矶，暮入女儿之浦。得鱼沽酒，巡追妻子之欢，泛宅浮家，远隔尘寰之闹。悠扬短笛，欸乃长歌，同鸥鸟以忘机，与渔人而共话。洪涛拍岸，胸中之疑虑不生，虽巨浪滔天，蓬底之讴吟自若。鱼虾可侣，则随在皆朋，鹬蚌相持，则无往非利。任濯足而濯缨，余益乐此不疲矣。

相羊翠壑记

山水间，号最佳丽者，非爽垲轩豁，即窈然幽深有一于此，未免为高隐之盘桓，达人之蔿轴也。余芝山之外，旁临巨壑，上及巘屼，下通晶溁，两岸则翠石垂岩，四围则修篁夹岊，诚哉。落霞与孤鹜齐飞，允矣，秋水共长天一色。道人静中思动，乘暇来游，裹一幅巾，拄一藜杖，办蒲团茗椀，携宝鸭瑶琴。风伯清尘，胎仙引道，呼老幼之芯众，偕三二之童冠，相与藉幕。于天假席，于地或谈黄老之玄虚，或论维摩之旨趣，仰瞻鸿渐，俯听龙吟，追四皓之长风，寻九仙之真迹，总皆域外之观，不囿圜中之赏也已。

散发芝林记

古人束发则归廊庙，散发则归山阿。为得以栖栖习静，容与养恬也。余致政之初，西山卜筑，筚草开林，乃获燕胎，山繇是而得名矣。此地有峻岭层峦，茂林丰草，霜薄则花为更发，冰轻则叶可以互凋，水浩瀁而流云，峰崇巁而宿雪。幽禽关四时之乐意，野鹿合径寸之间情，洵可为安乐之行窝，庄严之化域也。道人于此，既拓黄金之界，寻构丹霞之居，妥圣则不厌精，工自奉则无嫌朴素。荜门圭窦，但容膝之易安；竹几湘床，惟浮生之是寄。爱月则蒲团坐落，看云则竹杖行穿，漱齿则临沅濋，振衣则陟崔嵬。山肴野蔌，无烦六甲之厨，木食草衣，每话三生之石，乐哉，斯丘蓑以加矣。

竹林径记

昔子猷爱竹，虽僦居之所，辄令种植，或问之曰，何可？一日，无此君也。谓其虚中足以广，容纳劲节足以励，贪顽卫武比德而歌，兴伶伦叶律而作，吹结瑶实，因以栖凤为仙，杖于以化龙，故曰：宁可食无肉，不可居无竹。诚重之也。余颇慕畸人之志，顿驱俗士之情，所在之区，种竹万个，风动则敲金戛玉，雨浥则滴翠悬珠，月弄娟娟之影，雪生冉冉之香。道人于此凿盆池以象太液，列拳石以类方壶，手把琅玕，衣沾翡翠，似游潇湘之滨，如入渭川之曲，恍接二妃之华姿，疑踵七贤之高躅，酌酒则细影摇樽，敲棋则清阴覆局，藉君子之数竿，洗幽人指一俗。

一醉市廛记

昔江州司马以醉喻禅，果何见而然与。谓夫其神全，其气壮入城门，以为七尺，闺超江湖，以为寻常，桧烦恼之障，顿撤人我之相，两忘有味乎，其言之也。余虽结盟于拳石间，一托足于市廛，心远而地自偏，性静而情还逸。杳弗闻车马之喧，忽游神杯杓之想，挂百钱于杖头，拚一醉于邸。第操觚腾，醆浮白乎卢，惟愿金樽之倒，何惜玉山之颓，傲毕吏部之卧，邻居效李供奉之眠。酒肆悠悠，日月酷类，长房之壶，栩栩神魂。乍化庄周之蝶，乘兴而出，恐会晤之难。期兴尽而归，觉酣饮之有数。谁云：混沌之乡，不入希夷之道与。

南岩观瀑记

夫人决眦万里，欲求一会心处，惟是睹盈虚。消息之形，得坎止流行之物，则至理寓焉。故古圣贤观海，因以知言在川，忽然会道，良有以也。余居逼男岩，架木为广，后负削壁，前挹飞泉，依稀落银河于九天，仿佛饮玉虹于三峡，急湍撼山，奔流触石。非烟非雾，随嘘气以沾衣，如玉如珠，璜曦晖而眩目。大则疑钟鼓之声，细则类琴瑟之响。道人于此，首戴箬冠，身披鹤氅，或抱膝而遥聆，或支颐而仰睇。不觉情随共，适意兴俱驰，羡活泼之天机，惹清泠之空翠。真若踏层冰而爽骨毛，拟是泛浮查而入斗牛。惟源泉之有本，故放海之无涯，身世总属颓波，荣枯尽为幻泡矣。

【校记】

［1］据（清）赵联元辑《丽郡文征》卷一（《云南丛书本》）辑录。

风响集序　木增

自古诗文之有章句，亦操觚家事耳。我宗则不然，宗门密印则有，有句无句如藤倚树，树倒藤枯，句归何处之语，可见假言句以明宗，非具开天眼，弗能也。余与本大师有深契，非一日矣，师不从文字，悟入而能以文字阐宗，风故动笔，在一毛头上放，照天照地，许大光明，究其结角，下手则又别行条令，非箇中人不能窥见一斑也，为师有铁脊梁，能爆脱无字壳，当不欲以笔墨示诸方，恐人从含元殿里问长安也，师圆寂壬申年，有高弟法润安仁来雪山禅院，向余云吾得法，虽然离却言铨，直超第一义谛尚矣，在愚徒又安忍埋没吾师，于是谋之于予，以其集寿诸梓，实获予心，余乃助之工而又为之序，序其师离四句而悟三玄，大概如此。

【校记】

［一］据（清）赵联元辑《丽郡文征》卷一（《云南丛书本》）辑录。

雪山　木靖

边关一窦隔巀嶭，固守提封去路难。玉垒千年存古雪，金沙万里走波澜。舆图虽尽天犹广，月令无凭夏亦寒。磅礴远呈精白意，忽从日下见长安。

【校记】

［一］据［光绪］《丽江府志略·艺文略》［清光绪二十一年（1895）稿本］辑录。

后　记

中国文学的发展经过漫长的南北多民族文学的凝聚、吸引、渗透、变迁和融合，最终形成"你中有我、我中有你"的多元文化格局，从而在文学的历史性进程和共时性构成上，形成了博大精深、多元共构的中华民族的整体性。在中华多民族文学史上，古代少数民族诗文创作具有重要的地位，以往的研究过于分散，偏重于单个作家的研究，缺乏整体性的观照，从文学家族与地域文化的视角，从民汉文化交融的视野进行研究，是古代少数民族文学研究领域重新调整研究思路的重要机遇。家学与师承是中国文化赖以传承的重要途径，可以探讨中国文学与文化绵绵瓜瓞的深厚根基与衍生机制，揭示"耕读家传"的理想中所寄托的"风雅祖述，前薪后火，息息相继"的文化信念。文学家族的视野，是文学家族学的研究大体属于文学本体与他体的关系性研究，主要包括家族文学的血缘性关联研究、家族文学的地缘性关联研究、社会关联性研究、文化关联性研究（包括家族成员的艺术好尚）、家族文学与文人生活姿态及经济关联研究、家族文学创作现场和成就研究。这是一种研究方向，一种研究范式，也是一种研究观念和方式。

依循宗族和血缘的脉络研究元、明、清少数民族文学家族现象，将家族学、地域学、文学贯通起来，在历史学、社会学、文学的多边互镜中重现古代少数民族文学世家的文学知识生产的社会历史语境，力求揭示文学创作的基层活动状况，用家族写作的具体事实乃至细节，形成文学创作的动态过程，从而显示文学演变的真实轨迹，深入研究家族文化传统、文学传统的形塑与呈现是有意义的。这种具有鲜明传统中国特色的文学现象同样存在于古代少数民族文学史中。作为中国文学史的重要组成部分，少数民族文学家族也较为兴盛，综合来看学术界对少数民族家族文学研究的成果，基本是以明清时期回族、蒙古族、满族、纳西族、白族、彝族、土家族、壮族等文学家族研究为主，跟成果丰硕的汉族文学家族的研究相比，古代少数民族文学家族的研究依然较为薄弱。

从2009年开始，我开始将我的学术兴趣从江南进士群体与文化转向少数民族文学家族整体性观照上来，至今已有十多年。明清西南少数民族文学中较有代表性的便是明代纳西族木氏文学家族，我也先后在《民族文学研究》、《西南民族大学学报》（人文社会科学版）撰文首次全面系统地阐述了明清两代丽江土司木氏、大研桑氏、大研牛氏、大研杨氏、石鼓周氏、黄山杨氏、束河和氏等7个纳西族文学家族，总结其形成原因，并深入地分析了其文学创作的基本风貌和内在价值。2019年末，本人荣获国家社科基金重大项目"明代少数民族诗文文献辑录与文学交融研究及其资料库建设"（项目编号：19ZDA282）立项，深感责任重大。正如曾礼军《古代文学世家研究的学术巡视与前瞻》在论及古代文学家族研究的问题时提出目前"重汉族家族轻少数民族家族"，认为"只有把少数民族的文学世家也纳入到研究视野内才能真正完整地研究中国古代文学世家，并且激发杨义所说的'边缘活力'的少数文学世家研究"。这本明代土司家族诗文集的点校整理是该重大项目的系列成果之一，也是我正式出版的第一本明代少数民族诗文文献的搜集整理本。

明代纳西族木氏家族是我国古代西南地区声威较为显赫的土司望族，木氏世守边境，屡建功勋，同时雅好文学，以诗礼传家。自木公始，至木增，共有十余部著述传世，现多收藏于云南省图书馆。明代木氏家族的文学成就极盛于"六公"时代。"六公"之说，出于云南布政使司右参议、兵部车驾郎中、吴郡人冯时可撰《明丽江知府木氏雪山、端峰、文岩、玉龙、松鹤、生白六公传》。所谓六公即：木公、木高、木东、木旺、木青、木增。木氏六公皆工诗文，而诗文成就以木公、木增为最。可以肯定的是，对明代木氏土司文人诗文作品的欣赏，可以强烈地感受到纳西族不闭关自守，以开放的民族心态吸纳学习中华优秀传统文化，强烈地感受到其诗文内容的精彩纷呈，感受到木氏土司文人超迈从容、"辑宁边境"的爱国情操，也可以让我们从美学内涵的角度了解中国边疆地区少数民族文人独特的人文精神特质与诗性智慧的哲理意蕴。

2013年我就开始搜集著录明清纳西族的诗文别集，2018年9月我和我的博士生王铭璇同学先后赴昆明、丽江、北京等地进行实地考察并专心著录木氏土司集，经数月时间进行辑录、点校，2019年11月底辑录完成。在进行文献收集过程中不免要叨扰当地学者，在此特别感谢原云南省社会科学院副院长杨福泉研究员、丽江师范高等专科学校杨林军教授的大力支持。

最后，郑重感谢社会科学文献出版社的张倩郢编辑的大力支持，她锐意进取与精益求精的精神，给学界留下极为深刻的印象。在点校过程中，本人虽不敢有丝毫怠慢，但限于学历、水平，再兼之时间紧促，常有挂一漏万之憾，疏漏或错误之处，在所难免，祈请方家批评指正。

霍城　多洛肯
公元二〇二〇年岁次庚子季春于五泉山下

图书在版编目(CIP)数据

明代纳西族木氏土司文学家族诗集/多洛肯,王铭璇辑校.--北京:社会科学文献出版社,2020.11
ISBN 978-7-5201-7648-4

Ⅰ.①明… Ⅱ.①多… ②王… Ⅲ.①纳西族-古典诗歌-诗集-中国-明代 Ⅳ.①I222.7

中国版本图书馆CIP数据核字(2020)第232957号

明代纳西族木氏土司文学家族诗集

辑　　校 / 多洛肯　王铭璇

出 版 人 / 王利民
责任编辑 / 张倩郢

出　　版 / 社会科学文献出版社
　　　　　　地址:北京市北三环中路甲29号院华龙大厦　邮编:100029
　　　　　　网址:www.ssap.com.cn
发　　行 / 市场营销中心 (010) 59367081　59367083
印　　装 / 三河市东方印刷有限公司

规　　格 / 开　本:787mm×1092mm　1/16
　　　　　　印　张:21.5　字　数:291千字
版　　次 / 2020年11月第1版　2020年11月第1次印刷
书　　号 / ISBN 978-7-5201-7648-4
定　　价 / 128.00元

本书如有印装质量问题,请与读者服务中心(010-59367028)联系

版权所有 翻印必究